明代

传奇

上册

陈怀志 著

团结出版社

图书在版编目（CIP）数据

明代王廷表传奇 / 陈怀志著. — 北京 ： 团结出版社, 2022.1

ISBN 978-7-5126-8869-8

Ⅰ. ①明… Ⅱ. ①陈… Ⅲ. ①长篇历史小说－中国－当代 Ⅳ. ①I247.5

中国版本图书馆CIP数据核字(2021)第092576号

出　　版　团结出版社
（北京市东城区东皇城根南街84号　邮编：100006）
电　　话　（010）65228880　65244790
网　　址　http://www.tjpress.com
E-mail　65244790@163.com
经　　销　全国新华书店
印　　装　成都市兴雅致印务有限责任公司

开　　本　170mm×240mm　1/16
印　　张　36
字　　数　452千字
版　　次　2022年1月第1版
印　　次　2022年1月第1次印刷

书　　号　978-7-5126-8869-8
定　　价　128.00元（全两册）

内容提要

王廷表，阿迷州（现今云南省开远市）人，号钝庵，字民望，生于明弘治三年（1490）三月五日，卒于嘉靖三十三年（1554）五月十二日，享年65岁。

明正德九年（1514），王廷表经殿试中进士，被朝廷授予浙江省台州府推官之职，官居七品，主管刑狱，审理案件。王廷表在台州七年，执政清廉、秉公执法、刚正不阿、办案无数、破案迅速、结案准确，深受民众喜爱，众称其仁，誉为“青天”。王廷表还协助知府处理政务，关心民瘼、大兴教育、发展商贸、发展生产、克勤克俭、恪尽职守，将台州治理得井井有条。看到倭寇屡犯疆域，他建议知府组建抗倭敢死队，取得一个个胜利，保住祖国一方领土的完整和安全。

由于王廷表功勋卓著，经知府举荐，于嘉靖元年（1522）升任京都刑部主事、员外郎、郎中。他在复查冤假错案中，为冤者昭雪，将真凶绳之以法，并亲撰奏章，弹劾贪官污吏，充分展示了他忧国忧民的情怀。

嘉靖二年（1523），王廷表擢升为四川按察司佥士，从四品，掌一省刑狱之事。他矢志不移，爱国为民，呕心沥血，只有一个梦想：为了社会清平，追求真善美、鞭笞假恶丑，为四川人民做了许多好事、实事。然而，在四川才几个月，在京时弹劾宁夏总兵贿赂中贵人（太监）及弹劾严嵩等贪贿事发，横遭诬陷中伤，被朝廷勒令致仕（辞官），回到了故乡。

王廷表愤然回归故里后，潜心苦读诗书，钻研学问，从事文学和历史著述，著作颇丰。又招收弟子，传播文化，培养了一批有用人才，并六次到安宁将因“大礼案”得罪皇帝，被贬谪云南永昌卫（保山）的四川新都状元杨慎（升庵）请到阿迷（开远），切磋学问，广收学子，传播文化，为家乡的文化发展、人才辈出奠定了坚实的基础。王廷表和杨升庵还在一个冬夜，以梅花为题，各人吟咏梅花诗百首，传为诗坛佳话、千古绝唱。同时，王廷表还和杨升庵、杨绍庵编纂完成了开远第一部《阿迷州志》，为开远留下了一笔宝贵的财富。同时，王廷表“凡有益于乡者必昌言之”，呕心沥血，卖地鬻田、捐资集资，为家乡修通河流、修扩东沟、搬迁文庙、修建学宫、济贫解困，为家乡的文化建设、水利建设、生产发展做出了不可磨灭的贡献。

本书以传统的章回小说手法描写，信手拈来，有机地融入一些民间传说、谚语、歇后语、方言，突出历史特色、地域特色、民族特色，力求将历史性、思想性、艺术性、知识性、资料性、趣味性融为一体，主题鲜明、层次分明、高潮迭起，将一位爱国忧民、无私无畏、品德高尚、知识渊博的中国古代优秀人物王廷表定格在历史的群芳谱中，展现在读者面前。

开篇絮语（代序）

书中王廷表生活的地方，是人类直系始祖的摇篮。回溯一千五百万年前的晚中新世，阿迷州（现今云南省开远市）小龙潭湖沼森林中，就生存着一群从猿演化到人的过渡代表——腊玛古猿。他们群居在树上或山洞里，抵御各种野兽的攻击，抵御自然灾害，凭双手获取食物，捕捉水里的鱼虾、摘取树上的果实、刨取植物的根茎充饥，又利用天然的石头和树干猎取小动物为食。旷古洪荒，沧海桑田，两千多年前的战国时代，碑格大黑山乱石密林间，有彝族先民挥戈舞钺，开拓荒野，开垦田地，种植稻黍，饲养家畜。远在夏、商、周三代，属古句町国范围。西汉时代（前206—108），属阿宁蛮部落。西汉元封二年（前109），开边设毋棳县，隶属益州郡，乃地方建置之始。三国两晋，隋唐两宋，递设西丰县、梁水县、最宁县，地名数易，并一度隶属地方割据的南诏——大理国政权。境域“悉属彝居，漫无足纪”，大抵处于游动牧耕的经济形态。

元代至元十三年（1276）置阿迷州后，历代王朝实行羁縻政策，移民、屯田、戍边，汉族和其他民族陆续入境，带来先进的中原文化和生产技术，民族交融，协力开发，“声教阻绝，朴陋无文”的状况逐渐改观。

小说中主人公王廷表的先祖，于宋代移民大潮中来到腊玛古猿的故乡——云南东南部的阿迷州（现今开远市）。

宋朝靖康元年（1126）闰十一月，金军攻陷北宋都城开封。金军在洗劫开封之后，俘徽宗赵佶、钦宗赵桓二帝、后妃、宗室及后宫3000余人北去，历一百六十八年的北宋灭亡。这是历史上臭名昭著的“靖康之耻”。靖康之耻，金兵南下，天子蒙尘，高宗赵构南渡，避祸偏安于南京（今河南商丘）。皇帝出逃，老百姓哪来立足之地？结果五百万居民被迫南迁，这是中国历史上较大的一次中原汉民族和其他民族移民南下的大潮。王廷表的远祖王道，就是在这次移民大潮中迁居云南通海，后世子孙繁衍不断。

元朝末年，民族矛盾和阶级矛盾更加尖锐，爆发了以韩山童、刘福通为首的红巾军为主的农民战争。红巾军起义以后，徐寿辉、郭子兴等纷纷响应。出身贫苦农民家庭，又曾出家当过和尚的朱元璋，早年参加郭子兴领导的红巾军，屡立战功。郭子兴死后，朱元璋成为这支军队的首领。

元至正十六年（1356），朱元璋攻下集庆（今南京），改名应天府，建立了政权。他趁北方红巾军打击元朝统治中心的时机，采纳谋士朱升“高筑墙，广积粮，缓称王”的建议，发展生产、扩充军队，建立了稳固的根据地。接着，消灭了江南的元军和割据势力，控制了长江中下游。元至正二十七年（1367），朱元璋挥师北伐，明确提出推翻元统治的战斗目标。第二年，攻下大都（大兴府，今北京及河北怀来一带），推翻了元朝，建立了明朝。

明朝洪武元年（1368），朱元璋荡平中原，称帝于南京。然而，地处西南一隅的云南一带，依然处于元梁王的据守控制之下，臣属蒙古“北元”政权，而梁王凭借边疆山高皇帝远、易守难攻和苦心经营云南百余年的根基实力，根本不把年轻的明王朝放在眼里，继续与其他地区的元朝残余势力遥相呼应。

朱元璋想征服云南，只是云南版图过于棘手。西南夷地区，自秦汉时期便一直让中原王朝感到进退两难。秦时的所谓羁縻与封疆置吏，实际上是睁一只眼闭一只眼的一纸空文，政权仍由土著人所掌握，中央集权只是一句空话。“汉习楼船”，无异于“纸上谈兵”，结局是不了了之，汉武帝欲开疆拓土，征服云南的举措也付诸东流。三国时期的诸葛亮堪称高瞻远瞩、精明绝顶，对待云南问题最后还是“以夷制夷”，“七擒孟获”平定云南后，即班师回朝。唐代貌似无比强大，可几十万唐朝大军耀武扬威、挥戈云南，竟然几次血洒西洱河畔，败北于南诏国，被阁罗凤杀得几乎片甲不留，不仅留下几处“唐将士万人冢”，还害得白居易晚年失子之痛时仍为之悲伤，挥毫写下一首长达三十多句、哀婉如泣、痛彻肺腑的《征蛮朝歌》，诗中有句：“鲜于仲通六万卒，征蛮一阵全军没。至今西洱河岸边，箭孔刀痕满枯骨。”鉴于云南这块“硬骨头”难啃，借“陈桥驿兵变”起家的宋太祖赵匡胤思前想后，只好“忍痛挥玉斧，划云南为徼外”。到了元代，成吉思汗奠基，蒙哥开拓，忽必烈雄才大略，勇谋兼施，不仅扫平中原，还进军欧亚，但亲征云南，也在付出了牺牲将士十万人，损失战马四千匹的巨大代价后，才破了大理国，将其收归蒙元版图，改大理国为云南行省，任命赛典赤为“行中书省平章政事”……

于是，朱元璋经过几年的考虑，一直犹豫不决，认为“云南僻远，不宜烦兵”。为此，明太祖先后七次派使臣前往滇地召谕梁王，力争以和平方式解决云南问题。然而，梁王自恃僻远，且兵强马壮，不仅拒不归顺，反而羞辱并两次杀害王祎、吴云等明朝使臣，惹得朱元璋大怒。于是，明洪武十四年（1381）九月初一日，朱元璋下令，调集各路大军聚集京城外柳树湾高石坎。随后拜能征善战的颍川侯傅友德为征南将军，永昌侯蓝玉为左副将军，西平侯沐英为右副将军，统率三十万大军冒着严寒、披星戴月、不辞遥远，浩浩荡荡地从南京出发，挺进云南，意在战而必胜。

征南大军遵照朱元璋亲自制定的“自永宁先遣骁将别率一军以向乌撒，大军继自辰、沅以入普定，分据要害，乃进兵曲靖。曲靖，云南之噤喉，彼必并力于此，以抗我师。审察形势，出奇制胜，正在于此。既下曲靖，三将军以一人提兵向乌撒，应永宁之师，大军直捣云南。彼此牵制，使疲于奔命，破之必矣。云南既克，宜分兵径趋大理，先声已振，势将瓦解。其余部落，可遣使诏谕，不烦兵而下矣”的作战方略，率三十万大军乘大船从长江水路循江而上，穿过八百里洞庭湖，从武陵下岸踏上陆路，再沿着通京大道过湘西，进贵州，直逼云南富源胜境关，行程近万里。百日后的十二月，一个北风呼啸的日子，明军郭英、胡海洋、陈恒率军五万直取乌撒，傅友德则率主力克普定、下普安，长驱直入，兵锋直指曲靖。明代云南历史上最为著名的白石江战役随之爆发。

经过一场激烈的战斗，尸骨成山、血流成河，元梁王十万大军主力损失殆尽。明军也损兵折将万余人。二十二日，梁王把匝剌瓦尔密获悉，达理麻兵败曲靖，就匆匆逃往滇池边晋宁州，深知昆明难保，元政权命在旦夕，即焚烧龙衣，洒泪话别众臣之后，率领家眷嫔妃及百余亲信逃往滇池岛上，投水而死。

二十三日，蓝玉、沐英率师进逼昆明，直达东之板桥，元右丞观甫保出降，明军不费一兵一卒，占领昆明。之后，蓝玉分遣曹震、王弼、金朝兴率兵二万人，继续南下攻克滇南地区。仅仅半年，江山易主，云南尽归明朝。

王廷表的高祖楞于洪武初从通海移居、婚媾阿迷（开远市），娶李氏，生子善，善生宣，宣生封，封生颖斌，颖斌即王廷表之父。

洪武十五年（1382）三月，阿迷土官普宁和顺应历史，归附明朝。第二年，普氏土司亲自到应天府觐见朱元璋，倾吐自己梦寐以求神州一统、甘愿为大明肝脑涂地的心声，经朱元璋恩准袭阿迷州土知州。

明洪武十七年（1384）三月，朱元璋命傅友德、蓝玉率部分征南大军班师回朝，留下其干儿子沐英率大部人马继续镇守云南。明洪武二十年（1387），朱元璋先后两次恩准沐英、沐春父子奏章，又移民三百余万入滇，并派金朝兴驻守建水，且将临安路、和泥路合并，在建水置临安府，下辖六州、五县和九个长官司，即建水州、石屏州、阿迷州、宁州（华宁）、新华州（新平）、宁远州（越南莱州一带）；通海县、河西县（通海河西镇一带）、嶍峨县（峨山）、蒙自县、新平县；司佗甸长官司（红河）、左能寨长官司（红河）、落恐甸长官司（红河）、溪处甸长官司（红河）、纳楼茶甸长官司（金平）、教化三部长官司（文山）、王弄山长官司（河口）、安南长官司（屏边）、亏容甸长官司（红河）。从此，阿迷本土文化与中原文化接轨，州城建学宫，办教育，开民智，敦教化；筑堰渠，兴水利，重农耕，“地虽一隅，境实四达”。从此，阿迷文风浩荡，人才辈出，欣欣向荣，不断发展。据不完全统计，自明景泰年间朝廷开科取士惠及云南至清光绪三十年（1904），阿迷就涌现出进士七名，解元一名，举人八十九名，贡生三百二十八名。

王廷表是阿迷州第一位进士，堪称阿迷历史上最有建树的名士之一。将其荣辱沉浮、光辉熠熠、颇具传奇色彩的一生浓缩于一书，以激励后人，实为笔者之夙愿，也当为阿迷（开远）人之期盼。

有《蝶恋花》词为证：

谁道阿迷荒万古，朴陋无文、愚昧多凄楚。阅罢汗青情欲吐，史诗万卷从头数。　　双百梅诗堪巨著，工业新城、座座丰碑树。展望前程花满路，一方福祉人争睹。

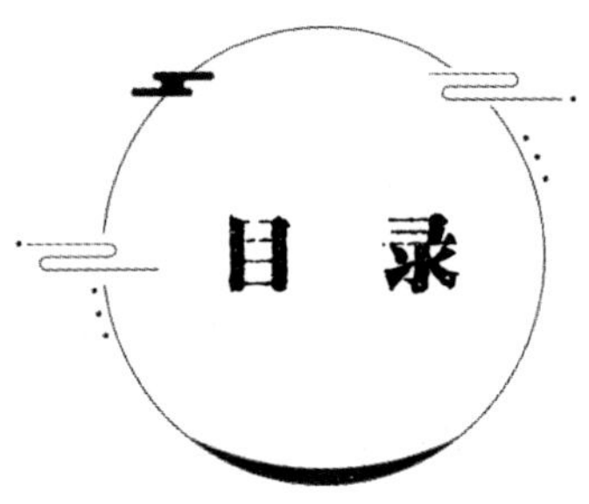

目录

第一章
古钟自鸣善觉寺　廷表降生阿迷州

明弘治三年（1490）三月三日子夜时分，雷声隆隆，春雨纷纷。黎明时候，雨住风停。东方泛白，晨曦初露，朗朗晴空，万里无云。被春雨洗过的大地，清亮纯净，百鸟欢歌，百花含笑，百草曼舞，渲染一派勃勃生机。

云南阿迷州，呈现一派美感，摇曳无数动感。阿迷人常说“误了一年春，十年理不抻”，都知道“手脚勤快肯用脑，野花野草变成宝”，因此，天刚亮，路上就有行人陆续走动；商店开始开门营业；农民吆着牛、扛着犁耙走向田间；菜农扛着锄头、背着背箩走进地里……

“喔、喔、喔……”突然，不知谁家的雄鸡率先打鸣，全城的雄鸡都应声啼唱起来，一时间，阿迷州城热闹非凡。

“铛、铛、铛……”鸡鸣刚刚停止，辰时钟声响起。那钟声和雨后的天空一样，特别清亮，那音质，特别淳美、悠扬，让人如饮甘泉，似食甘棠，心情舒畅，精神抖擞。

钟声来自城东善觉寺。阿迷善觉寺始建于元代，明正统年间（1436—1449）乡贤赵升重建，为阿迷二佛寺之一，另一佛寺为灵泉寺。善觉寺背西向东，主要建筑有正殿、万寿坊、华盛阁等。因得“州人以时增修，壮丽巍峨，为郡大观”。明正统年间阿迷学正段赞撰《重修善觉寺碑记》云：释门法力无边，“见者怵心骇目，虽稚岁丑虏，不遵王法者入门礼拜，不待翻诵其书，即知劝以为善，惩以止恶”。由于古刹能使人善心顿觉，孽缘尽悟，不断显灵，故名“善觉寺”。善觉寺从竣工之时起，就建有钟楼，楼中所悬铜钟，定时于子、寅、辰、午、申、戌六个时辰起点敲一百零八响以报时，从来无误。

钟声很快停止。此时，有一位心中默数钟声习惯成自然的州民却突然发现，这回的钟声只响了六十余声。“怪哉！为酿只敲这么几下？怪古龙神的人有，这种怪哩古董的事，谁见过？”他在心中犯疑，“难道是撞钟呢小和尚睡眼蒙眬、马虎大意？哼，当一天和尚撞一天钟，咋就连钟都撞不好！”疑虑归疑虑，忙于生计，管他敲几下呢！那州民匆匆走进商店，买了大米和酱油，回家了。

挨到正午时分，钟声又敲起来，仍是六十五响。那州民感到奇怪，忍不住立即跑进善觉寺，想问个究竟。走进寺里，只见几个和尚围着大钟，有的背着手，有的手抱胸，转来转去，议论纷纷。有几个和尚则愁容满面，双手合十，口中念念有词：“南无阿弥陀佛，善哉、善哉！”有的则盘腿坐在地上，一遍又一遍念：“嗡嘛呢叭咪吽！”州民忙不迭地问和尚：“为酿每回都只敲六十五响？”几个和尚异口同声答：“我们还未敲钟，钟却自己响了。我们也百思而不得其解呢！”那州民听罢，吓得目瞪口呆，心想：俗话说，人不学不灵，钟不敲不鸣，这钟，咋会自己响呢？他战战兢兢地跑到大街上，逢人就大声乱嚷怪叫：“认不得哪根人惹恼天公地母了，阿迷出怪事了！闯祸了！阎王老爷亲自放阴，使鬼敲钟了！”一传十，十传百，一个加“盐”，两个添“醋”，描绘得稀奇古怪。很快，整个阿迷城沸沸扬扬，惊慌失措，变得阴森恐怖。

三月四日晚上子时时分，忙碌了一天，又胆战心惊，纷纷议论了一天的人们，好不容易进入梦乡。“铛、铛、铛……”突然，钟声又划破长空，划破宁静。“吓死人了，鬼又敲钟了，大难真的要降临了！”不少人翻来覆去就是睡不着。

第二天天刚亮，不少州民跑进善觉寺，希望目睹那钟不敲自鸣的情景。说来也巧，辰时起点时分，东南方吹来一阵怪风，那钟轻轻晃动起来，随着晃动，发出了清脆的响声。看着钟轻轻摇摆，听着钟一声声很有节奏地鸣唱，人们你一言我一语地纷纷嚷了起来。有人说：“我晓得了，这是风吹钟响！”有人当即反驳：“你这根人说甚昏话，支点风，能将几百斤重的大钟吹响？我不信！”有人应和着说：“是呀，风吹钟响，只会发出嗡嗡声，咋会响得这样清脆、这样清晰呢？”有人更吓得脸色苍白，颤抖着说：“这是凶兆，绝不是好事，说不定又要地震了，或是来瘟疫了，还是，哪样灾祸要降临了。”当然，也有人显得满不在乎，笑道：“管它是鬼敲还是风敲！人是铁，饭是钢，一日不吃饿得慌，吃饭干活要紧。事事担惊受怕，岂不是‘该小心处不小心，捏着卵子过街心’！”有人附和道：“懵懂大吉利，何消大姑娘绣花，太认真（针）。”总之，人们七嘴八舌，你言我语，喋喋不休，将整个善觉寺搅得一片混乱。

正在这时，一位身着官服、年约三十岁的中年人，一位身穿便衣、头戴纶巾、年二十四五的男子，牵着一位须发皆白的老者走进寺里来。有人一眼就认出来了，着官服者是福建龙溪人、新任阿迷州知州陈原陈大人，头戴纶巾者是江西九江人、阿迷州州同陈言，老者是人们尊敬的“赵老祖公”“沟神”赵升老爷的大儿子赵释老爷。

“两位陈大人，给我们讲讲这钟自己会响的原因吧！”“陈老爷，您走南闯北，过的桥比我们走的路还多，见多识广，您告诉我们，这钟自鸣是吉兆还是凶象。”“赵老爷，您老年岁长，阅历丰富，德高望重，给我们解解谜团吧！”“发生这种事，弄得我们墨者黑也呢，怎不叫人心里扎叽叽呢？各位老爷，就给我们讲讲，整些酿会出现这种稀奇古怪的事吧。”人们你一群，我一党，围住陈原、陈言和赵释，问这问那，一时间，善觉寺人声鼎沸，乱作一团。

“各位父老乡亲，请大家安静。”赵释站在人群中，打着手势，面带笑容，镇静地说，“此寺铜钟不敲自鸣，引起邑人恐慌。我特意将阿迷父母官请来，为大家压惊，请大家肃静。现在，请知州大人训话。”

陈原向众人拱了拱手，粲然一笑，朗声道：“各位乡亲父老、兄弟姐妹，我自福建龙溪到贵地任职时间不长，承蒙百姓厚爱，多方支持，先向各位致谢了。从昨天清晨始，此佛寺古钟不敲自鸣，依我看，这绝非凶兆，而乃吉祥之瑞兆。它可能预示着，阿迷这僻壤穷乡要出钟鸣鼎食之富贵人家了。”

“大人，哪样叫钟鸣鼎食？”有人高声问。

“简单地说吧！”陈原清清喉咙，莞尔一笑，缓缓道，“汉代天文学家张衡在其《西京赋》中说：‘击钟鼎食，连骑相过，东京公侯，壮何能加？’钟鸣鼎食，是富贵人家才有的生活方式。富贵人家，人丁兴旺，车马成群，餐前必须鸣钟招集食者，餐时又奏乐助兴，列鼎用膳。这钟，是古代之乐器，鼎则是古代之炊器。列位试想，餐前要奏乐，餐时要将炊器排列，若不是家大业大，人口众多之富贵人家，能有如此排场吗？”

陈言补充道：“朱熹曰：‘天下万物之理，无独必有对。’阿迷频生怪异，乃连报祥瑞，阿迷必出贵人。请大家翘首以待吧！若阿迷真出大人物，必将山川增色，民享其福。”

赵释捋了捋花白的胡须，笑吟吟地说：“两位大人的话，字字落地有声，实乃金口玉言，绝不是喝哄众人。列位可听明白了？古寺钟自鸣，乃祥瑞之先兆，应该庆幸，而不必惊慌。对了，请列位往头顶上看。”待众人一齐仰首向天，他又说，“看见没有？天上有半亩地般大小的一片彩云，看见没有？这朵彩云是何时飘来的呢？列位可能没有在意。那是昨天早上我亲眼看见，从东南方向飘到阿迷上空呢。这就怪了，其他云彩都飘走了，这朵彩云咋个不消散，也不飘走呢？整整一天了，彩云不散，意味着酿？其中藏着酿卯窍？这正说明，彩云南现，紫气东来，乃吉祥之兆也！世间之事，总是无独有偶，彩云当头，铜钟自鸣，实乃双喜临门也！说不定，它预示着，阿迷要出锦衣玉食之人家了。”

话音刚落，有位州民拨开人群挤过来，皱着眉头说：“老爷，还有一怪事，认不得是凶是吉。”

“什么怪事？”

“昨天早上，我与老婆到冰泉山玉皇阁进香，忽然看见，玉皇阁中有棵紫薇，一根杆上竟然开出四朵花来。逗着这种事，你说怪不怪？”

陈原哈哈一笑，大声说：“妙哉！这又是三满多了！吉兆、吉兆！”

赵释也笑着说：“陈老爷说得对，这是大吉大利之先兆。古人曰：‘福不双降，祸不单行。’如今，吉兆接踵而来，可喜可贺！若阿迷真能应兆而出贵人，甚至圣人，乃邑人之福也。大家就不必担忧了，该整酿就整酿，该种田的种田，该做生意的做生意，民以食为天嘛！大家走吧，好不好？”

“老爷，我还有一事不明白。”有根州民又插进嘴来，“初三早上，天已大亮，按理说，五更早已过去，城里的鸡为酿还会一齐打鸣呢？而且，鸡叫之后，钟就响了。”

“鸡是司晨使者，又是吉祥之物，是传说中凤的化身。”赵释笑着侃侃而谈，“西汉韩婴在《韩诗外传》中引用鲁哀公的话说：‘君不见夫鸡乎，头戴冠者文也，足搏距者武也，敌在前敢斗者勇也，见食相呼者仁也，守夜不失时者信也，夫是谓之五德。’鸡有

‘五德’，人若如鸡，也必有五德，五更后群鸡争鸣，是在呼唤有德行的贤士，也是在向人们预告：阿迷将出俊彦。而这俊彦贤士，非武即文。而不管是文还是武，都是敢于与奸佞作对、和平民百姓心心相印的英武勇猛、无私无畏的清官。”

“赵公言之有理，俗话说‘不种今年竹，哪有来年笋’，大家还是安心生产生活吧！”陈原笑道。

聚观的群众听罢，疑虑着、熙攘着慢慢地散开去。

善觉寺趋于平静。

夜深沉，风习习，一线弯月挂在天空，点点繁星荧光闪烁。大地一片昏暗，高矮不齐的房屋在星光的辉映下，迷离朦胧。阿迷州城静悄悄的，人们早已进入梦乡。靠近善觉寺东北角的一间正三间房舍里，仍烛光闪闪，时而有人影晃动。

这是王家大院。大院的主人是王封、王颖斌父子。王颖斌，字兼济，宋代靖康之乱后，祖辈变卖家产，迁居通海，明代洪武初又搬迁阿迷州城，在城外垦荒造田，发展家业。颖斌出身书香门第，其父王封曾任刑部主事，衣锦还乡。颖斌自小在父亲的教导下，饱读诗书，学识渊博。明成化二十年（1484），年方19岁的颖斌乡试榜上有名，考取贡生。第二年，跻身官场，任四川新都县学训导，负责教训开导学子，培育人才。两年后，与天顺末年贡生杨升之妹杨贞贞成婚。明弘治三年（1490）二月，颖斌接到父亲来信，言杨氏即将临产，嘱他马上归家。颖斌到家的当天晚上子时，善觉寺的钟声刚敲响，杨氏就感到肚子阵阵疼痛，请来接生婆一看，接生婆张妈说，很快就要生了，可是，一天过去了，颖斌只听到妻子痛苦的呻吟，孩子却总生不下来。

第二天，即三月四日夜，在昏黄的烛光的辉映下，王颖斌愁眉难展，紧张烦躁，坐立不安。他一会儿坐，一会儿站，一会儿在堂屋里走来走去，忧心忡忡，恰似吞下了二十五只耗子，百爪挠心。

“斌儿，别踱来踱去了，踱得人心烦意乱、脑涨眼花。”一直坐在案前显得冷屁松松，装着漫不经心看《周易》的父亲忍不住开口了。

“父亲，贞贞总不生，怎不叫人火焦火燎、揪肝揪心呀！”颖斌哭丧着脸说。

“十月怀胎，一朝分娩，该生时自然就生，瓜熟蒂落嘛。”父亲安慰着儿子，而自己脸上也挂着烦躁不安的表情。

时间一分一秒地过去，度日如年、如坐针毡的王颖斌终于看到东边天上泛起了鱼肚白。又不知过了多少时间，天已大亮，新的一天开始了。

“铛、铛、铛！”善觉寺的钟声敲碎了宁静。“汪、汪、汪！”几声清脆的义犬吠罢，“喔、喔、喔！”群鸡争鸣。突然，一道金光掠过，一朵彩云随即坠入大院天井中，又瞬间消逝。突然，“哇——”婴儿清脆的啼哭声打破了清晨的宁静。

“生了、生了！我去瞧瞧！”王颖斌如释重负，惊喜得跳起来，边喊边向里屋冲去。

“莫忙嘛。生了，就放心了，还急些酿！”父亲王封说着，含着微笑，端起银质水烟筒，“咕嘟咕嘟”抽起来。

王颖斌依父之言，轻轻坐下，端起茶杯，喝了几口。站起来，又坐下，一副迫不及待的样子。约莫一袋烟的工夫，张妈从耳房蹿出来，满脸堆笑说：“老爷、少爷，生了、生了！生了个牤嘟嘟、俏生生的白胖公子！”话音刚落，老夫人从耳房走出来，对颖斌说：“斌儿，去瞧瞧你媳妇和儿子吧！”

王颖斌点点头，迫不及待、快步流星跨进耳房，急促地问：“夫人，感觉怎样，我担心死了！”

“生了，就不用担心了。”杨氏含羞带笑说。

颖斌立即将目光转向熟睡的儿子，端详了一会儿，见儿子眉清目秀、端庄可爱，高兴极了，情不自禁地嚷道："你这小东西，还没生，就折磨你亲娘！看我怎样收拾你！"

"夫君，你是急昏了吗？干滋百怪！孩子晓得哪样？要收拾他，岂不冤枉孩子了！"杨氏故作嗔态。

"是是是！夫人言之有理。冤枉人，罪过呀。"王颖斌赶忙改口，"唉，谢谢夫人了。"

"有酿可谢呢。"杨氏说，"夫君，给爱妹取个名吧！"

王颖斌粲然一笑："当然、当然！我早就想好了，小字印，学名就叫廷表吧！我就盼望我们的儿子长大后成为有用人才，步入朝廷，建功立业，为世人之表率。我还赐他一个字，叫民望，盼他做个清官，不辜负黎民的希望。古人都喜欢取个号，显得典雅、亲切。儿子的号就叫钝庵吧！"

"钝庵？庵，可是尼姑住的地方呀！"杨氏有些不解。

王颖斌赶忙解释："钝，乃迟钝之钝，我希望儿子大智若愚，不要事事锋芒毕露，不要见人日鼓鼓呢，以免处处树敌惹祸殃。庵，乃小草屋，我又希望儿子能体察民情，关注民生，不要忘记穷苦的老百姓，能经常到老百姓家走走，为百姓办善事、好事，做个刚正廉洁的好官。小字之'印'，即是印章之印。只有步入仕途，有个一官半职，才可掌握官印。这是我爹嘱我赐予儿子的，爹说，他做了一个奇异的梦。虽未告诉我梦的情景，但我就盼我们的儿子能金榜题名，掌握权柄，光宗耀祖。"

"夫君想得真周到。"杨氏欣慰地笑了。

有诗抒发感慨道：

古刹钟鸣为哪般？彩云飘处筑文坛。
红尘奇异知多少，处世全凭一寸丹。

第二章
父母教子呕心血　钝庵用功读诗书

光阴荏苒，不知不觉中，夏流到秋，秋流到冬，春风惊冻土，风暖百花开。此时的王廷表，早已离开襁褓，在地上嬉戏玩耍，并能在牙牙学语中，吐字成词，串词成语了。

小廷表口齿伶俐，声音清晰，说话虽奶声奶气，却处处模仿大人的口气和动作，说出话来让人惊讶不已。一天早上，小廷表在地上玩泥巴，将衣服裤子弄得脏巴拉施。母亲见了，骂了声“小淘气鬼”，谁知，他也指着母亲说：“小淘气鬼。”母亲说：“往后不准玩泥巴，弄脏衣服了，听不听话？”他说：“听！”母亲问：“哪只耳朵听？”他回答：“全部耳朵听。”母亲问：“你有几只耳朵？”他答：“全部耳朵。”惹得母亲和爷爷奶奶一阵大笑。

一天清晨，下了场雨。阿迷“有雨变成冬”，天气突然变冷。爷爷只穿着一件单衣坐在天井里看《周易》，正看得津津有味，耳边突然响起奶声奶气的教训人的声音：“你甭作，天作有雨，人作有祸！冷啦生病要吃药，要花钱！你还是个三岁娃娃吗？为酿一点道理都不懂！简直是七牤八牯！”爷爷抬头一看，小廷表双手叉腰站在面前，脸上呈一副严肃表情，眼里闪动着不满。爷爷笑了，赶忙点头“认错”：“乖印说得对！爷爷改，爷爷改！”说着，赶忙穿上衣服。廷表见爷爷很“乖”、很“听话”，会心地笑着说：

“这还差不多。”

有一天，奶奶买来几块香饼，给廷表吃了一块，剩下的包好后放在供桌上，告诉廷表：“你已吃了一块，剩下这些明天再吃。”廷表点了点头，可是，过了一会儿，廷表还想吃，就趁没人，瞅准冷板，将一块香饼拿在手上，准备放进嘴里。奶奶一见，赶忙制止：“刚吃过，咋个又要吃了？小孩子家，别嘴馋，当心撑着！”小廷表笑眯眯地应声答：“奶奶，我只闻闻！不吃。”

有一次，爷爷王封念了几句古诗：“春眠不觉晓，处处闻啼鸟。夜来风雨声，花落知多少。”念完后不久，却见小廷表一边拍皮球一边一字一板地念：“春眠晓，闻啼鸟。风雨声，花多少。”念了一遍又一遍。念罢，瞪着眼问，“爷爷，您念的这些是些酿？咋会比说话好听呢？”

“印印，这也是说话，但不是一般的说话，它有一个典雅、别致的名字，叫作‘诗’。”爷爷说。

“爷爷，为酿要说诗呢？”廷表仍然不解。

“诗是文学的一种形式，又是语言的一种表达方式。”王封竟然忘记廷表还是小孩子，也不管他能否听懂，耐心解释，“诗是发自内心吟咏出来的，叫吟诗，不是说诗。诗源远流长，博大精深，它随着语言的产生而产生，随着语言的发展而发展。诗，起源于民间的劳动生产，与劳动的节奏相融合，与音乐、舞蹈有关。《诗大序》曰：‘诗者志之所之也。在心为志，发言为诗。情动于中而形于言，言之不足，故嗟叹之，嗟叹之不足，故永歌之，永歌之不足，不知手之舞之，足之蹈之也。’”

“哦！我知道了！”廷表自豪地说，“诗，是用简洁的、精巧的语言，说心里的话。”

“对！”王封一听，喜不自禁，心中自忖：哟！警悟读书，听即成诵！此子可教也。从此，就每天教他念古诗，并教他写字。后来，干脆教他背《三字经》，又教他临帖学楷书。使人难以置信的是，还不到五岁时，小廷表已能将《三字经》和十几首古诗背熟，并将《颜真卿大楷字帖》临了三遍，练得一手好字了。

小廷表五岁那年，父亲携母亲回阿迷省亲，还带来了两岁多的小弟弟王廷贵。有了小弟弟为伴，小廷表高兴极了。他像一个大人一样，整天领着弟弟玩耍，玩耍之余，总忘不了念《三字经》、念古诗，练习写字。

王颖斌见儿子做事有头有绪，有根有扣，又不毛手毛脚，写字时十分专心，感到十分高兴。为了让儿子长大成人后有所建树，就开始给他讲历代儿童认真读书的故事。

“印儿，爱妹，之日给你讲铁杵磨针故事，你听不听？”王颖斌问。

听说又要讲故事，小廷表笑眯啰呵、一跳老高，朗声答：“听！”

“我国唐代有个大诗人李白……”

“李白我认得！”小廷表突然打断父亲的话，高声说，“我还会背他的诗呢！‘床前明月光，疑是地上霜。举头望明月，低头思故乡。’”念完，皱着眉问，“爹！你在四川有没有‘低头思故乡’，想我吗？”

“想，当然想，天天想。”父亲见儿子小小年纪如此懂事，高兴极了，忙伸手将儿子搂进怀里，笑逐颜开说，“好，我接着给你讲故事。李白小时候，读书不认真，只晓得肿脖子，肿饱就是贪玩。有一天，他干脆把书扔了。他走出学校门，走在回家的路上，忽然看见一个白发苍苍的老太婆，正在磨刀石上磨一根擀面杖般粗细的铁棍子。”

“爹，铁棍子就是铁杵吗？”

“对！印儿真聪明！”父亲被儿子不懂就问的精神感动了，

微笑着继续讲故事，“李白很奇怪，忍不住问：‘老婆婆，你磨铁棍干酿呀？’老婆婆回答：‘我要把它磨成绣花针。’李白一声冷笑，说：‘这要磨到何年何月！真傻！’老婆婆也笑了，郑重地说：‘只要功夫深，铁棒磨成针！’李白一听，被深深地感动了，心想，铁棒都能磨成针，读书还有酿困难不能克服呢？于是，他从此认真读书，刻苦钻研，经过长期努力，终于成为著名的大学者、大诗人，被人们称为诗仙。”

故事讲完了，小廷表沉思一会儿，摇了摇头说：“我也觉得老婆婆有点蠢、有点笨，憨逋噜粗！老婆婆为酿不请铁匠将铁棒凿下一小片，敲打成又长又圆的形状，再来磨呢？这不就省时省力了吗！”

父亲一听，惊喜不已，心想：儿子学会动脑筋了！

一个月后，王颖斌假期满，要回四川新都了。临走，告诫妻子和父母：廷表天资聪颖，长大必能成才。但他毕竟年纪太小，不可灌输太多知识，让他成熟过早，这对他的成长没有好处，也会影响他的身体健康。

“斌儿放心，这些道理我懂。我们绝不会让他寅吃卯粮，也不会惯势他，会循序渐进，因势利导，让他渐渐成长，绝不会成为无用之人。”王封说。

王颖斌走后，爷爷王封给小廷表制定了一份作息时间表，每天只给小廷表讲诗文两次，每次两刻钟左右，其他时间就让小廷表自由玩耍。

这一规定很合理，但小廷表很不满意。

“爷爷，教我读书的时间太少了、太少了！你不是常教导我们，‘人生一世靠勤学，马行千里靠蹄壳’吗？这样下去，哪天能把铁杵磨成针呢？”小廷表噘起了小嘴。

“乖孙子，你还是多领着弟弟玩玩吧！你这种年纪，既要长知识，更要长身体。若用脑过多过度，累病了，不是得不偿失吗？”爷爷语重心长地说。

小廷表再没吭声。然而，他没有因此而贪玩，而是在自由自在玩耍之余，自己翻起书来。一年多时间里，他似懂非懂地翻完了“四书”“五经”，还阅读了《楚辞》和《史记》《汉书》的一些文章。

一天，小廷表突然看见爷爷珍藏的南宋爱国诗人陆游的《剑南诗稿》，他翻看了几篇，就爱不释手了。他最喜欢陆游的那首《示儿》诗和《卜算子·咏梅》，很快就将两首诗词背得滚瓜烂熟。有一天，他对爷爷说：“爷爷，你给我讲讲陆游的诗吧！”

爷爷问：“你读过陆游的诗？”

小廷表自豪地说：“我还会背呢！”

“你背一首我听。”

小廷表眨眨眼睛，高声朗诵起来：“示儿：‘死去元知万事空，但悲不见九州同。王师北定中原日，家祭勿忘告乃翁’！”

“还会背其他诗吗？”

“会！卜算子·咏梅：‘驿外断桥边，寂寞开无主。已是黄昏独自愁，更著风和雨。无意苦争春，一任群芳妒。零落成泥碾作尘，只有香如故。’——爷爷，我背对了吗？”

爷爷点点头，又摇摇头，说：“爱妹，大部分对了，但有几个字读音不准。”突然吃惊着问，“你今年刚吃七岁饭，咋就认识这么多字？！”

小廷表回答：“我爹临走前教我怎样查认字书，还拿了本《说文解字》给我，要我自己学认字。我爹说了，这是东汉时代经学家、文字学家许叔重创作的字典，字典是不会说话的老师。认真翻看就能无师自通，学到许多知识。爷爷，告诉您，我不但会读字，还认得字的意思呢。这都是字典教我的。”

“你是怎样学会看《说文解字》的？”

“我晓得利用‘反切’。”

“你不识多少字，怎会用‘反切’呢？”

“我先学笔画少、简单的字，然后举一反三。”

“难学吗？”

“当然难啦。不过，只要功夫深，铁棒也能磨成绣花针！”

爷爷高兴极了，感慨地说：“乖孙子，好爱妹，有你这种精神和毅力，我们王家有希望了。”略一沉思，又问，“你晓得陆游那两首诗是酿意思吗？”

小廷表摇了摇头。

“印印，你不懂诗意，为酿要说好呢？”

“我读着顺口。爷爷，你给我讲讲哪样叫诗意吧。好吗？”

“爱妹，你记住，陆游的诗读着顺口，是一方面，主要是押韵。但最重要的是诗的意境和内涵。古人吟诗，十分强调意境，可以说，意境，是诗的灵魂。这些，你现在还不一定听得懂。你先学点诗押韵的知识吧。对了，我有一本宋代江北平水人刘渊编的《壬子新刊礼部韵略》，此书又称《平水韵》，你先自己看看吧，看不懂问我，我会教你。过几天我还要给你讲屈原、岳飞、姜太公的故事！今天你看得已经不少了，该放松放松了。玩去吧。我有事，要出去了。”说完，从书橱里抽出本书，递给小廷表，又揣上个小布袋，匆匆走了。

小廷表将书收好，走到门外，想找小朋友们玩耍，却一个也找不到。回到家，他感到有些疲惫，倒在床上想睡一会儿，可翻来覆去怎么也睡不着。睡不着就别消耗时间，还是看书吧！他心里想着，一骨碌爬起，打开母亲给他做的小书包，找出《平水韵》，静静地翻看起来。

他曾听父亲说过，写诗要押韵，“有韵为诗，无韵为文。”但翻开韵书，感到很生疏，啥也看不懂。爷爷咋会拿这种书给我看，太深奥了嘛！爷爷为酿要拿之种书给我看呢？这书里满东东的，尽是些毫不相关、连不成词语的字，更不是讲故事，看着让人好笑。而这书，啥子“一东”“二冬”“三江”“四支”，这是酿意思？嗯，对了！爷爷肯定是棋瘾发了，找人下棋去了。故意拿本书找退路，搪塞我。

他真不想看这《平水韵》了，但又不甘心。管他的，看不懂意思，就看字吧！他又耐着性子看下去。看着，读着，他发现，有好多字自己读不出音来。咋整？他蓦地想起了《说文解字》，就找出来对照着看《平水韵》，不懂的字就查《说文解字》，从反切方法中读出音来。

翻着翻着，他似乎有所感悟：排列在一起的字读起来很顺口！这就是爷爷说的押韵吗？他突然想起了陆游的《示儿》诗，情不自禁地念出声来：

死去元知万事空，但悲不见九州同。
王师北定中原日，家祭勿忘告乃翁。

“空、同、翁！空、同、翁！”他反复念了几遍，不觉大吃一惊，“咦！真顺口！”他立即将韵书翻回第一页，“对了，这首诗押的就是‘一东’韵，空、同、翁三个字都可以从‘一东’里找到！原来如此，写诗要按韵部隔句押韵！”

他高兴得几乎跳起来。兴趣来了，看韵书的劲头更大了。他又继续看下去。看着看着，他又想起了陆游的《卜算子·咏梅》。“这首诗是押哪个韵部呢？”

他挨一擦二、一个韵部一个韵部地看下去。终于，在“上声”

中找到了“主”字和“雨”字。“晓得了，这首诗押上声中的‘七麌’。”可是，他在这个韵部怎么也找不到“妒”字和“故”字。“咋个搞呢？父亲说过，写诗押韵不能串韵，要一韵到底。‘七麌’里怎么没有这两个字呢？是印落了？”

他疑虑着又继续翻书。终于，在“去声”的“七遇”中找到了“妒”字和“故”字。不对呀，一首诗押了两个韵部，不就串韵了吗？他实在想不通。沉思了好一会儿，突然灵机一动：“对！找爷爷问去！”

小廷表走到隔壁宋爷爷家，果然见到两位爷爷在下棋。见爷爷们下棋很专心，他没敢打扰，就静静地站在旁边瞅着。

“将！”爷爷突然一声断喝，随即一枚写着“马”字的棋子落在宋爷爷那边。

宋爷爷沉思一会儿，将“帅”字往右手边移动。

“再将！”爷爷将“车”字横移到“帅”字直线上。

宋爷爷也将一个“车”字横移过来，嘴里念了声“兑车！”

“我才不跟你兑呢！”爷爷又横过来一只“炮”，笑眯眯地说，“老宋，打你背弓了。你输定了！”

宋爷爷皱着眉看了好一会儿，摇摇头，无可奈何地说：“这回算你赢，再来！”

两人又重新摆棋子。

“爱爷，这象棋咋个玩？”小廷表忍不住开了口。

爷爷望孙子一眼，指点着棋子说：“这是车，读‘居’的音，车走直线。车等于战场上的战车，可以横冲直撞，碰到对方的棋子，那棋子就被它消灭了。”

“若碰到对方的车呢？”小廷表插嘴问。

“同样的道理，对方的车被吃了。若对方先动手，我的车就没了。这叫先动手为强，后动手遭殃。”

“哦！”小廷表似乎明白了。

“这是马，马踏斜日。”爷爷又说，“这是炮，炮打隔山。象飞田角，仕走斜线……”爷爷将每枚棋子的行动规律示范着讲了讲。

“我的老王哥！”宋爷爷显出些不耐烦，“教人下棋，要用时日，照你这般蜻蜓点水，东一榔头西一棒槌，能教出啥名堂！磨刀不误砍柴工，但磨刀也要使力呀。以后再细细讲给孙子听好了！我们开始吧！该我先走了。横炮！”

“你总喜欢炮立中，小心我又打你根背弓！”爷爷说着，跳了一匹马。

两个老人又兴致勃勃地下棋。小廷表见爷爷们很专注，没敢打扰，就站在旁边静悄悄地看。

诗曰：

孟母三迁作美谈，千秋赤子怎心安？
孜孜不倦思圆梦，岂许人生留半残！

第三章
捕鼠取球露聪颖　胜棋辨蛋亮才情

一轮白炽的太阳挂在天上，喷洒着万道光芒。阿迷州城就像一个大蒸笼，热气蒸腾。几只麻雀飞进小池塘边洗了个澡，站在池塘围栏上有气无力地鸣叫几声，抖了抖水淋淋的身子，飞向一棵高大粗壮而葱郁的小叶榕树，钻进树荫里，站在树枝上，扇了扇翅膀，将头埋进翅膀里，静静地打起瞌睡来。

王廷表领着弟弟廷贵和几个小伙伴在门外玩耍。玩累了，就坐在树荫下，冲起嗑子来。孩子们你一言，我一语，天南地北，东拉西扯，玩得十分开心。

王廷表和童伴们嬉笑了一会儿，大概感到没意思，就将弟弟拉到一块平地上，撸了些沙子铺在地上，用一根小棍子在沙上画来画去，教弟弟写字。

“弟弟，你看，这是‘王’字，三横一竖。记住了吗？”

“记住了。”

“这是‘廷’字，就是你廷贵的廷，一撇，一横，一竖，又一横，加个建字旁，又称建字底。”王廷表边写边讲，“这‘廷’字是朝廷的意思，哪样叫朝廷？就是皇帝在的地方。爹爹说，皇帝在的地方很大很漂亮。只要我们好好读书，做了官，就能够去看皇帝在的地方。爷爷还告诉我，他在北京当过官，那就是皇帝在的地方。皇帝在的地方又叫京城、京都、皇宫，可热闹了，可好玩多了！你想不想去？”

“想！”弟弟笑着点点头。

“想就要读好书，爷爷之所以能去北京当官，就因为他好好读书。爹爹能在四川当官，也是用刻苦读书换来的。读书如走路，一步赶一步，不能贪玩，不能偷懒。晓得吗？”

“晓得。”

廷表用木棍将沙子摊平，又写了个“贵”字，问：“小弟，这是酿字，你晓得吗？”

弟弟指着“贵”字说：“上边是个中字，中间是一字，下面不认得了。”

“下面是‘贝’字，宝贝的贝。”廷表认真地解释，“‘中’字又读‘种’的音。是对上了的意思，比如高中状元，就是与状元对上了号。中字加‘一’字，再加‘贝’字，读‘贵’，富贵的贵，贵就是你名字王廷贵的贵。爷爷和爹爹给你取之根名字，就是希望你长大成才，高中第一，荣华富贵。你懂吗？”

弟弟点点头，随即问：“哥哥，你咋会在沙上写字？”

“这是爱爷教呢。”王廷表说，“前天晚上睡觉前，爷爷给我讲岳飞的故事，爷爷说，岳飞家很穷，吃不起鸡肉腩腩，买不起笔墨纸砚，岳飞就在沙上练字。沙上练字不费一分钱，写了摊平，摊平又写，所有字写完了，沙都不会用完。”

正讲着，几个小伙伴跑过来，要小廷表给他们讲故事。小廷表想了想，干脆地说：“好！我就给你们讲岳飞的故事吧！你们听不听？”

小伙伴们异口同声说：“听！”

小廷表略一沉思，有声有色地讲起来。他说：“岳飞是南宋朝代一员虎将，抗金英雄，爱国诗人。”顿了顿问，“你们知晓哪样是朝代吗？”

“不晓得。”小伙伴们都晃起了小脑袋。

“朝代就是国家，又称社稷。”小廷表解释说，“我们中国历史很长，我爷爷说到今天已经有几千年了。中国最先是盘古开天地，接着，出了三皇五帝，后来建立了夏朝，后来商朝将夏朝推翻，周朝又把商朝推翻，直到我们今天的明朝。”

“廷表，中国有多少个朝代？”有个小朋友突然问。

“根据爷爷给我讲的朝代名，我把它编成了几句话：三皇五帝夏商周，春秋战国秦两汉，晋隋唐五代，宋辽金元明。朝代太多了，这是主要的。讲点这方面的知识，听讲历史故事就更有滋味了。”

“廷表哥，你还是讲岳飞吧！”童伴们异口同声说。

“好！”廷表长长地吸了口气，说，“岳飞家祖祖辈辈给大户人家栽田种地，很穷，他穿不起新衣裳，经常吃不到饪饪（饭），更别提吃鸡肉腩腩了，连学都上不起。进不了学堂，他母亲就教他识字；没有毛笔写字，就在沙上写，很快，学得一手好字，还学会写诗填词。他有一首《满江红》，写道：‘怒发冲冠，凭栏处、潇潇雨歇。抬望眼，仰天长啸，壮怀激烈。三十功名尘与土，八千里路云和月。莫等闲、白了少年头，空悲切。靖康耻，犹未雪。臣子恨，何时灭！驾长车，踏破贺兰山缺。壮志饥餐胡虏肉，笑谈渴饮匈奴血。待从头、收拾旧山河，朝天阙。’岳飞小时就学骑马射箭，练得一身好武艺。十九岁那年，他报名当兵，临走，他爱嫫在他背上用针刺了‘精忠报国’几个字……”

“哟！肯定血虎冽啦了。他疼吗？”小女孩伍小琴吃惊道。

“用针扎背，还能不疼？听廷表讲！”几个小朋友露出不满的样子。

“岳飞忍住疼痛，一声不吭。这是历史上有名的岳母刺字典故。”廷表脸上露出敬佩的神色，接着讲，“岳飞作战很勇敢，立了不少大功。后来，一个名叫宗泽的大忠臣、大官重用他。宗泽死后，他又在杜充手下当小将领。后来，南宋的敌人金国派大将金兀术率军从北边打过来，那个叫杜充的软蛋就投降金兀术了……”

“杜充是根大坏蛋、胆小鬼、怕死鬼！”小朋友李仪愤怒地说。

李仪话音刚落，“嘣”一声，不知谁放了个屁。

“翠翠，你放屁啦？屁骡子！”

“是英英！”

“屁话！是你！”

“放屁逍遥，忍屁成痨。拜争了！听印哥讲。”

“岳飞没有投降！”廷表显出得意的样子，“他主动顶替杜充，坚决抵抗金兀术，大破敌人的‘铁浮’和‘拐子马’，打败十二万金兵，几乎打到了金国老窝黄龙府。由于岳飞英勇善战，老百姓到处夸耀说：‘撼山易，撼岳家军难！’”

“印哥哥，哪样叫‘撼山易，撼岳家军难’？”小琴忍不住问。

“就是说，搬动大山容易，要搬动岳飞的军队就困难了。”小廷表说。

“岳飞真厉害！”小朋友们又是点头，又是竖大拇指。

“唉！”小廷表突然一声长叹，脸上布满了忧伤和悲戚，“可惜呀，可惜！”

“可惜酿？”小朋友们一个个瞪大了惊惧的眼睛。

“南宋皇帝是根昏君！”小廷表骂出了声，“他妈的！正当岳飞足着气，要灭亡金国时，皇帝听信大奸臣秦桧骗人的鬼话，连发十二道金牌，将岳飞追回来了！岳飞回来后，被秦桧严刑拷打，打得遍身是伤……”小廷表说不下去了，流着泪饮泣起来。

“秦桧这根小子为酿要打岳飞？”张嘉彦问。

“他单个要投降金国，怕岳飞和他对着干，就扯把子，诬蔑岳飞要造反！”小廷表的眼泪似珍珠般滚出来，他哽咽着说，“最后，秦桧将岳飞打入死牢，又以‘莫须有’罪名，制造‘三字狱’

在风波亭用毒酒毒死了岳飞，岳飞死时才三十九岁。岳飞的大儿子岳云，也被杀害了……”

“印哥，哪样叫‘莫须有’？”伍小琴瞪着杏眼问。

廷表说：“‘莫须有’，就是‘可能有’‘恐怕有’‘不一定有’‘还需要有吗’等意思。其实，就是‘欲加之罪，何患无辞’。”

小琴怒道：“哥，这不是吹灰找裂缝吗？”

“对！是空心树里打彪鼠！”廷贵说。

“这是和尚打伞，无法（发）无天！”张嘉彦道。

“有酿办法呢？哑巴吃黄连，有苦无处说呀！”廷表哀叹落泪。

小廷表叹罢，小朋友们一个个眼泪巴沙，伤心地哭了。

“廷表，既然‘撼岳家军难’，岳飞为些酿不带兵杀进京城，将秦桧、皇帝统统杀了，单个当皇帝呢？”张嘉彦突然开口道。

“这不行，不能以下犯上啊！”廷表说。

“哼！愚蠢！憨包！碰到我，非叫他皇帝老儿下台不可！”张嘉彦满面怒容。

夜已经很深了，王廷表的母亲却翻来覆去，总不能入眠。当她静下心来，一闭上眼睛，“咔嚓咔嚓”的声音就将她吵醒。当她睁开眼睛，将油灯点亮时，“咔嚓”声突然停止了。灯一熄，随着几声“吱吱”声，那烦人的声音又响起来。啥时候跑只老鼠到房里来了？天亮后，一定要想办法将它逮住或赶走！她心里想着，似睡非睡地度过了一夜。

天终于亮了。

“廷表、廷贵，爱妹们，娘屋里有只耗子，一夜翻箱倒柜，吵得娘一晚上翻来覆去，就是睡不着。快来！帮娘打耗子！”

王廷表和王廷贵听到母亲喊叫，跑过来问：“母亲，何事呼唤孩儿？”

“我房里有只大耗子，一到晚上老是啃柜子，弄得我一夜睡不好觉，你们来帮我将它赶出去吧！”

廷表听了，立即找了根棍子，廷贵则拿了把扫帚，在母亲的房里各个垰垰旮旯敲打起来。

“哥，耗子！”小廷贵忽然看见老鼠从床后蹿出来，躲在墙角一个矮凳后。廷表悄悄走过去，一闷棍打下去，矮凳打翻了，老鼠却跑了。母子三人忙了半天，几回见到老鼠，可就是打不着，也不见老鼠跑出房去。

廷表灵机一动：有了，这样做，肯定能逮住它！他想着，随之就停止了寻找老鼠，而喊起来：“爱嫫，有旧衣服的袖子吗？剪一块来。”

“你要袖子整酿？”

“逮老鼠！你拿袖子来，我再告诉你怎么逮。”

母亲忙得早已满头大汗，就剪来了一件旧衣服的袖子，递给小廷表。“用袖子怎么逮老鼠？”

“娘，拿一根绳子来，还有针线。”

母亲很快就拿来了绳子和针线。小廷表立即用绳子将一边袖筒扎紧，又穿好针线，取来一块细竹片，做成一个碗口般大小的小圆筒。再把圆筒放入另一边袖筒，用针线缝成一只圆口小口袋。然后，将口袋放在屋里最阴暗的墙角边。

“娘、弟弟，你们赶老鼠吧！我在这里等着。”说着，他站在口袋边，将一只脚提起悬放在口袋上方。

母亲和弟弟听了，就按廷表所说，一人抄棍子，一人拿扫帚，在床后面，柜子后面到处乱捣起来。老鼠又被捣出来了，在屋里乱窜，最后窜到黑旮旯寻找藏身处。老鼠似乎看到了一个黑洞，就钻了进去。这是哪样黑洞？其实，它钻进了小廷表为它准备的口袋！

廷表见老鼠已钻入口袋，立即将提放在半空的脚踏下去，将口袋口封死，一伸手，捏住口袋口，又提起口袋，猛力砸在地上。口袋中的老鼠“吱吱”地叫了几声，不动了，跷脚了！

“儿子，你真凶（聪明）！布口袋装老鼠，比小马拴在大树上还稳当呢！”母亲笑容满面，连声夸赞。

“不是我凶，是耗子憨。不过，人长个脑袋，不就是要时时开动脑筋吗？”小廷表欣慰而得意地笑了。

爷爷王封一直在悄悄地注视着廷表设计抓老鼠的全过程，看到廷表真的逮住了老鼠，他高兴极了。听到廷表“人长个脑袋，不就是要时时开动脑筋”的话，他不觉灵机一动，说：“廷表，你真聪明。爷爷要奖赏你。我在《说文解字》书中第十三页和第十四之间，夹了两张大明宝钞，爷爷赏赐给你了，你马上去拿，领着弟弟去买糖吃吧！”

廷表一听，冷笑着鼻子哼了一声，不但不去领“赏”，还走到厨房里，从水缸里撩了碗凉水，坐在凳子上，慢慢喝起来。

“哥！爱爷叫你去领赏！”廷贵吼起来。

“不克！”廷表鼻子一哼，一声冷笑，“爷爷，你认为，‘阎王张张嘴，小鬼就要跑断腿’吗？”

“廷表，为酿不克领赏？嫌少？”母亲问。

“爷爷假巴意思奖赏，其实是空心树里打彪鼠，专噶哄小孩子！”廷表小嘴一噘，露出生气的样子。

“你没去拿，咋说我骗你？”爷爷微微一笑。

“十三页、十四页之间没有空隙，咋个夹宝钞？”廷表大声说，“爷爷，二十五页和二十六页之间，夹着一百张宝钞，你相信吗？”

爷爷一听，朗声大笑起来。

下了几场雨，秋天到了，天气凉爽起来，阿迷的气候偏热，夏天长，秋天短，仿佛没有冬天，即便冬季来了，若不下雨刮风，透出的常常是一股股热气。所以，有人说，阿迷四季如春夏，有雨变秋冬，冬寒不觉冷，太阳常当空。在这样的气候环境中生活的阿迷老年人总骄傲地说：住惯了阿迷州，天堂也不想去。

对于阿迷偏热的气候，儿童更是再喜爱不过了。天气暖和，可以少穿衣服，自由活动，还可以跳入泸江河，洗个冷水澡，这不是很惬意吗？王廷表就常跟小伙伴们脱光衣服，到泸江河洗澡，或找块平地玩皮球、跳橡皮筋、跳大花、打地隔拉、打苦楝子、玩老鹰叼小鸡，或邀约几个小伙伴到河边灌牛屎巴螂、翻蛐蛐、捉蜻蜓、躲猫猫，玩得忘乎所以。他还说：“多衣多寒，少衣自然。我就喜欢夏天，夏天可以轻装上阵，自由玩耍；冬天不好，全身裹着几层，裹成大胖子，缩手缩脚，多难受。”

如今，秋天到了，但一直没下雨，天气还很热。

“走，弟弟，玩球去！”廷表说着，拿起皮球，领着弟弟刚出门，却见伍小琴坐在地上伤心哭泣。

“小妹，碰到酿不顺心的事了，这么伤心？”廷表问。

“我的皮球滚进洞里了。”小琴指着墙角根一个土洞说罢，又哭起来。

“小妹莫急，待我想办法帮你取出来。”廷表说着，趴在地上，将手伸进洞里，却怎么也摸不到皮球。用一根有自己高的棍子一探，却探不到底。

“哥哥，球拿不出来了，咋整？”弟弟急得皱起了眉头。

“小贵，莫急，小琴，莫哭，让哥哥想想办法。”廷表略一沉思，说，“你们在这里看着，我等小下就来。”

跑到家里，他叫母亲找只小桶和小盆给他。母亲问他要桶干哪样？他说，小琴的皮球掉进洞里了。母亲将小桶和小盆拿给儿子，并悄悄地跟在后面看。只见小廷表将小盆递给弟弟，自己提着小桶到水沟里去提水，弟弟也尾随着去打水。

小廷表和弟弟将水倒进洞里，反复跑了五六个来回，水终于漫出洞口，皮球也浮上来了。

小琴一把抓住球，笑了："印哥哥，你真好！"

廷表的母亲看在眼里，点着头，欣慰地笑了。

吃晚饭时，廷表突然发现，桌上的菜比平时多了两三样，而且都是他最爱吃的，就忍不住问："娘，之日是酿日子，咋个做这么多好吃的菜？"

"这是你娘慰劳你呀！"爷爷笑眯眯地说。

"我没做些酿，为酿要慰劳我？无功不受禄呀！"

"乖孙子，你能帮助小朋友，可见你心地善良。能想出灌水取球的办法，不就证明你天资聪颖，肯动脑筋吗？凭这一点，就该犒劳奖赏了！"奶奶也笑眯了眼，语重心长地说。

"对了，印印，我问你：这'灌水取球'的办法是宋朝文彦博想到的，这个典故出自北宋邵伯温的《邵氏见闻录》。你读过这本书？"

"没有读过。"廷表微微一笑，"文彦博能想到的，我为酿就不能想到呢？"

爷爷、奶奶微笑着频频点头。

天还没亮，天空下起了雨，天气陡然变冷。王封似乎尝到了冬天来临的滋味，穿起了棉衣。刚吃过中午饭，雨止天晴，太阳又高挂碧空，阿迷城又呈现一派春天的景象。"这鬼天气，又变脸了。"王封口里嘀咕了一句，心里却暖洋洋的。他赶忙脱去棉衣，提起出门不离身的小布口袋，匆匆走出大门。

王廷表知道，爷爷又找宋伯伯下棋去了。就打开陆游的《剑南诗稿》，埋头认真看起来。

半月前，爷爷给他讲陆游的《示儿》和《卜算子·咏梅》的同时，讲了诗和词的关系，这使他明白了中国诗的分类，明白了什么是古风，什么是律诗，什么是词。他更牢牢记住了：律诗要讲平仄、对仗，要一韵到底的规定，也明白了：词又称诗余，是诗的长短句，同样要押韵，但押韵比诗要宽，要讲究平仄，有的词还有对仗格式。而且，写词叫“依声填词”，要按古人制定的词牌的平仄格式填写，定字、定句、定声、定韵。前几天，他还试作了两首诗和一首词，让爷爷指点，得到了爷爷的肯定，也指出不足之处，使他迈出了写诗填词的第一步。而且，听爷爷讲述后，他还牢牢记住了古代一些诗人、词人的名字，如：屈原、宋玉、曹操、曹植、陶渊明、王勃、孟浩然、王维、李白、杜甫、柳宗元、白居易、范仲淹、欧阳修、王安石、苏东坡、陈亮、辛弃疾、柳永、周邦彦、文天祥、李清照，等等。他还知道，王维是诗佛，李白是诗仙，杜甫是诗圣，白居易是诗魔，李贺是诗鬼，刘禹锡是诗豪……

今天，母亲带着弟弟到外婆家去了，他想趁此机会再深一步学习写诗填词的知识，并打定主意，要填一首长一些的词。正在专心看书，没想到，爷爷却回来了。

“爷爷，为酿不克下棋了？”

“唉！你宋伯伯走亲戚去了，你李叔叔、廖叔叔都不在家，之日算是找不着对手了。”爷爷话里充满了失意和惆怅。

“爷爷，我跟你下，怎么样？”廷表朗声道。

“你会下棋？别开玩笑了。”爷爷淡然一笑，“你棋子都没摸过，怎么会下棋？”

“我没摸过棋子，却看过下棋。”廷表莞尔一笑，“爷爷忘了，我不是已经好几次看你和宋伯伯、李叔叔下棋了吗？”

“是看过，但看过不等于会下。”爷爷不屑地说。

“爷爷，就让我试试吧！对，向你学吧！”

“好！那就下吧！”爷爷正愁找不到对手，闷得慌，孙子肯陪自己过过棋瘾不是求之不得吗？他立即将小口袋打开，抖出棋子，铺好棋盘和孙子对弈起来。

爷孙二人你来我往，上马、拱卒、出车、横炮……敲得桌子“橐橐”直响。

突然，廷表将河界象位上的车横行六步，口中念道：“兑车。”

爷爷定睛一看，笑着说：“孙子，你兑哪样车？我吃了你的车，你用些酿吃我的？你的车又没根，不是‘耗子找猫攀亲戚，白送命’吗？”说着，“啪”的一声响，棋子落下，小廷表的车被没收了。

廷表也笑笑，隔山炮打过去，爷爷的相没了。“爱爷，你输了！”

爷爷定睛一看，慌了手脚。“咋个搞的，我的相是哪哈飞走的？让你钻了空子，打了我的背弓。”

“爷爷，我舍了一根马，将你的相引到河边，又用调虎离山之计，舍一根车，将你的相调开，你没发现？这一手，还是你胜宋爷爷的绝招呢！”廷表笑逐颜开，“反正我赢了！这叫作‘以其人之道，还治其人之身’！”

“好！算你小子有心计，再来！这回，我要杀你个片甲不留！”爷爷不服气的语气中充满了自信。

“爷爷，下回要赢我？你说呢嘎！”

“当然！”王封肯定的口气。

但让王封想不到的是，后来连下三盘，自己都连连败北。他不得不气馁地说：“爷爷老颠东了，后生可畏呀！”

“下棋之道，在于用心。爷爷，下回再跟您学下棋吧！”廷表说完，含笑走出大门，去找小伙伴们玩耍去了。

望着孙子远去的身影，王封似乎预感到什么，禁不住自言自语：“唉！这孙子，太强势了，还没大没小，不知做事适可而止，该谦让时谦让，给人留点面子，这可是傲慢的表现呀。若有朝一日做了官，处事做人，不顾及后路，一根肠子通屁眼，只晓得胜，不顾及败，岂能安然处事呢？唉，他有股犟筋，怎样压压他的傲气呢……”

弘治九年（1496）春节前一个多月，王颖斌回了一趟家，目的是要将廷表带到四川新都读书。

在阿迷期间，王颖斌向父母、妻子问及儿子的表现，大家都异口同声夸廷表天资聪颖，酷爱诗书，虽未进学堂，却自读了不少书籍，长了不少见识。当王颖斌听到儿子小小年纪善于动脑筋，帮助其母逮老鼠，与爷爷下棋连胜四盘的时候，既高兴又犯愁。他对父母说：“廷表虽天资聪慧，但要往正道上引导，不能让他有娇气，也不能有骄气。廷表现已快吃七岁饭了，我要将他带到新都，拜师学艺，给他创造一个适于读书长知识，又不盛气凌人的环境，决不能让他自由惯了，混同于平常人，而最终变成宋代少时聪明过人、长大后‘泯然众人’的仲永。”

王封表示赞同，但他主张：不能让他读死书，要让他有充分自由的时间，多接触社会各种环境的时间，但近朱者赤，近墨者黑，千万不能与不三不四的人接触。而且，要培养他的观察力、记忆力，还要让他了解一些生活常识，特别要学会尊重别人。

“斌儿，说到生活常识，我有个主意，想考考孙子。”颖斌的母亲说。

“娘，怎样考？”

“我自有道理。”老夫人笑而不答。

第二天早上起床后，王廷表洗漱完毕，就像往常一样边看书边写字。

“乖孙子，你把这筐鸡蛋拿给你母亲，喊她煮熟了。”奶奶说着，将鸡蛋递给廷表，又补充一句，“鸡蛋有九根，你数数够不够数。”

廷表看看，说声：“够，整九个。”就提着箩筐走进厨房。之后，回到座位上，继续认真写字、看书。

约莫半个时辰后，奶奶端着煮熟的鸡蛋走到堂屋上，说：“民望，这鸡蛋纵个只有七根了，是你吃了吗？”

“奶奶，我一直在看书、练书法！我一动没动，哪有时间去偷吃鸡蛋。”廷表回答。

“那就怪了，把你娘、你爷爷和你爹叫来，对了，还有马夫冯玉良、家院王纪、厨娘丁兰，一起叫来。我要问问，鸡蛋是被谁偷吃了！”

“弟弟叫不叫？”

“当然叫，一个也不能少。”

廷表放下书，先找到弟弟，又在宋伯伯处找到爷爷，在卧室找到父母，在后院找到几个用人。

人到齐了，奶奶一副严肃的样子，开了口：“早上我交接媳妇煮了九根鸡蛋，本想在座的每人分一根，可现在鸡蛋只有七根了。是哪个偷吃了两根？”

在座的人都一齐摇头说：“我没偷！”

“民望，是不是你吃了，不敢承认？吃了就吃了，这并不是大事，只要老实，不说白话就得了。”

“奶奶，我没吃，我不是独巴猴，真呢！我不会喝哄您。”廷表暗自笑了笑，说，“若大家都碍于面子，不承认，我有个办法，叫他‘原形毕露’。”

“你说，哪样法子？”母亲开口道。

廷表没吭声，径自走进厨房，打来半菜盆清水和一个小饭碗，叫每个人都舀些水漱漱口，并各自将漱口水吐在自己面前的地上。待每个人都漱完口后，廷表挨个儿检查地上的水，检查完后，他莞尔一笑，郑重地说：“偷吃鸡蛋的不是别人，正是奶奶和母亲。”

大家一起皱紧了眉头，惊问：“你这话咋讲？”

廷表不慌不忙地说：“其他人的漱口水里都没有杂物，奶奶和我娘的漱口水里有杂物，那杂物就是鸡蛋蛋末。”说着，又微笑着补上一句，“奶奶、娘！是不是您二位串通起来，‘栽赃嫁祸于人’，还是‘放个空炮，逗人好笑’……”

奶奶和母亲听罢，忍不住大笑起来。

爷爷和父亲没笑，却轻轻地点了点头。

王颖斌突然皱起眉头，说：“印儿，听爷爷说，你会写诗？真的吗？是你吹牛还是爷爷有意抬举你？”

“当然不假！”廷表得意地将头一昂，说，“爹，想考我吗？出题吧！”

王颖斌想了想，指着桌上的鸡蛋说：“就以鸡蛋为题，吟一首吧！”

“鸡蛋？好呢！”廷表略一沉思，朗声念道，“外表如银白，内心似蜡黄。盼鸡勤下蛋，辛苦岂能忘。”

“好！”爷爷竖起大拇指夸道，“这是一首五绝，对仗工整，有意境。小小年纪，就知美食来之不易，难得、难得！”

颖斌没有喜形于色，更没有赞不绝口，而语重心长地叮嘱：“印儿，不可骄傲哟！《书·大禹谟》说：‘满招损，谦受益，时乃天道。’记住了吗？”

廷表轻轻地点了点头，又大声说：“我晓得，不能公鸡屙屎头节硬，要活到老，学到老，到了八十还学巧！”

正是：

天资聪颖问谁知，凡事流芳自有时。
捕鼠胜棋惊讶罢，忽闻破案又敲诗。

第四章
新都就学识好友　池塘对句惊县官

除夕快到了，天空突然变得阴沉沉的，一阵阵冷风从楷甸方向吹来。天气瞬间急剧下降，随着呼啸的北风，天空飘起了小雨，一飘就是三天。在第三天的雨中，夹着细碎的雪花，雪花越飘越大，似鹅毛般漫天飞舞，很快，房顶上铺上了厚厚的一层，树上也白雪片片，将树枝压得弯下了腰，承载着雪的重量，在风中一晃一晃，时而将一些碎雪抖落地上。地上也很快铺上了层层棉毯般的雪花，透出晶莹的光泽。放眼东山，层层叠叠、皑皑茫茫，煞是壮观。

王廷表、王廷贵和同伴们穿着各色厚厚的棉衣，在雪地上纵情玩耍，一会儿躺在柔软的雪毡上打几个滚，弄得一身白花花；一会儿聚在一起，将四围的雪捧来，堆成雪人，又为雪人安上眼睛、鼻子、嘴巴和头发，牵着手，围着雪人蹦跳起来。欢笑声、蹦跳声，在大街上此伏彼起，将古老的阿迷城渲染得热闹非凡。

"廷表，好玩吗？"王封走到廷表身旁，笑逐颜开着说，"我在阿迷几十年，这样的大雪连这次只见过两三次。尽情玩耍吧！"

"爷爷！"廷表笑道，"真闪兴！若天天下雪就好了。"想了想，又说，"但不能天天下，若天天下，就种不成庄稼了，民以食为天，'天'就没有了。"

"对！不能因贪欢而忘了大事。俗话说，不要你屙金尿银，只要你见景生情。”爷爷道，“对了，印印，面对如此美景，能不吟首诗？爷爷可是诗思泉涌呀！”感叹着，摇头晃脑，吟出声来，“飞絮尽情飘，人间齐折腰。呈祥还兆瑞，遗韵是骄娇。”

“爷爷的诗真棒！”廷表边拍手边道，“我也不拘，来一首！聆爷爷咏雪步韵奉和：漫天瑞雪飘，童叟笑弯腰。只说春可爱，谁知冬更娇。”

春节终于到了。王廷表全家因为难得的大团圆，过得十分祥和。春节期间，母亲给廷表、廷贵添了新衣，父亲又给两兄弟买来鞭炮，两兄弟真正感受到了春节的快乐、热闹和喜庆，高兴得合不拢嘴。

“民望，今年春节过得怎样？”爷爷问。

“过得太好了，若天天过春节多好呀！”

“印印，打鱼哥哥心拜厚，得了一扣，莫贪二扣。”爷爷突然皱眉道，“明年可能就不能在一起过节了，你心里咋想？”

“爷爷，我晓得，过完春节，我就要跟我爹到新都读书了，我娘和我弟弟也去。”廷表脸上露出些伤感，“我们去了，家里就剩您和奶奶了。我知道，你们会感到孤独。但有酿办法呢？我总得长大呀！我们去后，我会时时想念爷爷奶奶，会遥对长空，为你们祈福。我还要好好念书，长大后做一个于国于家有用的人才，请爷爷、奶奶放一百个宽心！”

“我相信，你一定不会辜负我们。”爷爷眼圈湿润了。

“爷爷，您和奶奶干脆和我们一起走吧！”

“那不行，新都没有我们的住处，再说阿迷是我们的根。爷爷还希望你，不要忘了自己的根、自己的故乡。”

“爷爷，我长大了也要回故乡，为故乡老百姓做好事。”

“不！你要好好读书，获取功名，为我们王家争光！”爷爷眼里的泪水流出来了。“只要你长大后能仕途腾达，当上大官，即使回不了故乡，我都满意了！唉！哪只大鸟不希望小鸟飞得快、飞得高、飞得远呢！”

“爷爷拜之样说，我一定会回来、会回来的！”廷表也流出了眼泪，那泪，饱含着多少难舍难分的情感呀！

听廷表连说“我一定会回来”的话，在半边默默无声、盘算日子的王颖斌不觉心里一惊，原来，他想起了一件令他久久难以释怀的事。那是儿子周岁时，妻子让儿子抓周，但满地的东西，如文房四宝、算盘、葱韭、衣物、食物之类，他都不抓，只憨逋噜粗地坐在地上。大家正着急，王封突然将自己的一枚印章放在物品中，儿子一见，似从梦中醒来，身子突然倒地，将印章抓在手中。王颖斌一见，惊喜异常，不觉脱口而出：“啊！儿子原来要大印！这不就是儿子长大要当官的先兆吗？”没承想，话音刚落，廷表却将印章扔了，又白淡无根地坐在地上，眼睫毛一眨一眨，一副似乎想哭的样子。“儿子不是当官之命？”颖斌只感到心灰意冷。就为这事，王颖斌落下了一块心病。如今，竟听儿子连声说“一定要回家”，这使他愁上加愁了。王封见儿子闷闷不乐，悄悄问：“你在想哪样？一脸阴云！”颖斌叹一声，将心事一说，王封笑道：“你多虑了。叶落归根，不是很正常吗？说不定，印儿乃衣锦还乡呢！再说，印儿尚幼小，何必想那么多。”颖斌道：“唉，我就怕草帽当锣鼓，响不起来。‘人无远虑，必有近忧’呀！但愿如父所言，印儿不负所望，能混出个模样，不蒸馒头争口气，步入仕途耀门庭。”

明弘治九年（1496）春节后，王廷表和母亲、弟弟随父亲到了四川新都，新的生活开始了。

王颖斌将家眷安顿完毕，即领着廷表到训导处看了看，就直奔杨家大院义学馆。刚进门，就听到馆主杨廷宣亲切的喊声：

“颖斌兄，省亲归来了？”

“回来了。龙崖贤弟一向可好？”

“好！托兄之福，一切都好。我的弟子们一个个很听话，学业都有长进，这是我最感到欣慰的事了。”

“前次与贤弟商定，请贤弟收犬子为徒。这回我可将他带来了，就举行个拜师仪式吧！”颖斌说着，招呼王廷表：“民望，跪下，给老师行礼！”

王廷表立即跪下，口中念道：“请老师收下弟子！祝老师寿比南山！福如东海！”

杨廷宣躬下腰去，扶起王廷表：“免礼、免礼！”又笑道，“颖斌兄，教导有方呀！您看，令郎多懂事呀！”

“贤弟，别夸他！还请贤弟多多教诲。”话锋一转说，“这是云南阿迷州马者哨特产，糯白果，大如板栗、肉质糯而色泽绿，可佐食烹肴，亦可入药，止尿剂也。还有这些普洱茶、豆腐干，就作为犬子的拜师礼吧！”王颖斌说着，将一包礼物放在桌上，“请贤弟笑纳！”

“你我弟兄，胜似同胞手足，还送啥子礼？这不见外了吗？”杨廷宣推辞道。

“这是规矩，没规矩不成方圆。每月该付的学费还得付，知识有价嘛。再说，教书也不能饿着肚子教呀。”颖斌又转向儿子，说，“你今天拜师了，就长大一截了，再不能冥顽不化、贪图玩耍了。要听老师的话，用功读书，长大后成为国家栋梁，知道吗？”

“孩儿听命就是了。”廷表顺从地点头。

“哦！对了，贤弟，令兄石翁大人一向可好？我的弟子杨慎去年进京，可有消息？”颖斌突然问。

杨廷宣莞尔一笑：“我兄长在朝廷为官，现迁任左春坊左中允，侍皇太子厚照讲读，步步高升，当然好！而且，李东阳入内阁，东阳与我兄关系极好，希望多多。对了，说来也巧，我侄儿杨慎、杨惇昨天随家人杨怀回新都了。”

“哦！真是无巧不成书。”王颖斌惊喜地说，“快！把杨慎兄弟二人叫来，与廷表认识认识。”

“用修、用修！与弟弟快出来！”杨廷宣大声喊。

喊音刚落，杨慎、杨惇从耳房楼上走下来。“五叔，唤侄儿何事？”到了堂屋上，一眼见到王颖斌，忙不迭地惊呼着作揖施礼，“原来是老师驾到，弟子未能远迎，实在惭愧！请受弟子一拜！”

“贤侄，这是你师父的公子王廷表，字民望，号钝庵。”杨廷宣将廷表拉到杨慎身边，“你又添一个新朋友、小弟弟了。”

“廷表小弟，欢迎欢迎！”杨慎笑逐颜开，自我介绍，“我名杨慎，字用修，号升庵。这是我弟弟杨惇。能与贤弟相识，实在三生有幸！”

“杨慎兄，我爹常提到你，我早已与兄多次神交了！请多关照！”廷表喜形于色。

王颖斌说：“杨慎、杨惇，你俩是我的学生，也是你五叔的学生，廷表呢，是我的儿子，当然也是学生，又是你叔父的学生。这说明，我们两家的关系非同一般。你们仨今后常在一起，要亲密无间，情同手足，互相帮助，做好人，读好书，为今后步入仕途、光宗耀祖打好基础。知道吗？”

“老师，我记住了。而且，我还要找机会与廷表八拜之交，义结金兰，不求同年同月同日生，但求同年同月同日死呢！”

“初次见面，就将死字挂嘴上，不吉利！”廷宣有些不快。

“爹，我不会辜负您的期望，一定和慎兄惇弟永远亲如手足，有难同当，有福同享，更晓得吃得苦中苦，方为人上人，一定好好读书，做有用人才。”廷表赶忙说。

“很好！但愿你们弟兄仨有朝一日，金榜题名。”杨廷宣笑道："杨慎，我和你王叔有事要商谈，你就领着廷表到外面去玩吧！"

杨慎牵着王廷表、杨惇蹦跳着，兴高采烈地走了。

仨小伙伴兴致勃勃，不知不觉走到了桂湖边。桂湖，位于新都之南，原为汉代一个行政单位"亭"。隋代开皇十八年（598），在天然湖的基础上，开凿成约五万平方米的景区。经多次开挖、修葺，至唐武则天万岁通天元年（694），南亭已形成颇具规模的园林景观。

园林景观以湖为中心，形成一池三岛的格局。四周布交加亭、观稼亭、枕碧亭、绿漪亭、问津楼等景点，再以廊桥连接岸岛，建有湖心楼等景观，结构简练，风格素雅，布局严谨。湖畔有桂树两千余株，花色品种齐全，古朴典雅，玲珑剔透，每到秋季，绿叶层层、黄花串串、清香四溢；每到夏时，湖里荷花盛开，翠盖如云、千姿百态、香风飘逸，蔚为壮观。

杨慎望着初绽绿韵的荷池说："廷表，你看桂湖美吗？它可是我们新都人的骄傲呀！"

王廷表："杨慎兄，我听父亲说，桂湖很美，今日一见，果然名不虚传。父亲还说，唐代政治家、诗人如张说、郭元振、骆宾王、卢照邻和宋代陆游、刘望之等都游过桂湖。但我不晓得，何以称为桂湖，还乞明示。"

杨慎说："桂湖的来历可以追溯到唐代。初唐宰相张说在此为名臣郭元振送别，写下了《新都南亭别郭元振卢崇道》一诗，诗中有'长怀赏心爱，如玉复如珪'句，'珪'与'桂'谐音，加之这里桂树颇具规模，我朝初年，就被定名为桂湖了。"

"哦，原来如此。想当年，初唐四杰之一的王子安一篇《秋日登洪府滕王阁饯别序》，使滕王阁名闻天下，而张说一首诗，则使新都受各朝各代青睐，这岂不是无独有偶，好事成双吗？杨兄，新都有这么壮美呢湖，就蕴藏着不少灵气呀。”廷表似有所悟，感叹道，“阿迷州城水源丰富，南洞水、泸江水一年四季奔流不息，使得阿迷生机勃勃。但阿迷城内城外都没有桂湖这样的灵湖，实在可惜。”

“那就凭人工开挖一个吧！只要有水，何愁无湖！”杨慎说，“原先，桂湖的规模并不大，之所以有今天之规模，也是历代不断开挖，改造的结果。有篇古代寓言，说北山愚公，年近九十，因太行、王屋二山阻碍出入，而决心搬掉……”

廷表打断杨慎的话，说：“那篇寓言，爷爷给我讲过，记得出自《列子·汤问》。寓言的意思是，做事不畏难，要有顽强的毅力。”说完，陷入了沉思。

杨廷宣的家里，有一间三十余平方米的屋子，这就是杨廷宣教授学生的教学场所。杨廷宣于成化末年考取举人，不想做官，而办起义学，致力于传播中华文化，培养启蒙儿童，使学童读书识理，让儒家的教育事业发扬光大。

这时，杨氏义学里已坐满了学生，共有四十多名。杨慎和王廷表坐在教室中间的矮凳上，各自静静地看书。先生还未到，学生们在各人做各人的事，有的看书，有的写字，更多的则在打闹、嬉戏，整个教室显得一片混乱。

杨廷宣走进教室，学生们立即收敛各自的行动，端站一旁。杨廷宣正襟危坐，回顾教室一眼，开始讲话：“同学们，先给大家介绍一位新伙伴。王廷表，站起来。”

王廷表闻声朝前挪半步，向同学们点了点头。

“这位新同学姓王、名廷表，字民望，号钝庵。云南阿迷州人，他父亲是我新都县学训导。你们只有好好读书，考中秀才，名字才能列入县学中，成为生员，只有在县学挂上名号，才能参加各种高级别的考试，借以获得功名。知道吗？”

“知道！”学生们异口同声回答。

“各地私塾、义学都有一个同样的规矩，学生侍立听先生讲课，我不想这样做，大家就坐到各自的位子上吧！”待弟子们坐定，他接着说，“半年来，我给大家讲了‘三、百、千’，即《三字经》《百家姓》《千字文》。不少同学都背熟了，但还有的同学背得结结巴巴，这不行！要努力呀！”

他又扫视了学生一眼，目光停在王廷表的脸上。“王廷表，你学过《三字经》吗？”

“爷爷教过，我会背。”王廷表站起来回答。

“《百家姓》和《千字文》会背吗？”

“会！”

“你背背我听！”

“赵钱孙李，周吴郑王，冯陈褚卫，蒋沈韩杨……”

“好！背得很流利。”杨廷宣脸上露出欣慰的神色。“再背《千字文》我听。”

“天地玄黄，宇宙洪荒。日月盈昃，辰宿列张。寒来暑往，秋收冬藏。润余成岁……”

“飞好（很好）！”杨廷宣赞叹着说，“我还担心你初来乍到，跟不上课程呢，这下，我可以放心了！”

杨廷宣接着讲：“人生的童少时代，是识字求知的最好时机，此时读书往往过目不忘。宋代苏轼，是我敬重的文学大家，但他说‘人生识字忧患始，姓名粗记可以休’，此说谬也。不识字，何以长知识？无知识，何以处世？因此，一定要正经八百地认真认字，绝不能打滥仗（不务正业）混日子。今天教大家背诵《五言杂字》。《五言杂字》句子短，整齐，四声清楚，节奏感强，朗朗上口，易读易记，可称为一部好字典。民间有一个传说，古时候，有一个人触犯法律，被捕入狱。这人在狱中编成此书，书中所用皆日常生活中的通俗易懂之字。因为他编了这本书，为文学的发展立了功，获得官府嘉奖，减刑释放。这本字典有数百句，今天学习前十二句。我先将句子写在黑板上。”说着，转身写字。很快，墙壁黑板上出现了几行工工整整的宋体字：

汇集诸杂字　劝汝初学生
同时勤读写　字画要认真
毫厘分钱两　戥秤较重轻
米酒鱼肉货　贵贱依价称
油盐茶酱醋　治家不可悭
柴草火与炭　厨下要小心

写完，杨廷宣注目一会儿，转身说：“下面，我给你们朗读三遍，你们再跟我读三遍。然后，你们每人抄写三遍，边抄写边注意读音。明天我抽查，背不出来的，你们说，该怎么办？”

“揪耳朵！”“刮脸皮！”“打手心！”“罚跪！”“逛耳屎（打耳光）！”弟子们七嘴八舌嚷开了。

“知道就好！”杨廷宣说，“不过，我从心底不想这样做，既不愿罚跪，更不想打耳光。我只希望你们知道，读书是为自己而读。我致力于教学，并非‘以其昏昏，使人昭昭’，只要肯学，必有收获。”他突然加重语气，“现在学的是基础知识，练的是基本功，往后要学的东西更多、更难。以后，要学‘四书’‘五经’，要练习对对子，还要学习八股文。若现在的基础打不牢，后果就不堪设想，要想步入仕途，出人头地，光宗耀祖，只是扯混脑儿（做梦）！”

众弟子认真地听着，整个教室鸦雀无声。

“好！听我朗读。”杨廷宣摇头晃脑，抑扬顿挫地读起来。

半年很快过去了。半年间，王廷表和杨慎圆满完成了老师教授的功课，受到老师的多次表扬。那天，杨廷宣教弟子们背诵《神童诗》，能背的可以提前回家，不能背的将留下来继续背诵。王廷表和杨慎最先背出来了，就欢欢喜喜地离开教室。

“杨兄，时间尚早，找个地方玩玩吧！”

“天太热了，我们到桂湖沟洗澡，去不去？”

“洗澡？去！”廷表朗声答。

很快，杨慎领廷表走到新都南门外一条小河边。二人脱光衣服，跳入水中，一会儿来个狗爬式，一会儿来个癞蛤蟆晒肚皮，一会儿扎几个猛子，无忧无虑地玩耍起来。玩了大约半个时辰，两人感到有些累了，看看四处无人，干脆爬到岸上，光着屁股晒起太阳来。

正在这时，新都康县令和一个跟班路过。杨慎和廷表也不回避，只顾玩耍。县令顿时急得火冒三丈，喝令手下拿板子来，要狠揍这两个不知羞耻的小家伙。

“升庵兄，咋办？”廷表问。

“别理他，我们跳进水里，他们就奈何不了我们了。”杨慎说着，一纵身跳进水中。廷表也紧跟其后，一猛子钻入水底，旋即露出头来，望着县官嬉笑。

康县令急得七窍生烟，马起脸（板起脸），骂了几声，便叫跟班把二人的衣裤挂在河边的桂树枝上，又冷笑着开口道：“我出一对子，你二人若对得出来，便还衣裤。对不出来，我就理抹你们，将你俩衣裤扔进河里。”

“你出上联！”杨慎仰头望着康县令。

县官摇头晃脑吟道：“千年古树为衣架！”

升庵开口便对：“万里长江作澡盆！”

县官大吃一惊，不觉赞道：“好，对得好！”

话刚落音，钝庵吟道：“两尾金鱼化海龙！”

县令又是一惊，连声赞道：“好！有志气！不过，‘万里长江’对得最板扎，有气魄。当然，‘两尾金鱼’也不错，有志气。你二人将来必定成大器，让‘两尾金鱼化海龙’，将‘万里长江作澡盆’，自由来去。但是，不能自满哟！若自满，就没长进了，那就要成蛇钻草了！”

“老爷，你出上联，两小儿对下联，这叫啥子对子嘛？”跟班问。

“这叫三柱对，懂吗？”康县令笑道。

廷表灵机一动，说：“老爷，我出一对，你能对吗？”

“你出句，我对？你这不是班门弄斧吗？”县官满不在乎地冷笑道。

廷表也不争辩，说：“我的上联是：出口成联，品味三人三柱对。”

县官想了半天，一时对不上，说了声：“我有要紧事，不能和你们对答下去了。有空到县衙做客！别客气！”匆匆而去。

王廷表见县官走了，笑吟道：“含羞遁迹，讥嘲一主一跟班。”

杨慎和王廷表穿好衣服，坐在湖边青草地上，闲聊起来。

“唉！”廷表一声叹，又惆怅着自言自语般咕哝起来，“新都有如此美丽壮观的湖，蕴藏着多少灵气呀！可惜，我的故乡阿迷州，水源丰富，南洞水一年四季奔流不息，但就缺少一个灵湖，水白白地流走了。怎不令人扼腕叹息！”

“我说过，凭人工开挖一个！只要有水，何愁无湖！”杨慎打断廷表的话。

“是的，应该建一个人工湖！”廷表一拍大腿，慷慨道，“有朝一日，我若回到故乡，一定要说服爷爷和我爹，将我家位于白鸡坡西南、仁者一带的几十亩良田让出来，再动员赵老祖公子孙、几位乡贤捐一些，建个百十亩的阿迷湖！不！阿迷太土，还是叫南洞湖！也不对，南洞离湖远了些，应该取个高雅、神奇、响亮的名字！叫什么呢？杨兄，你帮我想想！”

“你准备建湖的地方，可有啥子名胜古迹，或美妙传说？”

廷表眉头一皱，记上心来，笑道：“有！离我家田亩不远的地方，有座白鸡坡。相传，很久很久以前，坡上有一只貌似雄鸡、头戴红冠、全身雪白的大鸟。此鸟栖息于一棵古老的梧桐树上，喝的是一个秘密山洞里的清泉，它不食人间烟火，也不食稻谷杂粮、蔬菜果品、荤腥鱼虾之类，只吃竹子花酿成的竹米。但奇怪的是，它不理睬百鸟嘲笑，喜欢收‘破烂’，天天用嘴叼、翅裹、脚抓，或想尽一切办法，将人们收落的、丢弃的五谷杂粮和鸟兽吃剩的食物，收集、囤放在一个宽敞、寒冷的秘密山洞里。有一年，突然干旱，庄稼颗粒不收，果树都不挂果，百鸟饿得气息奄奄。是这只白鸡鸟，将百鸟请进山洞，打开粮仓，才使百鸟有吃有喝，渡过难关。这使百鸟感恩不尽，在孔雀主持号召下，每只鸟献出一根漂亮的羽毛，让心灵手巧的孔雀公主编织成一件七彩斑斓的锦衣，献给白鸡鸟，并一齐尊白鸡鸟为‘百鸟之皇’……”

“这传说太美妙了！”杨慎忍不住鼓起掌来，朗声说，“贤弟，这不是现成的吗？白鸡鸟穿上锦衣，不就是凤凰了吗？凤凰涅槃，就让人工湖在阿迷人热爱家乡的热情中诞生吧！凤凰湖！凤凰湖！！”

“好！板扎！就叫凤凰湖！”王廷表一锤定音。

诗曰：

新都识友乐悠悠，联句吟来见胆谋。

莫道顽童无大志，时机一到写春秋。

第五章
用修拜师求学问　民望勤学获真知

明弘治十一年（1498）重阳节后，杨慎母黄夫人病，病中叨念杨慎，叫丈夫杨廷和将杨慎接进京来。杨廷和立即派人将杨慎、杨惇接进北京城。

见到儿子，黄夫人自觉精神好了许多。阔别二年，她十分关心杨慎的学习，那天晚上忙不迭地问："你在新都，读书可有长进？"

杨慎说："母亲放心，孩儿有五叔和王叔教导，决不会落人之后。如今，我已背熟了《三字经》《千字文》《神童诗》等书，而且还读了不少古文，学会对对子、写诗填词了。"

黄夫人高兴极了，说："你能吟两句诗给我听听吗？"

杨慎环顾母亲卧室一眼，当即吟出一首七绝来。诗中有"一盏孤灯照玉堂"之句。当时，杨廷和也在场，听了杨慎的诗，很不高兴地说："句佳矣，但恨太孤寂耳！"杨廷和心想，这是不吉祥的诗句，为此，郁郁寡欢了好几天。

挨到第二年正月，杨慎母亲黄夫人病故。二月，祖母叶太夫人又驾鹤西去，祖父杨春为守孝而退职。

杨慎遵父之命，随父回四川为母亲和祖母守孝。其间，祖父教他学《易经》，才二十多天，他就将《易经》背熟，一字不漏。他还作了一篇《古战场文》，三叔杨廷仪读到"青楼断红粉之魂，白日照翠苔之骨”句，赞不绝口；又叫他写了一篇《过秦论》，他一挥而就，使祖父感到十分惊讶，自豪地说：“吾家贾谊也。”

明弘治十四年（1501）四月，杨慎随父亲返回京城，拜福建进士魏浚为师，为乡试中举人做准备。一天，杨慎诗兴来潮，随手写了一首《黄叶诗》，首辅李东阳见了，高兴地说：“此非寻常子所能，吾小友也。”当即主动将杨慎收为门下弟子，悉心栽培。

此期间，杨慎与比他大九岁的云南永昌（今保山）人张含相识，二人结为兄弟，又与四川同乡冯驯、石天柱、夏邦谟、刘景宇、程启充等人成立才子诗社，饱读诗书之余，吟诗作对，互相酬唱。

杨慎在京，有许多朋友相伴，自得其乐。然而，他总忘不了好友王廷表。年前，两人常书信来往，嘘寒问暖，共话友情，互相勉励。但不知什么原因，一年多没收到廷表来信了。“钝庵怎样了，怎么连信都不复一封呢？该不是出啥子意外了吧！”杨慎忧心忡忡。

杨慎回京后，廷表仿佛失去了什么，只觉得心中空荡荡的，感到很孤独。一见如故，情投意合的总角之交，竟然只相处了两年，就远隔千山万水，南北相思，谋面无期，这难道是命运的安排吗？

他想起来了，分手那天，他一直将杨慎送到北门之外，最终不得不依依惜别。他含着泪水问杨慎：“升庵兄，今日一别，何时才能相逢呢？”

杨慎鼻子一酸，清流直下，哽咽着说：“贤弟，何日重逢，愚兄也难预料，唯一的希望是，我俩有朝一日能金榜题名，同在朝廷为国效力。为这一希望能梦想成真，我俩只能天各一方，而相互勉励，精于学业，刻苦求知了。”

“杨兄，到北京后，别忘了写封信来。”

“这当然！何止一封，若有闲暇，我真想每天一信呀！”

“杨兄，送君千里，终须一别。祝兄一路平安！”

明弘治十二年（1499）正月，王颖斌突然收到母亲来信，说父亲王封病重，估计已不久于人世，要儿子携妻儿赶快回家。听到消息，颖斌悲伤至极，伤心了一夜。第二天一早，就携带妻子、儿子，雇辆马车，直奔阿迷。

王封见儿子回来，十分高兴，病情居然好了许多。一个多月后，颖斌见父亲病体已安康，还时而给廷表、廷贵讲《易经》，教两兄弟读书明理，即准备返回新都。没承想，一天上午，王封起床后洗漱完毕，提起象棋袋出门，准备找棋友下棋，却不小心在路上摔了一跤，心慌头痛不止。请郎中诊断，说是脑中溢血。服了一个多月药后，不但未见病情好转，而在一天子夜，善觉寺钟声响过后不久，溘然长逝。

王封走了，颖斌全家悲痛不已。丧事完毕，就一直丁艰，直到明弘治十四年（1501）五月才返回新都。

到了新都，杨廷宣告诉王廷表，你随父返阿迷之后，杨慎与父亲扶黄夫人及祖母灵柩回新都，守孝一年多，刚回京一个月。

廷表听罢，不觉惊叹：“唉！一次与友重逢的机会又失去了！我们两家，为酿会在同一时间办理丧事呢？这难道是冥冥之中，有一只无形之手，要拆散我们吗？真是‘人有小九九，天有大算盘’呀。”感叹之间，心血涌来，情不自禁地口占一绝：

相知来去水淙淙，梦断关山路几重？
但盼桂湖波涌北，扁舟一叶载从容。

“钝庵，上课了，你还在那儿愣着干什么？”一位同学在高声喊。

廷表从遐想中缓过神来，匆匆跑进教室。

杨廷宣见王廷表气色不太好，知他是思念好友杨慎所致。安慰道："廷表，凡事要提得起来，放得下去。人生何处不相逢？只要情谊在，虽远隔千山万水，也近在咫尺。'海内存知己，天涯若比邻'，心中有友就行了！英雄气短，儿女情长，绝非志士仁人所为。正值华年，当潜心于学问。若陷于情感之中不能自拔，后悔之日，则已晚矣！"

"老师，我知道了。"廷表说。

"现在开始讲课。"杨廷宣说，"今天继续学对对子。对子是啥子？对子又叫对联，雅称楹联，有人称其为两行文学。是我国传统文化的一种文艺形式，是我中华民族独特的文化瑰宝。对联讲究言简意赅，对仗工稳，平仄协调。"

"老师，什么叫平仄？"有一个同学问。

"你刚来不久，情有可原。这些，我过去已经讲过。"杨廷宣见王廷表低着头，似乎在想什么，就喊，"王廷表，你给大家重述一遍，哪样叫平仄。"

王廷表马上缓过神来，说："语言分为四个声调，平、上、去、入，平声即为平，上、去、入三声为仄。对了，平声中又分上平声和下平声。"

"对！大家记住了。弄清声调很重要，声调弄不清，就无法吟诗作对。"杨廷宣接着讲，"对子种类分春对、喜对、寿对、挽对、名胜对、装饰对、行业对、交际对、杂对，包括谐趣对等。对子文字长短不一，短的仅一两个字，长的多达数十字，苏东坡题许昌天宝宫联就有三十六字。对子形式多样，有正对、反对、流水对、连珠对、集句对等。对子要求：一要字数相等，断句一致；二要平仄相协，音调和谐；三要词性相对，位置相同；四要内容相关，上下衔接。对子始于五代，盛行当今。记住了吗？"

“记住了！”弟子们同声答。

“下面，我以一副对子为例。”杨廷宣说着，在板壁上写：

新年纳余庆
嘉节号长春

“好！大家齐读一遍。开始，读！”

“新年纳余庆，嘉节号长春！”

“好！”杨廷宣点点头，转身在黑板上写字：

鸿是江边鸟
蚕为天下虫

写完，教大家念。念罢，意味深长地说：“此联是当今朝廷大官、云南才子杨一清大人所作。你们要好好读书，若能当上大官，说不定还能在京城见到杨大人，聆听杨大人教诲呢！”

“老师，您为何不当官？”有个学生突然问。

杨廷宣轻轻一笑，如答似问：“我若当官，能有这么多学子吗？”

大家一齐笑起来。杨廷宣说：“我再举一例。”又写在板壁上：

炭黑火红灰似雪
谷黄米白饭如霜

写完，杨廷宣念了一遍，又带大家念了两遍。接着开口道：“下面，当场对对子。同学们可以抢对！”说着，吟道，“梅花！”

“桂树！”王廷表对。

“常青树！”

“短命花！”王廷表对。

“啥子短命花？你解释一下。”杨廷宣皱着眉头问。

“短命花暗喻昙花，昙花一现可谓短命。”王廷表缓缓道，“老师所出上对，并非专指某种树，故下对也可不求专指。”

“好！下一对：桂湖波浩荡！”

没有人抢对。杨廷宣又念一遍：“桂湖波浩荡！”

仍然没有抢对。杨廷宣有些生气了，说：“啥子是对联，怎样写对联，我讲得还不明白吗？我‘言之谆谆’，尔等‘听者昏昏’，岂非我枉费口舌？”转对王廷表：“民望，你还能对吗？”

“能！”王廷表答，“我的对句是：竹箐水清幽。”

“桂湖是专用名词，竹箐是啥子唉？”杨廷宣问。

“竹箐是阿迷州山区的一个村寨。我爷爷到村中访友，带我去过。那里森林莽莽，溪水潺潺，清静幽雅，恍若仙境。”

“好！地名相对，贴切工稳，难得！”杨廷宣赞罢，兴冲冲说，“今天就对到这里。大家回去后，每人试对两个对子，明日交卷。今天王廷表表现突出，大家都要向他学习。听见没有？”

“听见了！”

“放学！”

亥时临近，万籁俱寂。二更鸡唱，梆声响起。王廷表坐在烛光下，埋头阅读王勃的《秋日登洪府滕王阁饯别序》，边读边在空白处圈圈点点。这已是他第五次阅读此文了。

此序对偶齐整，辞藻华丽。——实乃文章之典范！

物华天宝，人杰地灵。——极妙，催人振奋！

层峦耸翠，上出重霄；飞阁流丹，下临无地。——可谓神来之笔，若非椽笔妙手，安得此句！

落霞与孤鹜齐飞，秋水共长天一色。——堪称千秋绝唱！吾笃信，如此妙句，前无古人，后无来者。

——此序表面为壮景，暗中抒发怀才不遇之情感。妙！

——唉！惜哉！才气纵横的子安，竟因此妙文被逐、被革职，实在令人肿气！悲哉！如此文章里手，文坛大家，竟然因渡海溺水而亡！二十七岁，可是人生最得意的黄金时代呀！难道说，老天爷也忌才吗？

……

圈点之间，他情不自禁地叹出声来："将王子安列于'唐初四杰'之首，合情合理。"叹着，不由得想起杜工部题咏"初唐四杰"的诗，就将诗抄于文章的天头空白处：

王杨卢骆当时体，轻薄为文哂未休。
尔曹身与名俱灭，不废江河万古流。

抄罢，轻轻点头道："单个憨眯日眼，却嗤笑诗人的人们啊，肯定要被岁月埋葬！而王勃等人的名字及其诗文，必定像大江大河之水，奔流不息！"念罢，颇有所悟，"人到世间，就该干出一番事业，岂能总是'对酒当歌'，哀叹'人生几何'呢？我们这些与笔墨打交道、探索学问的人，更应该写出好诗好文章来，'为人性僻耽佳句，语不惊人死不休'，我当以杜子美为表率，决不能碌碌无为，贻误此生！"

他感到有些困倦，伏在桌上，不知不觉就睡着了。

"印儿、爱妹！"喊声在耳畔响起，他睁开惺忪的眼睛，见慈祥的母亲站在身旁。

"娘！"他揉揉双眼，叫了一声。

"印印，子时快到了，还不睡！"母亲嗔怪中蕴满爱怜。

"很快就睡。"廷表说，"老师布置了两题作业，明天必须交卷。完成作业，我就睡了，娘去睡吧！"

“我给你煮两个糖鸡蛋，补补身子，好吗？”

“不必，我不饿。”

“不行，你等着！”母亲说完，走进了厨房。

廷表铺开纸，提起笔，沉思起来。“写酿呢？”突然，宝光寺子夜正点的定时钟敲响了：铛、铛、铛……

“有了。”廷表在纸上疾书，很快，一副对联跃然纸上：

子夜钟声，敲醒宝光寺；
案头灯火，点燃童稚心。

写完，廷表感到很满意，也松了口气，正想找出庄子的《庖丁解牛》再读一遍，从中找到灵感，完成作业，母亲却端着糖蛋走出厨房，来到了身边。“民望，快趁热吃！吃完就睡觉了，好不好？”

“好！谢谢娘！”说着，端起碗来，吹了吹，正准备吃，似乎想到什么，又望着母亲说，“娘，您吃一根吧！”

“娘不吃，你吃！”

看着母亲慈祥的面容，一股热流直涌心头。母爱是多么了不起呀！廷表心里想着，睫毛闪了闪，双目湿润了。他深情地看母亲一眼，将嘴凑到碗边，慢慢地吃起糖蛋来，猛抬头，见母亲站在一旁看着他微笑，心中顿时浮上许多幸福之感，赶忙说：“娘去安歇吧！”

“不！我要看着你吃完，然后入睡。”

廷表吃完糖蛋，又旁若无人般地陷入沉思。想起母亲寅夜给自己煮糖蛋的情景，禁不住泪水盈眶，一副对子也蓦地涌上笔端：

夙愿欲酬，赤子勤耕红烛下；
爱心难泯，慈萱煮蛋夜厨中。

“娘，我的作业完成了。我要睡觉了！”说着，高高兴兴步向卧室，刚到门口，似乎又想到什么，忙转过身来，深情地说，“娘，刚刚孩儿写了副对子，我知道娘诗赋辞章、琴棋书画，样样精通，还请娘指正。”说完，将对子递给母亲。

杨氏贞贞接联一看，惊喜交集，意味深长地说：“对子写得很板扎，娘无法挑剔。但愿我儿实现愿望，娘更相信，我儿一定能实现愿望，让梦想成真！下联嘛，见景生情，也很好。但天下父母，都爱自己的儿女，娘为儿煮鸡蛋，就不值一提了。”

廷表眼里含着泪，喃喃道：“不！娘，人活世间，岂能无感恩之心！”

廷表刚放学回到家中，弟弟廷贵就蹦到身边噘着嘴说：“哥，两天没给我讲故事了。讲一个吧！”

“故事要听，但最主要的是认字、认词、认句子。”廷表说，“掌握的字、词、句多了，就可以自己看书了。”

“哥！《三字经》我会背了，就连唐诗宋词我都会背好几首了。”廷贵得意地说，“爹还叫我背熟了辛弃疾的《破阵子》，不信，我背给你听。‘醉里挑灯看剑，梦回吹角连营。八百里分麾下炙，五十弦翻塞外声。沙场秋点兵。马作的庐飞快，弓如霹雳弦惊。了却君王天下事，赢得生前身后名。可怜白发生！’完了！”

“背得好！”廷表高兴得鼓起掌来。“你晓得辛弃疾是哪样人吗？”

“爹说了，他是南宋的一根大词人，也是大英雄。”

“对！辛弃疾字幼安，号稼轩，山东人。他二十一岁时，参加抗金起义军，后来投归朝廷，先后在湖北、江西等地当官。他最恨贪污腐化的官员，杀了好几根坏人。他打仗勇敢，武艺高强。可是，南宋皇帝是根昏君，不重用他。他有心报国，却无机会，后来忧郁而死。”

廷贵静静地听着听着，渐渐皱起了眉头。

“辛弃疾写了六百多首诗词，还写了不少文章。”廷表继续讲，“他的词写得最好，艺术风格多样，以豪放为主。你刚刚背诵的《破阵子》，就是豪放的典范，读起来令人慷慨不已，意气风发。”

“哥，最后一句，我觉得太悲伤了。”

“那是他对怀才不遇的感慨，也是对昏君的控诉。”廷表说，“弟弟，你最近也很有长进，值得表扬，认真学习的精神应该发扬。”

廷贵：“我听哥哥的。”

廷表：“唐诗人韩愈《进学解》说：‘业精于勤，荒于嬉；行成于思，毁于随。’你晓得是酿意思吗？”

廷贵：“意思是，要勤奋读书，不能贪玩，做事之前要多想，不能随便。”

“你只说对一半。”廷表说，“‘行成于思，毁于随’，意思是，品行的养成在于多反省，而败坏则由于因循懈怠。就是说，一个人既要刻苦求知，又要培养道德，就是人们所说的‘德艺双馨’。懂了吗？”

王廷贵点点头。

“小弟，你年纪已不小了，总在家靠父母教导也非长久之计。父亲在县学很忙，母亲要做家务，哪有时间总是督促你。”廷表说，“我跟爹说一声，你也去杨叔叔的义学堂就读吧！”

“我从初学级开始？”

“私塾、义学都没有初级、高级之分。学生经常出出进进。”廷表说，“在我的同学中，还有四五十岁的人呢！”

“四十多岁还在私塾念书？”

“这不奇怪，中不了秀才，名字就入不了县学，就只能混！当然抱着混的念头、整日只晓得馕斋、肿脖子，不晓得自我鞭策的人，最终必将一事无成。若踏踏实实求知，必将一鸣惊人，出人头地。”廷表说，“不好好读书，一天天增长知识，混到六七十岁，还倚老卖膪，那是憨包。三国时吴国名将吕蒙，原先不好好读书，学识浅薄，被时人讥为‘吴下阿蒙’，但后来……”

“后来他勤奋读书，学识渊博。”廷贵抢着说，“因此，他自豪地说：‘士别三日，当刮目以看。’鲁肃赞其：‘学识英博，非复吴下阿蒙。’”

廷表惊问：“你咋会晓得这一典故？”

廷贵：“母亲讲的。”

廷表会心地笑了。

“哥，你是秀才吗？”廷贵突然问。

“还不是。”廷表说，“要成秀才，首先必须过三关：县试、府试、院试，这三次考试，都必须在原籍，或入籍定居的地方。就是说，我要回阿迷州参加县试，过关了才能到临安府参加府试、院试。院试过关，就取得生员资格，生员包括监生、荫生、贡生，统称秀才。这三关过后，还有更重要的三关：乡试、会试、廷试……”

“哥，要考这么多试，太苦了嘛！”廷贵又皱眉又摇头。

“当然苦！”廷表正色道，“要金榜题名成进士，要出人头地，能不苦吗？弟弟，记住了：读书苦，不读书更苦；做人难，不做人更难呀！”

廷贵轻轻点了点头。又问：“哥哥啥时候回阿迷州考试呢？”

“爹太忙了，没时间带我回乡。”廷表说，“不过，爹说了，最迟后年，一定回乡考秀才，要我好好读书，争取一次成功。”

“哥一定能考取！我敢说！”

诗曰：

刻苦求知喜拜师，腔中意气总飞驰。
龙门跃过非虚话，一卷人生写满诗。

第六章
四友相邀游胜迹　二杨乡试中举人

明正德元年（1506），首辅刘健及吏部韩文和九卿诸大臣上书请诛宦官刘瑾等“八虎”。正德皇帝不但不听，反而提升刘瑾为掌司礼监，马永成、谷大用分掌东西厂和锦衣卫，并当即勒令刘健、韩文等致仕。

刘瑾倚仗皇帝的宠爱，更加飞扬跋扈，结党营私，镇压异己，并诱武宗游宴微行，侵夺民田，增设皇庄至三百余处。正德五年（1510），安化王朱寘鐇在宁夏拥兵反叛，三镇总指挥杨一清奉命征讨，很快就平定叛乱。在平叛中，一清列数刘瑾十八条罪状，劝一向与刘瑾有过节的宦官、监军张永剪除大权奸刘瑾，张永当然乐意，就按杨一清之计，乘献俘奏功之机，告刘瑾图谋反叛，武宗朱厚照又畏刘权势过高，终行不轨，就将刘瑾杀了。

刘瑾死前，李东阳已入内阁为首辅。杨廷和被召入阁，预机务。这是明正德二年（1507）年初发生的事。

五月的一天，杨廷和对杨慎说：“用修，你和你弟去年、前年已分别获生员资格，你已老大不小了，不能再拖时间了。今年，和你弟弟回四川参加乡试吧！”

“啥子时候走？”杨慎瞬间惊喜不已。

“明天一早出发。”

“这么快？硬是要得！”杨慎高兴得一跳老高。

第二天，杨慎和弟弟杨惇在亲信杨怀的陪同下，坐上马车，往新都进发。一路上，杨慎喜笑颜开，诗思泉涌，口占了好几首诗。杨惇问他为何这般高兴，他说：“故乡是游子的根，那里有秀丽的山水，有最亲的亲人，有最好的朋友。”

“我知道，你又想念王廷表了。”杨惇说，“你回京后，多次提起廷表，昨晚夜深人静时，你还在梦中呼喊：‘钝庵、钝庵！走，桂湖板澡去！’你喊着，脚一蹬，差点将我踹到床下。”

杨慎：“有这事？”

杨惇：“狗吃馒头，心中有数，有没有你心里明白！”

游子回家，归心似箭。经十余天的晓行夜宿，终于到达了目的地。刚回到新都，杨慎就急急忙忙走进了王颖斌家中。

“杨慎兄，哪股风将你吹来了？”王颖斌大吃一惊，“咋不先来封信告知？”

“我父临时决定，来不及了。”杨慎说，“我爹向您问好！”

王廷表见杨慎突然出现在眼前，瞬间惊喜交加，兴冲冲问：“杨兄，是做梦吗？”

“不，不是梦，是真真切切的现实！”杨慎一把抱住王廷表，两人互相亲切地捶打起来。

“杨兄，何事匆匆而来？”

“此番回来，准备参加乡试。”杨慎激动地说，“走！外面走走，边走边详述。”

“那你得辛苦一阵子了。”路上，王廷表脸上露出几分惆怅，“今天，我请你喝酒，好好叙叙友情。明天开始，你和惇弟就好好复习功课吧！为了你前程无量，就将友情尘封起来吧！”

“不！贤弟错了！”杨慎含着微笑，果断地说，“明天开始，和贤弟饱览山水，尽兴方休！”

“这不行！误了学业，一旦落第，怎样向伯父交代？”廷表说，“再说，我爹若知道我们去游山玩水，会答应吗？”

“兄弟放心，学问靠平时勤奋，岂能寄希望于临时抱佛脚？”杨慎自信地哈哈大笑起来，“至于王叔，我自有办法，让他不但不反对，还会大力支持。”

“有主意吃主意，无主意吃力气。那就看你三寸不烂之舌了。”廷表笑道。

下午吃饭时，杨慎向王颖斌扯个谎，说他与廷表、杨惇、廷贵明天要去成都，找贡院一位师长讨教乡试有关的事项，为乡试做准备，多则十天，少则五日。这不是两全其美，让廷表、廷贵也长长见识的好机会吗？王颖斌当然高兴，点头同意。当晚，四人就住在廷表家，杨怀则回自家看望父母了。杨慎和王廷表共枕同眠，在被窝里叙了一夜的友情，直到四更梆声敲响，才闭上眼睛。

“民望、用修、廷贵、杨惇，天亮了，起床吧！”廷表的母亲边喊边轻轻敲门。

杨慎、廷表等人从睡梦中醒来，见太阳光已斜射入房内。四人应答着，匆匆起床，洗漱完毕，准备出门。

“来，先吃点东西，我给你们做了刀削面。”王廷表母亲说着，将面端到桌上。

“谢谢师母！”

“谢哪样？一家人别说两家话。”

两人和廷贵、杨惇匆匆吃完面，告辞王母。王廷表、王廷贵向老师请了假。杨慎向五叔请了安，雇辆马车，直奔成都而去。

成都城里，灯火辉煌，人来人往，热闹非凡。杨慎、廷表与杨惇、廷贵找个客栈住下，又到街上买了几碗担担面充饥。回到客栈，不顾劳累，商量起此行路线来。

“四川名胜古迹、名山胜水数不胜数，欲一一游览，虽半年时间已未尝可览尽。”杨慎说，“我们此行，先游西面杜甫草堂，再转南面武侯祠，然后到乐山，再到峨眉山。阿坝黄龙寺、九寨沟，江油李白故居、落凤坡、望江楼、青羊宫、文殊院等名胜就不去了。青城山，都江堰在灌县，待返新都后再去浏览。贤弟以为然否？”

“一切由兄安排，小弟听命就是了。”廷表、廷贵和杨惇点头赞同。

“按理说，李白故居当去。”杨慎显出些无奈，说，“但绵阳江油地处成都东北，要去，唯有回新都后。”

“兄言极是。”廷表也不无感慨地说，“李白乃唐代大诗人，其《静夜思》通俗易懂，内涵深邃，世人传唱。他的诗，浪漫天真，意气飞扬。他被世人尊为诗仙，实在令人佩服。”

“对！明天我们先游杜甫草堂，则可联想到李太白。”杨慎说，“韩愈《调张籍》曰：‘李杜文章在，光焰万丈长。’李杜齐名，一个诗仙，一个诗圣，皆为吾辈楷模。”

“明天游杜甫草堂，见景生情，兄必诗兴大发了！”廷表说。

“写诗须凭灵感，明天再说吧！”杨慎说，“整日路途颠簸，我已感劳累，晚安吧！”

“好，晚安！”

杜甫草堂位于成都西郊。

杜甫，字子美，唐太极元年（712）生于河南巩县。二十岁始，杜甫漫游吴越、齐赵。天宝五年（746）赴都城应试，落第后旅居长安十年。唐天宝十四年（755）安史之乱爆发后，逃往凤翔投奔肃宗，拜为左拾遗。后因得罪肃宗，被贬华州。唐乾元二年（759）弃官西行，经天水同谷入蜀，于成都西郊浣花溪畔筑茅屋定居。前后住了四年，写诗两百四十余首，其中《蜀相》《茅屋为秋风所破歌》颇为著名。杜甫曾一度任检校工部员外郎，故世称杜工部、杜拾遗。

杜甫离开成都后，草堂便倾毁不存。五代前蜀时，诗人韦庄（836—910）寻得草堂遗址，重结茅屋。至宋代又重建，并绘杜甫像于壁间，始成祠宇。此后，祠堂屡兴屡废，明弘治十三年（1500）又重建……

注目草堂良久，几分凄凉感不觉涌上王廷表心头，感叹之间，不禁吟出声来：

几层衰草遭风戏，谁信此间诗圣堂？
韵逐花溪成大海，原来岁月即文章。

“好诗！”杨慎一声惊呼，“人去屋空，衰草飞扬，这咋个会是诗人的殿堂呢？然而，浣花溪犹在，那溪水弹唱之声，不就是杜拾遗诗之遗韵吗？诗韵长流，诗人固然长在矣！”

“我以为，此诗最耐人寻味的是后两句。”杨惇说，“这‘大海’，写的是后人，在杜甫后来的岁月中，必将有诗词、文章层出不穷。长江后浪推前浪嘛！”

“马尾穿豆腐，提不起！二位兄弟过奖了。”廷表谦罢，改口道，“升庵兄，你觉得杜甫最可贵之处何在？”

“自然是德艺双馨！”杨慎说，“杜工部的一生光明磊落，他的诗，贴近生活，贴近百姓，无不吐露劳苦大众的心声，其现实主义精神，必将千秋传颂。”

“你还记得他的《茅屋为秋风所破歌》吗？”

“当然记得！这首诗，我五岁时就能背了。”杨慎说着，随之抑扬顿挫、沉吟起来，“八月秋高风怒号，卷我屋上三重茅。茅飞渡江洒江郊，高者挂罥长林梢，下者飘转沉塘坳。南村群童欺我老无力，忍能对面为盗贼……”吟罢，感叹着说，“这首诗，最弥足珍贵的是最后几句：‘安得广厦千万间，大庇天下寒士俱欢颜，风雨不动安如山！’‘何时眼前突兀见此屋，吾庐独破受冻死亦足！’诗如其人。诗人能从自己的悲伤中，念及天下苍生，其情操何等高尚啊！”

“兄所言极是。杜工部确实是一位了不起的诗人，被历代冠以‘诗圣’美誉，理所当然。依我看，他是中国迄今为止，最伟大的诗人，论对国家的热爱、对人民的同情，以及诗的造诣，无人与之比肩。”廷表慷慨陈词罢，突然问，“升庵兄，若兄有朝一日朝廷为官，当如何执政？”

“廉洁刚正，报效国家！为申正义，死而无憾！”升庵不假思索，脱口而出。

“豪壮！”廷表竖起了大拇指。

几声闷雷响过，天空细雨麻淋。平时热闹的成都城，显得有些萧条。街上行人稀少，商店冷冷清清。

杨慎等四人行于泥石路上，却安之若素，笑容满面。渴慕已久的武侯祠很快就到了，能不喜形于色吗？

武侯祠到了，这时，雨过天晴。被雨水洗过的大地一片清亮，美丽的锦官城更显得素净淡雅，绚丽多姿。再加上身着五颜六色的逛街、购物的人越来越多，更给古城增添了许多动感和美感。

武侯祠宽敞恢宏，古柏苍翠，红墙环绕，庄严肃穆。主体建筑坐北向南，摆在一条中轴线上，依次是大门、二门、刘备殿、过厅、诸葛亮殿，西侧是刘备陵园及其他建筑。二门至刘备殿与东西殿过厅至诸葛亮殿与东西两厢房，形成四合建筑结构，两侧皆有园林景点。

武侯祠始建于西汉末年，明代初年并入刘备殿。祠内文物颇多，以唐碑最为珍贵。唐碑立于大门至二门之间，高三百六十七厘米，宽九十五厘米。唐宪宗元和四年（809）刻立，斐度撰文，柳公绰书丹，此碑文章、书法与诸葛亮功绩绝世，在明代初即誉为“三绝碑”。

凝眉“三绝碑”，杨慎感慨不已，敬慕之间，咏得《六州歌头·吊诸葛亮》一首，词曰：

伏龙高卧，三顾起隆中。割宇宙，分星宿，借江东。祝东风。端坐舌战徂公。激公瑾，连子敬，呼翼德，挥白羽，楚江红。乌鹊惊飞，虎踞蚕丛地，炎焰重融。吞吴遗恨在，受诏永安宫。尽悴苍穹。鉴孤忠。　　念行营草，出师表，心匪石，气凌虹。岁去志，年驰意，早成翁。目断咸潼。出五丈，屯千井；旗正正，鼓冬冬。天亡汉，将星陨，卯金终。巾帼食槽司马，生魄走，死垒遗弓。遣行人到此，千古气填胸，多少英雄。

“妙哉！诸葛孔明一生的功绩与失意、后人的无限尊崇爱慕、诗人的万千感慨，都被一百四十余字概而括之矣！若非大手笔，安能有此绝妙之词！”廷表忍不住拍掌惊呼。

“兄长此词确实不错，理应祝贺！”杨惇也说。

杨慎吟罢，却潸然泪下，叹道：“贤士偏不能长寿，不亦悲哉！”

王廷表在默默地品读“三绝碑”碑文，读着读着，顿觉诗思泉涌，吟道：

汗青阅罢数豪雄，最慕石碑铸大功。
北战南征威盖世，鞠躬尽瘁壮如虹。

当惊人去英魂在，何虑心诚岁月空。
醒梦只缘卧龙啸，吾侪循步始而终。

吟罢，意犹未尽，想起诸葛亮的八阵图，又唱道：

垒起几堆石，演成八阵图。
陆郎惊魄散，诸葛笑眉舒。
天地风云聚，龙蛇虎鸟蠕。
奇谋筹智者，妙法蕴玑珠。
猛将三千跃，精兵十万呼。
文王疑降世，周易讶重书。
何怅难圆梦，莫悲未噬吴。
江山期一统，锦绣有人铺。

“钝庵兄，真不愧五叔之得意门生。两首诗可谓内涵丰富，回味无穷呀！”杨惇赞道。

“惇弟，你大概不知，钝庵对《易经》和诸葛孔明情有独钟，多年来精心研究过《易经》，常将他读‘易’的心得体会记在本子里，同时在书信中与我交流。”杨慎道，“他读孔明八阵图，悟出八阵图与周文王的六十四卦、道家的八卦以及《周易》关系密切，吟出诗来自然独具匠心，逸韵悠长。”

“是的，诸葛亮的八阵图，确实与《周易》分不开，实为周文王八卦方位图之重现。”廷表说，“八阵图吸收了刚柔相济、以柔克刚的精髓，融入文王和道家八卦的排列组合方式，兼容天文地理，变化万端，可谓古代不可多得的作战阵法。”

“《周易》是我哥最喜欢的书之一。”廷贵说，“那年，我们全家回阿迷看望生病的爷爷，爷爷给我们讲《周易》，爷爷去世后，又为爷爷丁忧，返回新都后，哥哥就常常捧读《周易》，有时竟然入了迷，觉也不睡，还写了不少读书感悟。哥还对我说：‘《周易》源远流长，博大精深，易理包罗万象。’嘱我也要挤时间认真读一读，从中悟彻做人的道理。”

“廷表兄，请问，《易经》的核心是啥子？”杨惇问。

“其实，《易经》看似复杂，什么‘太极生两仪’‘两仪生四象’‘四象生八卦’等，但说来说去，只包含两个符号：阴和阳。人间万物，都由阴阳构成，‘一阴一阳之谓道’。总而言之，‘道法自然’。”廷表说，“但是，别小看阴阳两字，其内涵极其丰富，同样一句话，可读出多种释义，而每种释义，都能给人教益和启迪。”

“贤弟所言极是。”杨慎频频点头。

“我记得，有人说过：‘亮长于巧思，损益连弩，木牛流马，皆出其意，推演兵法，作八阵图，咸得其要云。’这是哪个说呢？”王廷贵转了个话题。

“这段话载于西晋史学家陈寿《三国·蜀志·诸葛亮传》。”廷表肯定地说。

“哦！二位兄长，可知八阵图在何处？”

“白帝城永安宫南江滩上。”杨慎、廷表同声答。

杨惇道：“我还以为二位兄长不晓得呢！”

“有意考我们？”

“不敢！”

四人相对大笑。

回到客栈，日已西沉。四兄弟意犹未尽，兴致勃勃天南海北，侃起大山来。讲到屈原时，他们侃起了宋玉；讲到诸葛亮时，他们又议论起曹操；讲到苏东坡，他们竟联想到佛印禅师；讲到岳飞，他们又评论起秦桧……

“我认为，中国的诗坛，应尊屈原为诗祖。”杨惇说。

“对！这已经达成古今共识。”王廷表说，“屈原的《离骚》实为歌行体，是诗的起源，也是诗的归宿。说不定在什么时候，诗歌要向歌行体发展。”

“其实，中国的古风，就是自由体诗。”杨慎说，“宋代发展起来的词，为长短句，也是自由体，只不过有宽松的格律限制罢了。”

“兄言极是！”王廷表说，“提到自由体，我联想到文，提到文，我想到宋玉的《登徒子好色赋》，这篇文章，论点突出，论据充分，写得不错，可惜……”

“我最可惜的是‘攻其一点，不及其余’。”杨慎说，“若有人抓住别人的一点失误，大肆攻讦，那就有口难辩了！”

“其实，宋玉是以其人之道，还治其人之身。”廷表说，“历史上的是是非非，要细细研读历史，才能弄明白！”

“我们不就是在研读古人吗？”杨慎说，“那天游武侯祠，我们都感慨不已，称赞诸葛亮。其实，魏、蜀、吴三家，谁厘得清谁是谁非呢？三家都有一个共同的目的——统一中原。为了实现自己的目的，三家打来打去，劳民伤财。人们说：‘春秋无义战’，我看，三国也是无义战！”

“是的。”王廷表说，“若三家联合，搞个大一统多好。不过，可能吗？不可能！看人看物要历史地看，全面地看。譬如曹操，三国时代就被说成奸雄，后人也骂其为奸雄。依我看，他至少也是一名英雄！若非英雄，能聚集那么多能人，能统一北方吗？而且，曹操的文才同样可圈可点，他不但有《步出夏门行·观沧海》《步出夏门行·龟虽寿》《短歌行二首》等诗篇让千秋传唱，还培养了曹植、曹丕两位才子，致使‘三曹’名声饮誉后代，同时有曹丕《典论·论文》所称的‘建安七子’孔融、陈琳、王粲、徐干、阮瑀、应玚、刘祯，并涌现出‘竹林七贤’嵇康、阮籍、山涛、向秀、刘伶、王戎、阮咸，将中华文化推向一个高潮，使蜀、吴二国望尘莫及，让后人对‘建安风骨’敬慕有加。真是了不起呀！”

“弟言极是。”杨慎笑道，“陈承祚著《三国志》，其尊魏为正统之思想极为明显，其《魏志》前四卷称‘纪’，君王称‘帝’，如‘魏文帝’‘魏武帝’。而《蜀志》《吴志》共三十五卷，统统称‘志’，君王只称‘主’，如‘先主’‘吴主’。可见，在陈寿的眼里，曹操的地位高于刘备、孙权。这是否与文学有关呢？”

“这值得探讨。”廷表说，“我朝洪武初年，罗氏湖海散人贯中演义‘三国’，一改陈寿初衷，尊蜀汉抑曹魏，将曹操描写成一代奸贼，但字里行间却透出了对曹操文韬武略的钦佩。”

“我也认为曹操是英雄，真英雄！”廷贵说。

“这叫不谋而合。而且，曹操不轻易称帝，这很难得。”杨慎说，“不过，像岳飞，是真英雄，秦桧呢？就只能称奸熊了！”

“也是狗熊，是蟊贼！当然，这也是盖棺定论之事！”廷表说，“这段历史不会推翻，后人也决不会推翻，我敢说！”

“兄弟们，明天畅游何处呢？”杨惇转了个话题。

“乐山大佛！”王廷贵脱口而出。

廷表：“弟弟，这回特向老师请假带你来，为的是让你多长长见识，游览风景名胜，不光是为了玩乐，主要是增长知识，懂吗？”

“哥，我懂！”廷贵说，“哥自学之余，总将心放在我身上，不就是鼓励我成才吗？哥放心，我绝不会辜负你。”

“知道就好！‘少壮不努力，老大徒伤悲。’做人不读书，不如做个猪。”王廷表意味深长说，“人生不是混，而是勤学，是一点点增知，是一天天进步。知道吗？”

“知道！”

乐山大佛，地处岷江、大渡河、青衣江三江汇流处，与乐山城隔江相望。乐山大佛雕凿在三江汇流处的岩壁上，依岷江南岸的凌云山栖霞峰临江峭壁凿造而成，又名凌云大佛。为弥勒佛坐像，是唐代摩崖造像的艺术精品之一。

大佛与山齐，足踏大江，双手扶膝，体态匀称，神势肃穆。通高七十一米，头高十四米七，头宽十米，发髻一千零二十一个，耳长七米，鼻长五米六，嘴巴和眼睛长三米三，颈高三米，肩宽二十四米，手指长八米三，从膝盖到脚背长二十八米，脚背宽八米五，头顶可置圆桌，脚背上可围坐百余人……

佛像开凿于唐玄宗开元初年（713），是海通和尚为减杀水势，普度众生而发起招集人力、物力修凿，到唐德宗贞元十九年（803）完工，历时九十载。

回味关于乐山大佛的历史，仰望眼前的乐山大佛，杨慎兄弟和王廷表兄弟惊叹不已，感慨万端。他们为中华大地有此人间奇景而感到骄傲和自豪。

“钝庵，你知道海通的故事吗？”杨慎突然问道。

“略知一二。”王廷表说，“据说，凌云山坐落在青衣江和岷江交汇处，江水湍急，常常覆舟毁人。海通禅师目睹惨状，决定凿佛镇妖，消患利民，他栉风沐雨，历尽艰辛，化缘二十年，终于筹得一笔可观的经费，但佛像尚未建，郡吏却仗势谋私，前来敲诈银钱。海通怒目圆睁，喝道：‘自目可挖，佛财难得！’郡吏日鼓鼓的，大声威胁说：‘将目挖来！’海通当即手持利刃‘自抉其目，捧盘致之’。百姓见状，怒不可遏，群起而欲诛恶吏。恶吏惊畏，抽身疾逃。后来开始凿大佛，可是，未等大佛凿成，海通就去世了。”

“贤弟不愧博学多才，所言毫厘不差。”杨慎感叹道，“大佛落成，还得感谢剑南川西节度使韦皋大人，是他征集工匠，继续开凿，朝廷也诏赐盐麻税款资助，其善举亦可圈可点。”

“哥，你说，此大佛是不是全依壁岩凿成？”廷贵问。

“非也。南宋范成大在其《吴船录》中说：‘极天下佛之大，两耳犹以木为之。’吾推断，此言不虚。”廷表答，“大佛之双耳，锋起之鼻梁，是木柱作结构，再抹以锤灰装饰而成。”

“嗯！贤弟年幼而饱览群书，见多识广，记性特好，佩服！”杨慎赞道。

“仁兄过奖了！”

回到客栈，四人意犹未尽，你言我语，议论起大佛来。杨慎说：“本想写首诗，赞美大佛，且草稿已在腹中酿成，可惜，为赏大佛之壮美，灵感瞬间消逝，腹中之稿，竟不翼而飞了。”廷表说：“我只顾观赏壮景，早把写诗忘了，往后补遗吧！”杨惇则说：“我得对子一副，尚请两位兄长及廷贵弟指教。”

“贤弟吟来，愚兄洗耳恭听！”廷表惊喜道。

水助风威风助水；
山为佛祖佛为山。

“哦，还是回文联呢！”杨惇咏毕，廷表赞道，“前人说乐山大佛‘佛是一座山，山是一座佛’，这只是两句平常语，且都围着山转。贤弟以联状景，将水融入其间，情趣倍增，而且更让人身置其地，感受到‘仁者乐山，智者乐水’的真韵味。”

“各位兄长，我也有一诗，还请各位雅正。”廷贵吟道：

佛祖青山共比高，更听江水涌滔滔。
神奇览罢生百感，立业建功快磨刀。

“好！少则胸怀大志，贵弟可教也！”杨慎赞罢，又问，“贤弟所言‘快磨刀’？这‘刀’指什么？”

廷贵：“当然不是真刀真枪，指的是用功读书，增长知识，为以后建功立业打下基础。”

廷表：“好！隐喻奇特，有志气。但愿弟言行一致！”

“各位兄弟，明天的行程咋个安排？”杨惇说，“我觉得，到成都一次不易，我希望登一次峨眉山，说不定还能在山顶看到佛光呢！”

“算了，登山事小，乡试事大。”廷表说，“还是回去准备应试吧！误了二人前程，就后悔不及了。若落第，此重责谁担着？”

“不！贤弟，你我相见一次不易，理当尽兴而归。至于责任嘛，当然是大哥我承担，与尔等无关！”杨慎坚定地说，“明天一早，上峨眉山，玩它个忘乎所以！”

廷表：“升庵兄，我看，还是见好就收、适可而止吧。若因贪玩，考不好，到那时，肠子悔青也无用了……”

“笃笃笃！”敲门声。

“谁呀！”

“我，杨怀！”

杨慎拉开门，杨怀风风火火闯进来。

“杨怀，啥子事？如此猴急！”

“水！倒碗水吧。我太渴了。”杨怀满头大汗，气喘吁吁，结结巴巴说，“我……几乎找遍了……整个成都城，才……才找到你们。”结巴完，将杨惇倒来的一碗水一口喝干。

“啥子急事，快说！”杨慎等不及了，急忙催问。

“昨天，大老爷从京城来信。”杨怀说，“要……要二位公子认真复习功课，做好秋试准备。不准偷懒，不准到处游玩。老爷说，若玩野了，谁考不上，特别是大公子，就责成五叔，家法伺候，绝不饶恕，并不准回京，直到考上之后。大老爷还说，若事情整巴实，大公子这次中举，立即回京完婚。完了！”

“升庵兄，你何时订的亲？咋不透个消息。”廷表惊问。

“这有啥子好说的，不就是个完婚嘛！”杨慎笑答。

“未来的嫂子是哪家千金？”

“是主事王涛之女。”杨惇说。

“升庵兄，父命难违，乡试要紧，明天回新都吧！”廷表说。

“杨大哥，我也觉得该回去了。”廷贵说，“这几天，我老是心慌眼跳，我爹可能晓得我们是来玩耍了。”

杨慎无奈地点了点头。

乡试是明朝开始，在各省省城和京城举行的科举考试，三年一次，八月举行。相当于唐代的省试。届时，凡本省通过院试的生员秀才，即监生、贡生、荫生、官生等均可应考。逢子、午、卯年为正科，逢朝廷庆典加科，称恩科。分三场，固定于秋季举行，固又称“秋试”“秋闱”，试题为“四书”“五经”等为内容的八股文，中试者为举人。只有考取举人，才有资格参加三年一次在京举行、由皇帝亲发策问的廷试。

八月说到就到。乡试那天，王廷表没去私塾念书，向老师杨廷宣请了个假，和弟弟坐上马车，将杨慎、杨惇送到成都。杨氏兄弟俩进考场后，才回驿馆，第三天一早，买了几块烧饼，就一直等候在贡院门口。

贡院，是各省统一的应试考场，设在城内东南方，大门上正中悬黑体“贡院”二字。

乡试的最后一天，王廷表只觉得时间过得太慢，在门口守候了近半个时辰，他只觉得过了一天。他真担心杨氏兄弟没有好好准备，而与自己到成都玩耍而影响考试成绩。若真是那样，杨慎、杨惇有何面目去见父亲，而自己未阻止杨氏二兄弟，只顾贪玩，又怎样去面对杨伯伯呢？

一个时辰之后，贡院的大门终于开了。考生挨一擦二、陆陆续续走出来。他发现，有的考生满面春风，喜气洋洋，笑眯啰呵，有的考生则垂头丧气，勾头滴水，悲哀叹息。杨慎他们考得怎样呢？他忧心忡忡。

突然，他看见杨慎和杨惇走出来了。他的心跳加剧了，赶忙迎上去问："考完了？感觉怎样？"

杨慎见廷表那猴急的样子，觉得有些好笑，就故意装出哀愁的样子轻声说："唉，大概要落第。"

王廷表大吃一惊："不会吧！耍麻我？"

"哥，哪样叫落第？"廷贵问。

"落第就是没有考取，榜上无名！"廷表不知是哪儿来的气，吼道。

杨惇见好朋友急得像要哭的样子，赶忙笑着说："我和哥满怀信心，绝不会落第，应该是双双及第！你就等着听好消息吧！"

王廷表一听，脸上立即阴转晴，笑道："看你这般自信，必定是金榜题名！先道喜了！"

"钝庵贤弟，你去年已取得生员资格，何时回云南乡试呢？"杨慎突然问。

"我爹太忙，我只能说不晓得。"

"弟不能拖了。我多么希望能同时与贤弟参加京都考试呀！"

"散步读书，走着瞧吧！"

诗曰：

乐山乐水乐交游，佳景陶情笑不休。
好友题名金榜上，衷心贺罢又筹谋。

第七章
民望梦中结良缘　用修折桂讽群奸

光影似箭，转眼到了明正德五年（1510）。新都五月，雷声阵阵，梅雨纷纷。蓦然之间，雨过天晴，赤日炎炎。

屈指算来，王颖斌在新都任教执学训导已经二十余年了。思乡念母心切，他毅然请长假，携家眷回归故里。前几天，梅雨阵阵，泥滑路烂，难以启程。今天，艳阳高照，晴空万里，他终于坐上了返乡的马车。

此次回乡，王颖斌还有一个重要的打算，就是赶在八月，送儿子到省城昆明参加三年一回的乡试。想想自己只中了个贡生，位卑薪微，一直未能提升，难免耿耿于怀，自觉惭愧。再想想儿子王廷表，已年满二十，仍是个秀才，岂能步入仕途，身居高位，光宗耀祖？自己将廷表带到新都，拜师学艺，不就是盼望儿子成才吗？可喜的是廷表争气，学问大长。那年，廷表院试过关，本想让他马上参加乡试，却都出于公务太忙及种种原因，未能如愿。今年，可不能再误佳期了。于是，他在车中想好了，回到阿迷后，要关起门来，亲自给廷表授学，还要教给他一些乡试的规矩和经验，让儿子思想有个准备，不至于临场胆怯，不能正常发挥，想着，他就催促马夫："快点！再快点！"

终于回到了阿迷，敲开了自家的大门。年迈的老母亲见儿子儿媳孙子突然站在眼前，高兴得眼泪巴沙，喋喋不休。

“爱嫫！”王颖斌见娘老了许多，眼花了，背也有些驼了，心一酸，不觉泪水盈眶。

“奶奶，我是廷表，和爹一起回来了。”廷表牵住奶奶的手说，“我娘和弟弟都回来了。”

“回来几天？”老人战战兢兢地问。

“奶奶，这次回来，就不走了，就永远孝顺奶奶了。”廷表说。

“回来好，回来好！一家人团团圆圆、和和美美多好！这可是天伦之乐呀！”奶奶擦去眼泪，笑了。

“奶奶，小时候你教我的诗，我还能背呢！”廷贵也拉住奶奶，得意而风趣地说，“不信？我背给你听。‘师傅手艺高，剃头不用刀。拿点温吞水，抹成猪尿泡。’还有，‘姊妹呢姊妹，花瓶一对。打烂一只，拿酿来配？临安有只，价钱又贵。’还有，‘钓鱼老倌害鱼痨，下点蒙梭雨，提啦钩子跑。’还有，‘充军到洛阳，见舅如见娘。两人同流泪，三行。’‘夫人来烧香，金莲三寸长。为何这点大？横量。’我还会背好多好多诗和文章呢！”

“乖孙子！”奶奶拍拍廷表和廷贵的背，笑道，“那些不是真正的诗，只是顺口溜，写诗，要向你爹、你哥好好学。好，拜说了，爱妹肚子饿了，我叫厨娘去做饭！”说着，提高音量喊：“丁兰，丁兰！”

吃过饭不久，夜幕降临了。又过了一会儿，一轮不太圆的月亮升上天空。廷表跟父亲说，他要去会会童年时代的伙伴。父亲同意了，并嘱他早点回家。

廷表自小就是个很听话的孩子，无论做任何事情都不要大人牵肠挂肚。他出去才半个时辰，与李仪、张嘉彦、杨迁、王铉、杨纪等打了个招呼，就回了家。回到家后，就磨好墨，先写了一封信，准备明天寄出去，他要告诉杨慎，他已经回阿迷，准备参加乡试，让杨慎听他的好消息。

信写好后，他又开始练字，将“四书”中的一篇文章抄写了一遍。接着就开始背诵《孟子》。正背着，父亲走过来了。

“廷表，之日一路劳顿，就休息吧！”王颖斌说。

“不！爹，我再背几篇文章。”廷表说，“笨鸟先飞嘛！”

“这回乡试，你有把握吗？”

“请爹放心，我会给家人一个满意的答案。”

“你进了考场，首先要冷静。”王颖斌说，“更要认真审题，决不能所答非所问，更不能作弊。你听说过与李梦阳、何景明、边贡、王廷相、康海、王九思并称‘前七子’的徐祯卿誉为‘江南第一才子’的唐寅的事吗？他就因牵扯科场舞弊案，坐了一年多的牢。”

“爹，我晓得。”廷表愤然道，“但我怀疑，伯虎是白淡无根被冤枉呢！伯虎有才，有人嫉妒，乱嚼牙巴骨，让他蒙冤受屈遭辱，我真为他抱不平！说心里话，若今生有缘，我真想见见唐老前辈，聆听教诲呢！”

“这我晓得。”王颖斌说，“我意在提醒你，做任何一件事，都要处处谨慎、小心，切莫大意失荆州。作弊之心不可有，勤奋之志不可丢呀！”

“这我心里有数。”王廷表改口道，“杨慎他们乡试结束后，我详细询问了考场的规矩，也问了考试的内容。我觉得每回考试的题目不会相同，但万变不离其宗。考试的内容不外乎四书五经、《孟子》《国语》等书，这似乎给我画了一个圈圈，只要熟读那些书，考试时不跳出圈子，又能引经据典，点明主题，就瓮中捉鳖，十拿九稳了。”

“你也别冲！真金是炼出来的，只有大话才是冲出来的。”王颖斌用教训的口气，“事与愿违的事多得很！你给我记住，平民百姓要想步入仕途，全凭科场金榜题名。机遇错过，就找不到后悔药。”

“谨听爹爹教诲。”廷表赶忙说。

不管怎样，听儿子一说，王颖斌心中的石头落了地，心想：廷表及时向杨慎打听考场的规矩和内容，就说明他早已有了思想准备。但是，细细一想，又觉得不放心，生怕儿子粗心大意，就说，“明天，我再给你讲讲考试的规矩。然后，我给你看几篇历次的考卷。这些考卷是我在新都教学时有意收集的。你可以将几篇文章比较比较，从中找出共同之处，学到写八股文的技巧，获得教益和启迪。”

“我听父亲的。”

“那好！休息吧，从明天起认真准备。对了，以后到外地、与外人说话，少带些方言，人家听不懂，误事！”

“好的。孩儿尽量避免。”

王廷表躺在床上，辗转反侧，怎么也睡不着。他顺手抓起放在床上的一本书，心不在焉地看起来。那是《二十一史》中的《元史》，明初宋景濂主编。读到宣德王不答失里时，他只感到倦意袭来，轻轻地合上了眼皮。

忽然，一缕月光破窗而入，月光下，一美貌佳人轻移莲步，随着轻柔的佩环叮当声，佳人走到床前，柔声说：“公子，贱妾知公子孤单，来陪你了。”说着，宽衣解带，轻轻躺在廷表身旁，又掀开被子，钻入被窝里，紧紧地将廷表抱住。廷表顿时感到香气缭绕，香韵迷人，心猿意马，欲火升腾，迷迷糊糊中，情不自禁猛地将美人揽入怀中，几番爱抚，几般缠绵，几度云雨，直到头鸡啼唱，才相拥着慢慢闭上眼睛。

不知过了多少时辰，佳人将廷表轻轻摇晃着，柔声细语道："公子，时候不早了，妾就此道别。莫忘了，尽早提亲，以结百年之好。有诗云：'吾难启齿盼依人，一夜温柔梦亦真。小草庐中身有寄，不思他姓作家门。'——切记！切记！"说完，翩然而去。

"等等！等等！"廷表呼喊着，一骨碌爬起，却发现是一个梦，梦中那快感销魂的情景历历在目，正回味着，忽然发现自己的裤裆潮湿了一大片。纵个会做这样的梦呢？他忽地想起佳人临别所吟之诗，情不自禁地咏出声来，咏罢，又自言自语问："'吾难启齿盼依人'，这是啥意思？哦，这不就是一条灯谜吗？'吾难启齿'乃闭口不言，'吾'字无口为'五'。'五'依附'人'，即是'伍'字。这是否在说：梦中佳人确有其人，姓'伍'，我与她今生有缘呢？"

廷表越想越觉得有道理。"第二句又是酿意思呢？这句比较明白，说的是'昨晚之温存是梦，但那是成真的梦'。'小草庐中身有寄'，又是何意？哦！知道了，'小草庐'即'庵'，是否指我名号中的'庵'呢？这最后一句不难解，实为'非小草庐不嫁'！啊！这真是冥冥之中，月下老人在牵红线吗？这女子又是谁呢？"

为酿平白无故做这样的梦？这梦中佳人到底是真人还是假人呢？这佳人为酿如此面熟，但又想不起来呢？廷表百思而不得其解。唉！若真有其人就好了。不过，哪会是真的，方其梦也，不知其梦也。做这样的梦说明些酿呢？对！说明我长大了！廷表摇了摇头，轻轻地闭上了眼睛，又将诗默念一遍，不觉大吃一惊，一骨碌爬起，自语道："噫！此诗好像在哪里见过？"他猛然想起来了：几天前的一个傍晚，自己在孔庙学宫旁小树林借落霞余光看书，突然一个年约四五岁、胖嘟嘟、俏生生、头扎羊角小辫、身穿红棉袄、眉宇间点一红色吉祥痣的小女孩出现在身边，将一个香袋塞在他手里，说了声："一个大姐姐叫我拿给你！"话音未落，就跑进一条小巷里，消失在霞光中。廷表尾随追进小巷，却找不到小女孩的影子。他将香袋打开一看，里面有张小纸条，纸条上就写着这首诗，字迹端庄而娟秀。但当时廷表因将全部身心投入读书的乐趣中，没将香袋当回事，看了几眼，就揣入袖中，后又不知乱扔在了什么地方。想到这些，廷表立即翻身下床，寻找香袋和纸条，但翻遍床垫、小书橱和每件衣服的抄袋，就是找不到踪影。

第二天早上，王颖斌领廷表走进州衙门，知州张经、州同卢方正在伏案清理案卷，王颖斌走到案前，轻声说："二位大人，王颖斌叩见！"

知州张经抬起头来，不觉大吃一惊："恩师！不知恩师驾到，弟子有失远迎，惭愧惭愧！"

"你是？"王颖斌定睛一看，终于认出来了，"你是张经？"

"恩师，当年我在新都为生员，承蒙恩师谆谆教诲，让学生茅塞顿开，感激不尽呀！恩师请坐。"等王颖斌、王廷表坐下，张经说，"恩师不在新都，到阿迷有何贵干？"

"不瞒贤侄说，我请长假。"颖斌说，"家父去世多年，母亲年迈，做儿子的放心不下，就请长假回乡孝奉老母了。"

"遵行孝道，儿女之责。"张经说，"新都一别，我们全家随父搬迁到北京定居，我中举后，合州举人王元调走，我继任石屏州知州，明正德五年（1510），即今年初调阿迷州。与恩师阔别，转眼就是多年，想不到又在阿迷见到恩师，万幸万幸！"

"我也真没想到贤侄会到阿迷做官，幸会幸会！"颖斌说，"说起石屏，那真是一个好地方，可谓物华天宝，人杰地灵。我爷爷、父亲曾多次领我去过石屏，游过秀山。据说，秀山寺又名真觉寺，建于唐天宝十一年，想来至今已七百余年了。秀山有一仙人石坪，棋盘、棋子隐隐可见。相传，有两仙对弈，一樵夫路过旁观，不多时，二仙隐去。樵夫挑担回家，已找不到家门，就连行人也不认识了。原来，他观棋的工夫只在须臾，世上已历千年。此传说根植于我脑海，久久难以忘却。”

“我也去过秀山，见过秀岭残局，恍若置身仙境。”张经接口道罢，脸上露出些神秘说，“石屏城西一民宅有一石块，与地壳相连为一体，长近一丈，宽尺余，高近九尺，似一奇峰，形如扇面，又似屏风；左状如龙腾，右状似虎跃；石上有通孔大洞四十九，小洞三百六，凸凹千姿百态，十分壮观。恩师曾一览否？”

颖斌道：“见了见了！此乃造物主之恩赐呀！对了，石屏之美食，贤侄也当尝过不少了？”

张经笑道：“当然当然！至今还回味无穷呀！”

王颖斌：“石屏八宝饭怎么样？”

“石屏八宝饭与石屏豆腐、石屏鳡条鱼、石屏海菜等都是石屏的地方特产、美食。八宝饭以八米，即紫米、糯米、皂角米、莲米、松米、六谷米、花生米等为主料，辅以龙眼肉、大枣、陈皮、芝麻、百合片、香橼丝、蜜冬瓜、玫瑰等作料，另加鸡汤做成。色泽美观、气味香甜、爽口爽心，乃健康补品也！对了，恩师，我因吃王氏八宝，还闹出个笑话呢！”

“笑话？哪样笑话？”

“我上任的当天下午，石屏德高望重的乡绅请学生赴宴。”张经莞尔一笑，“桌上摆出一汤碗八宝饭，每人桌前有一饭碗、一双筷、一把汤勺，另有一个饭碗，内装半碗清水。一白须老者谦逊地对学生说：‘老爷，请！’我推让几声，用勺舀一勺看去未冒热气的八宝饭于口中，当即烫得我吐也不是、咽也不是。一位东道主解围道：‘老爷慢些请。这八宝饭表面覆盖着一层厚厚的鸡油，故看去不烫。’我点头应答着，将口中的八宝饭咽进肚里，又舀一勺清水，灌入口中。一乡绅突然说：‘老爷，那水是涮勺的，不是喝的！’我大吃一惊，略一沉思，忙掩饰道：‘这八宝饭太甜了，喝口水。’二位说，这丢人不丢人？”

王颖斌、王廷表一听，被逗乐了，一齐笑起来。颖斌说：“这是乡绅们在暗暗考你是否才思敏捷，若你不能随机应变，直杠杠地说，‘我初来乍到，不晓得石屏风俗习惯’，那就糟糕了，当地人会笑你不学无术，往后你那个官就不好当了。”

“恩师说得对。”张经赞罢，突然问，“恩师，您游过异龙湖吗？”

“游过几次。”王颖斌说，“有一次，还带儿子去划船，尝过老渔翁亲手烹调的海菜煮海鱼，还是石屏有名的鱤条鱼呢。啊，那味道实在太鲜美了，想起来，还回味无穷呢！”

“恩师，您可知道那湖为什么叫异龙湖？”

“这不晓得。”颖斌摇摇头，说，“那湖又称石屏海。”

“叫石屏海，叫大了。”张经说，“称异龙湖，却令人品出不少特殊的味道。这味道，就出自那个‘异’字。啊，这‘异’字，谁都不会想到，里面藏着一个美妙传说呢！”

“酿美妙传说？”王廷表插进嘴来。

“这位是？”张经侧目问。

“哟！忘记介绍。”王颖斌笑道，“这是小儿。”

张经点点头，讲了关于异龙湖的典故：

相传，很久很久以前的一天中午，晴空万里、烈日炎炎，石屏州以西松村一个老妇人在一条小小沟边用小葫芦瓢滗水。因数月无雨，天气炎热，沟水少得可怜，滗了半天，才滗得小半木盆。正在耐心等待沟水慢慢浸出来，忽听身边有人说话：“老大娘，我口渴了，请给口水喝。”老妇人抬头一看，是个年约七十开外、瘦骨干筋、邋里邋遢的花子，老妇人也没多想赶忙舀了一瓢水递过去。乞丐老头儿喝完水，说了声“谢谢”，随手将一条黄鳝扔进小水沟里，瞬间，小沟变成了一个方圆约两丈的水池，池水清幽，池底还有清泉汩汩冒出来。老妇人正吃惊，偏头一看，那个老叫花子不见了，离地面两丈高的一朵彩云上站着一个身穿道服、童颜鹤发的仙人。那神仙开口道："老大娘，你这里的人勤劳俭朴善良，但这地方常常干旱，给你们带来不少生活、生产上的困难，我给你们送水来了。"神仙说完，念念有词，"垂钓为哪样？不钓王和侯。南方有妙境，碧水盼长流。"念完，飘然而去，瞬间没了踪影。

"这传说很美妙！"廷表说，"但说的是松村，不是异龙湖呀！"

张经未理会廷表的话，继续讲：

那神仙是谁？据说，是姜子牙。他辅助周武王灭掉纣王，封神结束后，无所事事，闷得慌。不知过了多少年月，一日，他在洞府静坐修炼，忽见两道浊光闪入洞府。掐指一算，他发现，南方有一大片土地，十分肥沃，但那里常常干旱，肥沃的土地也显得十分荒凉，不少地方寸草不生，黎民生活艰难。"到人间做件善事，不亦是修炼吗？"他自言自语罢，就重操旧业，到陕西渭水河、即磻溪垂钓。这次，他不是"宁在直中取，不向曲中求。不为锦鳞设，只钓王和侯"，而钓了两笆笼黄鳝。那天，他将两笼黄鳝挎在腰间，腾云驾雾，来到石屏松村，降落凡尘，摇身一变，变成一个衣衫褴褛的乞丐老头，造了松村龙潭。离开松村，他顺北边山一路飘去，每过十数丈或几十丈扔一条鳝鱼。故北边山脚龙潭遍布。快到坝心了，他一看，笆笼里还有半笼黄鳝，回头一看，西南方有一片平地，他就将笼中鳝鱼全部抖向西南方，嘴里喊道："造就第二个西湖吧！"瞬间，就出现一个碧波荡漾的"大海"，那就是异龙湖。就因为那湖是由各种颜色的黄鳝变幻而成，故"异"龙湖这一奇异的名字就产生了。

"哦！是这样。"王颖斌、王廷表频频点头。

一向细心的王颖斌突然问："张经，你不是说，姜尚腰挎两个笆篼吗，另一个笆篼的黄鳝呢？"

"这又要讲到阿迷州了。"张经笑道，"据说，姜子牙自坝心始，一路抛黄鳝。既造了阿迷楷甸宝瑶池，又建了布沼坝九十九个龙潭。听说，'宝瑶池'这个称呼是观音大士指点的。以后有时间再讲吧。"说完，忽然改口问，"恩师登门，定有难事。有何事，尽管吩咐，学生照办就是了。"

"其实也没什么大事，就想索一张云南交通图看一看。"颖斌说，"小儿廷表八月准备参加乡试，我想查一查路线。"说着，招呼廷表："民望，拜见张大人。"

"别称大人，学生不敢当！"张经说，"我们本来就是兄弟嘛！"说着，似乎想到了什么，又皱起眉头想了想，突然惊呼："你就是王廷表？我到阿迷不久，就听到人们说，明弘治三年，善觉寺古钟不敲自鸣三天，最后一天阿迷生了个小儿，取名廷表。这小儿就是你啰？"

"是，不过，大自然发生的奇异事，其实与人的生老病死、荣辱沉浮并无直接联系。"廷表说，"一个人要成才，全凭自己勤奋努力。大人看我，二十岁了，还无任何建树，实在惭愧！"

"这是时机未到，时机一到，就会展翅奋飞了。就说我吧，虽谈不上奋飞，但时机还是要讲的。试想，我十年前就是生员了，但乡试二次才中举。我不能与贤弟比，贤弟一定是'不鸣则已，一鸣惊人；不飞则已，一飞冲天'呀！"张经朗声大笑。

"张大人过奖了！"廷表说，"不过，我会将大人的话当作激励和鞭策。"

"廷表能否成器就看他的造化了。"王颖斌说，"还是看看地图吧！"

张经呼唤卢方找出地图，案上铺开，指点着说："这地图实际上看不看都一样，看了只不过直观一些罢了。阿迷到省城的路共有两条茶马古道，自元到我大明一脉相承，改变不大，一条是自阿迷始，经弥勒到路南，过宜良进昆明。另一条从阿迷出发，入盘溪、越澄江、达宜良到昆明，不知恩师要走哪一条。”

王颖斌凝视地图片刻说：“从地图上看，从盘溪走要更近一些，就走此线路吧！”

夜又降临，廷表正在埋头看书，父亲悄悄地走过来说：“印儿，过几天就要上昆明了，我真为你担心呀。”

廷表轻轻抬起头来，莞尔一笑：“爹，我晓得，您比我还急。可怜天下父母心呀！不过，请爹放心，不蒸包子争口气，我此生若不能取得功名，誓不为人！”

“廷表，你如今已经是大人了，若这回中举，我想让你尽快完婚。这样，你就可以更安心学业，为殿试金榜题名，实现愿望打好基础了。”王颖斌意味深长地说，“再说，我和你娘已年迈，你的婚事不了一天，我们不安心呀！”

“孩儿听父母安排。”廷表点点头。

王颖斌：“你这回中不中举，我都要回新都上任，待你进京前我再回来。若此番未中举，你就好好在家复习，务必中举，再进京赶考。我不能不去新都，为了你和廷贵金榜题名，我还得干下去。不当官，全家开支从哪里来？祖宗虽留下家产，但我不能动，不能坐吃山空，那是留着应急的。”

“我听爹的。”

王廷表陷入沉思。昨晚才在梦中与佳人幽会，今晚父亲就提及婚事，不能说不巧。难道这是天意，是我喜结良缘的征兆吗？廷表暗自惊喜，想了想，却装着满不在乎的样子说：“爹！完婚一事，待功成名就后再说不迟，我还年轻呀！”

“现在不是年轻的问题，而是你媳妇在哪家的问题。”

“爹！这要看缘分。”

“你爷儿俩在闲聊些酿？是印儿的婚事？”杨氏贞贞突然走过来，含笑说，“这事早该办了，我早想抱孙子了。对了，老头子，我看，周婶家的大女儿琴琴就很不错，长得文静俊俏，她爹是你的同窗好友，举人出身，与我家可算门当户对。”

“这姑娘当真好，但不晓得儿子是否愿意，人家是否肯将就。”

“爹，娘，你们就别操心了。”廷表突然想到昨晚的梦，呢喃道，“儿子的事，儿子自会处理，就等缘分吧！”

“廷表，你是否已有意中人了？”王颖斌疑虑着问。

“没有！”廷表摇了摇头。

“若有意中人，要预先告知父母，父母之命，媒妁之言，从古到今是正理。按理，子女是不能越雷池一步，自己去找媳妇的！晓得吗？”

“儿子明白。”廷表应声答。

谈论了一会儿，父母走了，廷表也感到疲倦，便走进卧室，倒头便睡。没承想，他又做了一个梦，和昨天晚上几乎一模一样的梦。“咋会做此巫山之梦，而且反复做同样的梦呢？”廷表决心“顺藤摸瓜”，找出原因了……

第二天傍晚，廷表没再看书，也无心看书，他的心思已经完全用在了思考两个梦上。为证实梦中的佳人是否真假，他在大街上转了大半天，想凭缘分碰到记忆中的美人。可是，他失望了。

天渐渐披上夜幕，一轮似圆非圆的月亮升上了东山顶。突然，廷表好像听到远处传来弹奏古琴的声音，那声音虽微小，断断续续，却优美动听。他赶忙循声而去。走着走着，那声音突然中止。正不知如何是好，一偏头，却发现不远处浓密的树荫下，有两点亮光在闪烁。借着月光，他定睛一看，终于看清了，那是一只红狐狸。他壮着胆子轻手轻脚走过去，那狐狸却慢慢地走了，但边走边回头，总让那两点亮光一闪一闪。又走了约莫五十步之后，廷表不想走了，但刚停下脚步，那狐狸也停下不走了，只将眼里的两点蓝莹莹的光一闪一闪，并摇了摇头哼了几声。他感到十分恐惧，只觉得身上鸡虱子在爬，头发也倒竖起来了。喘了几口粗气，他又壮起胆子、鼓起勇气走过去，那狐狸又开始行动了。又走了近百步，狐狸不见了，而天上的月亮却被乌云遮掩起来。廷表不觉胆怯得发起抖来，正想抽身往回走时，那优美的琴声突然响起来，醉得人不忍离去……

“七怪哉来八怪哉！”廷表口里咕哝着，猛抬头，面前出现一道大门，门头上悬一匾，上书“伍宅”两个蓝色大字。

这不是伍车书大伯家吗？廷表正想着，半开的门内传来悠扬的琴声和歌声。“这是哪个在自弹自唱？”廷表凝神静听，终于听清了，唱歌的是一女子，歌词是：吾难启齿盼依人，一夜温柔梦亦真。小草庐中身有寄，不思他姓作家门。

“噫！这不就是前两夜美佳人吟的诗吗？怎么……”廷表话音刚落，琴声和歌声戛然而止，随之而来的是女子优美的声音：

“门外可是王廷表哥哥？请入寒舍一叙。”

廷表一愣，身不由己地推开大门，缓缓而入。

“廷表哥，久违了！”

“啊！你是小琴？幸会！幸会！”

“大名伍瑶琴！”伍瑶琴含羞带嗔说，“廷表哥自新都归来，已有些日子了，咋就总见不到面呢？你在忙酿呀？也不来看看童时的妹子，好狠心呀！”伍瑶琴含羞带嗔说。

“为完成学业，参加乡试，不敢慵懒，故很少出门。”廷表解释道，“还望见谅。”说完话锋一转，“你家里人呢？”

“听说石屏整根庙会，搞斗蹄壳（烟盒舞）比赛，我哥、我妹妹们都克石屏走亲戚、瞧斗蹄壳了，只有家院和一个用人在家，都入睡了。”伍瑶琴说，“唉！忙说话，让你干站着。请坐，我给你泡茶去。”

王廷表坐下，抬头一看，见堂屋正中挂着一方祖宗牌位，上书“兀吃都他喇都兀普答失里”十一个大字，字旁有蒙文。牌位两边悬一副对联：“发祥蒙古家深远，威扬四海四泽长。”廷表不由得轻轻叩问：“这牌位这么多字，是啥意思呢？”他站起身，再看两边板壁，忽见两幅书法，两幅绘画。书法一幅书萨都剌《上京即事》：“牛羊散漫落日下，野草生香乳酪甜。卷地朔风沙似雪，家家行帐下毡帘。”字体遒劲雄健而洒脱；另一幅书李清照《如梦令》：“昨夜雨疏风骤，浓睡不消残酒。试问卷帘人，却道海棠依旧。知否？知否？应是绿肥红瘦。”字体从容娟秀而清丽自然。

正欣赏着书画，伍瑶琴端上茶来。廷表边坐下边接住茶碗边问：“瑶琴，我看出来了，此二幅书法一幅是令尊大人墨宝，一幅是小妹香痕。都写得极好，令廷表叹服！”

“钝庵兄过奖了！欠妥之处，尚请指教。”瑶琴谦道。

“两幅画更好，画出了牡丹的雍容华贵、国色天香，兰草的清远馥郁、自抱幽贞。”廷表越说兴致越高，“记得，小妹五岁就会下围棋、象棋。记得，有一回一根小女孩的上衣胸前被炮仗炸通一个小洞，是你在洞上绣了朵漂亮的荷花，不但将破洞遮盖，还使衣服显得更美观、漂亮。如此说来，小妹可是心灵手巧，女红针凿、琴棋书画，无一不通。佩服！佩服！”

“钝庵兄取笑小妹了！”伍瑶琴羞涩地笑道，“不过，瑶琴数年未弄书画了。”

“那你在忙些酿呢？”

“我爷爷伍景文，既是阿迷的秀才，又是有名的郎中，印哥应该晓得。”伍瑶琴说，“爷爷本想让子寿永、也就是我大爹继承他的事业，可大爹只想做生意，我二爹和我爹也不肯当郎中，一心只想求取功名。爷爷临终时，把希望寄托在他的孙子、我堂哥时阳身上，可堂哥太学卒业后，除湖广襄阳丞。爷爷无奈，就将黄帝与岐伯论医所作《黄帝内经》、汉代女太医义姁所编《黄帝内经图》以及唐代孙思邈的《千金方》等医书交给我，要我学点医术。我觉得，掌握点这方面的知识很有必要，就认真地读了。”

“哦！太好了！”廷表赞罢，突然问，“瑶琴，你家的祖宗牌位为酿写那么多字？又是何意呢？”

“据我爹说，我家是元世祖忽必烈之孙宣德王不答失里的后裔，牌位所书，是我先祖。先祖有三兄弟，我家是兀吃都的后代，二祖叫他喇都，已迁居陆良，三祖里失答住石屏。三兄弟的姓‘伍’‘他’‘侣’，是沐英将军所赐。我爹和两个哥哥、两个妹妹此次去石屏，就是去拜访三祖后代。我心烦意乱，没去。”瑶琴说。

“是这样，我晓得，你家是书香门第。”廷表频频点头。临走忍不住红着脸怯声试探着问，“小妹有婆家了？何时喝你的喜酒呀！”

“婆家？实不相瞒，我爹要将我远嫁广西知府，我誓死不从！我发誓，我‘非小草庐不嫁！’”瑶琴羞涩地低头说。

“非小草庐不嫁！”廷表在轻声重复着，似乎明白了点什么，心中自语：我乃凡夫俗子，岂能如柳下惠“坐怀不乱”！若按捺不住，做出有伤风化、失去道德水准的事来，岂不坏我一生？想着，就急匆匆起身告辞。

“廷表哥，且慢些走，小妹还有事请教。”伍瑶琴面带羞涩，微低着头说。

“小妹有酿吩咐，请讲。”廷表止住了脚步。

“我昨晚心血来潮，不经意间，吟出一上对，但搜尽枯肠，也想不起下联来。”伍瑶琴面布忧色说，“我听人们说，自个儿出上联，而对不出下联，这成为绝对，乃不祥之兆。廷表兄，能为小妹一对，以解妹之忧恐吗？”

“请吟上联，兄当尽力对之。”廷表说。

伍瑶琴莞尔一笑，吟道：“廷尉表章诛两鬼。”

“妙哉！”廷表赞出声来，“廷尉系秦朝所置之刑狱官，即大理寺卿。表章即奏章。‘两’与‘鬼’合为魉，怪物也，可暗指奸佞。刑狱官呈上奏章，要诛戮奸佞，实在振奋人心。”

“廷表兄过奖了。”瑶琴欣然笑道，“兄还从联中看出酿呢？”

“小妹将愚兄之名嵌入联中，可谓用心良苦呀！”

“那不是有意，乃偶然得之。兄有对了？”瑶琴微微一笑。

“难对、难对！难于上青天！”廷表有意露出些难色。

“廷表兄乃高才，岂有对不起之理！”瑶琴笑道，“还是拜打哑谜、拿俏、拿架子了。好吗？”

“那就献丑了。不当之处，还请小妹包摊。”廷表摇头一笑，吟道，“瑶台琴韵醉山人。请雅正！”

伍瑶琴一听，忍不住鼓起掌来，赞道：“瑶台为西王母之仙居，瑶台琴声雅韵醉倒山人，‘山’与‘人’合为仙，实为醉倒神仙。而‘山’与‘三’谐音，与上联的‘两’成数目对。真是珠联璧合，妙不可言！妙不可言！得兄之对，小妹之绝对有配了，小妹无忧了！”

“我联中也嵌入小妹之芳名，不雅之处，尚请海量包涵。”廷表谦恭地说。

“岂有不雅之理？妹子感谢还来不及呢！”瑶琴脸上桃花盛开，呈现出无限欣慰的表情。

廷表见瑶琴如此端庄美丽窈窕，胜过童时十倍，又才气过人，不由得生出许多敬慕之情。想了想，突然高兴地说："瑶琴，愚兄知妹子之才不亚于易安、幽栖两位大才女。我俩即兴咏一首联句诗，可好？"

"谨听兄命！"瑶琴笑道，"但小妹怎敢与清照、淑贞比。人比人，气死人，马比骡子驮不成呀。"

"哪里、哪里！俗话说，蛐蛐会叫，蚂蚱会跳。各有所长，相互拜笑。"廷表风趣地说，"小妹就莫'蚱麻虫抹胡子，牵须（谦虚）了'。好吗？"

"那就'癞蛤蟆学走路，试试脚手'啰。"瑶琴笑道。

廷表："那愚兄就起句了。月夜琴声谁动心？"

瑶琴："妹子的承句是：挑灯忽见故人临。"

廷表："神魂演绎痴心梦。"

瑶琴："爱惜光阴胜爱金。"

吟毕，四目相对，秋波闪闪。忽然，一阵柔风破窗而入，灯光在风中左右摇摆。风在轻歌，光在曼舞，一对年轻人的心，醉在歌舞中……

走在回家的路上，廷表心潮澎湃，喜悦满怀，情不自禁地自语起来："这就是缘吗？真是月下老人赤线系足了吗？既是缘，岂能错过！我一定要设法让父母尽快到伍车书老爷家提亲。"

昆明的八月，秋高气爽，微风习习。楼房幢幢，街道宽坦。车来人往，人声嘈杂。三年才举行一次的乡试在即，故行人比往常增加了不少。

王颖斌和王廷表下了马，找了一家客栈住下，到街上匆匆忙忙用过午饭，就向行人打听起翠湖来，王颖斌知道，云南的贡院仍在翠湖背面的会泽院内。

在行人的指点下，他们终于找到了翠湖，找到了会泽院，那是一座白墙黄瓦，雕梁画栋，古朴典雅的古建筑。明代推行科举制度后的景泰四年（1453），春会巡抚云南参赞军务都宪钱塘郑公始议建云南贡院。从那以后，云南、贵州每次参加乡试的考生多达五六千人。

环绕贡院走了一圈，王颖斌对王廷表说："三天后就在这里应试了。今天好好地游游翠湖，放松放松。明天就要静下心来做好考前准备。"

廷表说："爹！我看，不必老是钻在书中一遍一遍地去死背书。孩儿平时已用功了，该背的都背熟了。还是杨慎说得对，要想取得好成绩，不是临时抱佛脚。"

"你说得有一些道理，可我就是担心。"

"爹不必担心，我自有把握，绝不会面对试题干瞪眼。"

"好！回到客栈再说吧，现在去游览翠湖。"

翠湖，位于昆明中心区，面积二十一公顷多，水面面积十五公顷，是一个以水为主体的古典建筑园林。园内两道长堤相互绵亘，分湖为四，堤畔遍植柳树，湖内多种荷花。一眼望去，碧波涟漪，杨柳摇青，鸟儿欢悦，雕梁画栋，姹紫嫣红，给人以清新美丽，怡静优雅之感。

"哦！真美！称之为翠湖，可谓相得益彰。我看，蓬莱仙境也不过如此！"王廷表情不自禁地赞出声来。

王颖斌总在为儿子的考试担心，没有心思观赏美景，默默无声，缓缓漫步。

"爹！我找到灵感了！"王廷表突然说，音量很低，却铿锵有力。

"啥子灵感？"

"心静如水。"

乡试的日期终于到了，数千考生三三两两、熙熙攘攘，迈步走入考场。

王廷表夹在人群中，缓缓而行。文坊南坡下有牌坊两座，左曰“龙门”、右曰“仪门”，分别书“腾蛟”“起凤”，内额分别题“为国求贤”“明经取士”。走到大门前，他仰头注目“贡院”二字一会儿，又将目光转向大门两侧的对子上：

文运天开　风虎云龙际会
贤关地启　碧鸡金马光辉

“十余年寒窗，显露胸中才华的机会到了！”他在心里说着，情不自禁回头看去。他终于看到了，父亲呆若木鸡，站在晨曦下，紧盯着贡院大门，似乎在一遍又一遍地吟读横匾、默念对联。廷表知道，父亲比他还着急。心中不由得一震，冲口而出：“可怜天下父母心呀！爹，您老人家放心，孩儿一定……”喊着，泪水夺眶而出……

走进考场，他在数千间号舍中找到自己的号房，安详地坐下，将笔、墨、砚，以及挡雨油布放在右手边桌上，双目似闭非闭，缓缓地深呼吸……

“现在宣布考试规则。”考官说着，将规则念了一遍。念完发试卷。

试卷发到手后，王廷表翻着瞟了几眼，沉思一会儿，挥笔疾书。

经昼夜七十二小时断断续续三场考试结束，他长舒一口气，交了卷，带着满身疲惫，悄悄离开考场。

“民望，考得如何？”在旅店里焦虑了三天，早已等在大门外的父亲见儿子走出门来，急促着问。

“爹！试卷以鸡既鸣矣，首章刺题，我疑传注失诗意，乃立新说，谓鸡鸣朝盈，君当出矣，不可诿，非鸡鸣，乃蝇声也。不知当否？”廷表疑虑着说。

“我觉得你之应试甚奇，应当取之，不过要看考官怎样看了。走！今天吃小笼包子。”王颖斌从儿子的答案中似乎看到了希望，没想多问，说，“想喝点酒吗？”

廷表粲然一笑，轻轻地点了点头。

乡试完毕后回到家中，廷表自觉轻松了许多，他除了每天读几段史籍，偶与瑶琴幽会，以消磨时间外，大部分时间都用在游山玩水、与朋友聊天上。一天早上，他漫无目的地走在大街上，走到东城楼迎旭门旁，忽见那里翕了不少人，交头接耳、议论纷纷。他过去一看，原来人们在看布告，就挤在人群里看起来。

“小王爷，您看，又贴布告了。”正看着，身后有人说话。廷表侧目一看，说话的是一位束发裹头、头插鸡羽、仆喇族打扮的二十岁左右的壮汉。

“王爷，这布告写些酿？”又一衣麻布、披羊皮的壮汉问。

“百姓该死！”旁边一位年约十五六岁、穿绸缎衣裤的少年不假思索，冲口而出。

“王爷，布告上这么多字，您咋个只念四个字？”原先说话的壮汉狐疑着问。

“官府贴布告，百姓难欢笑。捐税必定涨，人祸很快到。”被称为小王爷的人显得很生气地说，“从古到今，官府是天堂，百姓住地狱，是很难改变的。当官的哪个不是吃了栗炭黑了心？”

廷表一听，心中突生惊讶和敬佩，不由得轻声问：“敢问客官尊姓大名？”

“免贵，姓杨，名葛。”年轻人答。

刚才说话的一位壮汉得意地补上一句，说：“他是我们东山仆喇小王爷！”

“哦！原来是小王爷。失敬、失敬！”廷表说，“刚才王爷所言很实在。不过，这些话请别在大庭广众之下说，免得引火烧身，闯下大祸。”

“闯祸？难道只准官府放火，不准百姓点灯？我堂堂男儿，怕他个球！掉了脑袋也只不过是风吹掉帽子，老子足着气多少年了！”小王爷愤怒地说，“如今苛捐杂税如此之多，阿迷哪年不饿死、冻死人畜？哪天没有人家卖儿卖女？当官的日食万钱，老百姓年无斗米下炊，这是天理吗？官府若不顾百姓死活，总有一天，百姓是要拼骚命的！这可是官逼民反呀！”

“王爷说得也对。”廷表见他那慷慨激昂的样子，只得安慰道，“这些都是社会弊端，慢慢解决吧！要相信，是会有好官的。”

“好官？天下乌鸦一般黑！当官的哪个不是披着人皮做鬼事？哪个不胜过杀人越货的强盗！”小王爷鼻子一哼，说完，又问，“敢问这位公子，布告上写些酿？我识字不多，看不全。”

廷表说：“布告说，刘六、刘七和杨虎造反，从河北义安开始，打遍河北、山东、河南、山西和安徽，闹得朝野不安。朝廷派毛锐将军率兵围剿，正在激烈战斗。由于国库空虚，兵源不足，特征剿匪税。此税按人头征收，十六岁以上人丁每人交大明宝钞十贯，十六岁以下每人交五贯……”

廷表未说完，看布告的人们七嘴八舌嚷起来：“十贯宝钞可是一户人家一年的口粮呀！这不是要命吗？”“朝廷年年征税，咋就国库空虚了？”“朝廷剿匪又征税，不就是既镇压造反者，又围剿平民百姓吗？”“唉！我家的耕牛又保不住了。没有耕牛，咋个犁地？种不出庄稼，喝西北风？”“说兵丁不足，我的两个儿子不都被抓去了吗？我小儿子还不满十六呀！”“小娃娃也要征税，这合理吗？”……

"这就是官逼民反！"小王爷突然挥舞双臂、使劲高呼，"当官的默啦穷人是憨包？反啦反啦！不推翻吃人的朝廷和害人的官吏，百姓只有死路一条！"

一时间，群情激奋，高喊"造反"的声音在阿迷上空回荡。气氛瞬间紧张起来。突然，有人高喊："官兵来了！快跑！"人们惊慌着，无命栽死四处奔逃，现场一片混乱。说时迟，那时快，数十名手持刀枪的捕快、皂隶、民壮已蜂拥而来，准备抓人。

王廷表大吃一惊，他立即将站在原地纹丝不动、怒目圆睁的仆喇小王爷护住，抢站在台阶上，大声说："请各位安静，拜乱跑！"又转对捕快等人说："请各位大爷慢动手，都是乡里乡亲嘛，有话好好说。待我请知州大人来解决。"

"你是什么人？"捕快大头目问。

"我是王廷表。张大人是我的好朋友。"王廷表答。

"头儿！真的，我见这位公子曾在衙门里和张大人聊天。"一个皂隶插进嘴来。正在这时，张经、卢方在几个护卫的簇拥下走过来，开口便问："大捕快，将闹事者拿下了吗？"

未等大捕快开口，廷表抢先道："大人，其实，并没人闹事。这些人只是看了布告，诉诉苦而已。声音大了些，惊动了大人，廷表代乡亲们向大人赔个不是！请大人高抬贵手，让他们走吧。"

张经瞟一眼王廷表，轻轻点了点头，平缓地说："大捕快，可闹出什么事来？"

"倒也无事。"捕快应道。

"既未出乱子，也就算了。让他们各自回家吧。"张经又转对众人："以后要吸取教训，不要在一起乱议朝政，乱起哄，以免惹出祸端。"

待众人及捕快走后，张经对廷表说："贤弟，大事化小，小事化了，也是善事。不过，贤弟呀，《君子行》诗曰：'瓜田不纳履，李下不正冠。’该避嫌处还得避嫌。有空到寒舍一叙，我有事，告辞了。”

人们渐渐散去。

张经走后，廷表略一沉思，朝小王爷退去的方向跑去。很快，他追上杨葛，喘着粗气说：“小王爷，往后可不能冲动了，凡事要三思而后行。”

“公子名叫王廷表？谢谢你刚刚相救。”说着，又怒目一睁，喝道，“这官府也太坏了，官府的人，哪个不是白披了张人皮！不顾百姓死活！我真想与他们争个鱼死网破，反正横竖也是死。怕什么？头掉也不过碗口大个疤！”

廷表劝道：“王爷，要晓得，枪打出头鸟、出头的椽子先烂呀。平民与官府对抗，可是鸡蛋碰石头啊！这样去死，不值得！”说着，忙改口问，“王爷读过书吗？如果想读书，就到在下家里来，我……”

“我不想读书。读书有酿用？若读书当了官，心就会变黑了，良心就会被狗吃了！我读书少，但我晓得‘礼义廉耻’。但是，这‘四维’，皇帝晓得吗？当官的晓得吗？”说完，扬长而去。

王廷表感到心里很沉重。是呀，百姓真的太苦了！今天贴出的布告，可是将老百姓往死里整呀！照此下去，百姓怎样生活？不造反才怪呢！小王爷说“当了官，心就变黑了”，果真如此吗？不！如果，我有朝一日能步入仕途，一定要清清白白做人，堂堂正正做官。想着想着，竟身不由己地走进了州衙门。

“钝庵贤弟，请坐！”张经正在批阅案宗，一见廷表，惊讶不已，赶忙起身相迎，又对身旁一人喊：“师爷，敬茶！”待师爷将茶端来，张经介绍说，“这是王晷大人，原是阿迷州同，德高望重。几年前，王大人想离职回湖广，我将他留下，聘为师爷。”

“晓得了。王老爷好！”廷表问候罢，开门见山，直截了当说，“二位老爷，我刚才在街上看了布告，感到奇怪，这捐税本来就多、税额就高，咋个又来个剿匪税？而且，竟然每人十贯，老百姓咋能承担得了？如此下去，是要出事的！‘民惟邦本，本固邦宁’呀！”

张经摇了摇头，无可奈何地说：“这是朝廷直接下的圣旨，我也没办法呀！”

“山高皇帝远，能不能根据阿迷实情，灵活一点呢？”廷表拉一副苦脸央求。

“这不能开玩笑！这可是光着脑袋钻刺棵呀！”张经将头摇成货郎鼓。

“唉！百姓又要遭殃了。”廷表将手一摊，苦笑。

“对了！廷表，听说你参加乡试了，对结果满意吗？”张经赶忙转个话题。

“自己满意不算数，听天由命吧！”

“我相信你！等着听你的喜讯！”

“张大人，我该走了。无故打搅，惭愧！”

“你刚才所说之事，我会想办法灵活一些。”张经叹口气说，“为官一任，为百姓做点好事，情理之中，当然，多少事，身不由己呀！”

“是的，尽了力，就问心无愧。但愿阿迷在大人的精心料理下，社会清平，百姓安居乐业。”

走出州衙，王廷表的心久久不能平静，一番沉思后，他又在心里说：若我有朝一日当了官，一定要为百姓做主，多办好事，决不占着茅坑不拉屎，更不能助纣为虐！只要百姓安居乐业，社会清平，廷表纵然粉身碎骨，也在所不辞！

一个月很快就要过去了。然而，就王颖斌来说，这一个月是何等的漫长啊！他白天盼，晚上盼，时时盼，就盼着听到儿子的好消息。好消息总不出现，他开始心灰意冷了。

王廷表也在等待自己的好消息，但他不像父亲那样急成热锅上的蚂蚁。他不但不急，考试结束后，就很少在家里看书，而是暗中与伍瑶琴幽会，或找童年时的伙伴们聊天，或游山玩水去了。十天前，他到大舅杨升家和朋友处玩了几天，五天前他跟父亲说，要到临安看看老朋友，去了就没回来。

“唉！这小子，单个的事不放在心里，冷屁松松，玩野了！”王颖斌有些生气了。气着、骂着，他突然喊：“冯玉良！冯玉良！过来。”

“老爷，呼唤小人有何吩咐？”车夫冯玉良从天井里跑过来，急促地问。

“你现在就出发，给我赶到临安，将大公子喊回来！”

“小的照办！”冯玉良套好马刚要走。王廷贵突然从门外跑进来，大声喊：“爹！报喜的人来了！你听，鞭炮声！”

王颖斌侧耳一听，不远处确实有鞭炮声“噼噼啪啪”响个不停。王颖斌正想出门看个究竟，四匹马早已驰到门前，四个报录人随即跳下马。高喊：“王廷表，中举了！我们报喜来了！”话音刚落，又有四匹马奔到门口，报喜人又跳下马高喊：“王廷表金榜题名，我们奉命前来报喜！”喊完嚷着讨喜钱，一时间整个院子挤满了围观的人群。

“这……”王颖斌还没缓过神来，一台四人大轿又到，知州张经走下轿子，对王颖斌说：“恩师，贵公子金榜题名，可喜可贺！”

“啊！”王颖斌大吃一惊，瞬间脸上的愁容烟消云散，旋即大声呼喊，“夫人，快！给张大人倒茶！娘！快，发喜钱、发喜钱！”

夫人杨氏听到喊声，立即端来茶水。老夫人听到喊声，在内屋问："颖斌，呼唤娘整哪样？"

颖斌急忙跑进母亲的卧室，兴高采烈地说："爱嫫，你的大孙子争气，考上举人了！知州张大人亲自来报喜来了！你赶紧准备二十多个红包，再找些零钱，给报喜的人发喜钱，围观的乡亲也要散些零钱。"说完，立即返回客厅。这时，厅上厅下已站满了闻讯赶来贺喜的李士英、浦庆、张友闻、徐瀚、杨学、伍明伦、伍车书、伍时新等名宦、乡贤、亲戚，以及王颖斌的朋友、王廷表的好友。贺喜的人边送上彩礼、红包边道喜，将整个王家大院挤得水泄不通，热闹非凡。王颖斌、王廷贵忙不迭谦让着发喜钱、收礼、道谢、令下人端凳子、倒茶水、递烟筒，忙得不可开交。

张知州和几位德高望重的名宦、乡贤坐定。张经笑眯眯地问："令郎呢？请他出来，我要亲自嘉奖他。"

"顽皮小儿，前些天去临安、石屏，至今未归！真急人。"

"爹！我回来了！"王颖斌话音刚落，王廷表在门口喊毕，大摇大摆地走进客厅，对张知州说："大人，请受学生一拜！"说着，深深地鞠了个躬。

"贤弟不必多礼。"张经说，"廷表，你中举了，可喜可贺呀！"

"这是我意料中的事。"王廷表嫣然一笑。

"还笑呢！"王颖斌故作嗔态，"别人忙得团团转，你倒好，一点都不放在心上，还到处玩耍，玩疯了？"

"好了，爹！孩儿知错了。"

"知错就行。"王颖斌话锋一转，"你今后要干哪样，心中有数吗？"

"当然晓得！狗吃馒头，心中有数。"王廷表认真而诙谐地说，"用两年时间做准备，进京应试，务必金榜题名。同时，督促弟弟读好书，早日参加乡试，务必中举。"

“晓得就好。那你和弟弟去吧，我和张大人、伍大人、李大人等说说话。”

廷表刚转身要走，张经突然喊：“贤弟，等等！”说着，令跟班取来一卷画轴，递予廷表，笑道，“这是南宋李堂的《义犬图》，知贤弟肖义犬，借贤弟金榜题名之机，送贤弟做个纪念。”

“谢谢！谢谢！”廷表连声致谢。

廷表领着廷贵到街上逛了一圈，和童时的朋友见了见面，半个时辰后回到了家。与父亲、张经、伍车书、王国恩等名士餐罢“贺喜宴”，送走客人，即领着弟弟走向书房，边走边叮嘱：“弟弟，一定要认真读书，唐代大诗人韩愈《进学解》曰：‘业精于勤，荒于嬉；行成于思，毁于随。’《礼记·学记》也说：‘玉不琢，不成器；人不学，不知道。’你晓得这些话是酿意思吗？”

“晓得！哥哥，这些古人话你讲过多遍了。说来说去，不就是《论语》所说：‘工欲善其事，必先利其器’吗？”

“弟弟，一定要珍惜光阴，不能贪玩，玩物丧志，记住了吗？好好读书，只有读好书，才能取得功名，既受人尊重，又能有一定权力，为百姓做好事。”廷表意味深长地说，“我大明弘治三年进士钱福，就悟出了光阴无价，在其《明日歌》中唱道：‘明日复明日，明日何其多！我生待明日，万事成蹉跎。世人若被明日累，春去秋来老将至。朝看水东流，暮看日西坠。百年明日能几何？请君听我明日歌！’”

“哥，这是诗吗？写得真好。”

“是诗，也是歌。”廷表说，“其实，诗和歌是从来不分家的。李白的诗，就有不少歌行体，鼎盛于宋代的词，也多是长短句，可谓之歌，也是诗。任何一首诗、词，配上宫、商、角、徵、羽等五音，就可唱了。”

“哥，我明白了。你把刚刚你念的《明日歌》抄一份给我，好吗？我要把它背得滚瓜烂熟。”

“我的好弟弟！我一定找时间抄给你。走，我教你写字去。我发现，你那字写得弯叽古扭的，楷不楷、隶不隶、行不行、草不草，完全是乱画。这臭毛病，一定要改，听见没有？写好字后，放放心心、痛痛快快地玩。好吗？”

“好！”廷贵突然说，“哥，你去昆明、临安后，伍瑶琴几乎天天来我家玩，一来就帮娘做事，勤快得很。送喜报的人来时，我还见她在门口张望。报喜人嚷着要讨喜钱，伍瑶琴竟然变戏法般地从包袱里掏出一大堆红包，不停地散发，简直成了我家的人了。哥，我就奇怪，她咋会老早准备红包呢？又咋会晓得哥会考上举人呢？我揣摩，她，看上你了！而且，你俩‘身无彩凤双飞翼，心有灵犀一点通’呢！”

“拜胡说！”

“胡说？你看你，脸都着火了！连我的脸都被烧烫了！”

话分两头，且说杨慎与王廷表新都道别，回到京城不久，父亲就为他操办了婚事，娶礼部主事王涥之女为妻，婚事“清素一如田家礼”，很简单。婚后，夫妻二人相亲相爱，日子过得甜甜蜜蜜。第二年，王氏生了一个儿子，取名同京。第三年，即明正德三年（1508），杨慎参加春试，主考官王鏊、梁储看了杨慎的文章，赞不绝口，当即置为首选。不料，火花突然落下，将考卷烧坏，以致名落孙山，与殿试无缘。这对杨慎的打击不小，使他感到心灰意冷。

光阴如水，转眼两年过去。这一年，王氏又逢弄璋之喜，生次子同川。明正德六年（1511）春，又该殿试了。此时的杨慎早已从当年的惆怅中走出来，决心拼搏一番，让世人刮目相看。

二月，礼部循例在京师保和殿举行三年一次的全国会试。主考官为贾宏，总阅官是靳贵。会试结果，杨慎名列第二名。

三月，明武宗在奉天殿亲自主持殿试，策题是《创业以武，守成以文》。这次殿试，正德皇帝钦点李东阳、刘忠、杨一清为读卷官。杨慎捧卷在手，埋头疾书，很快就交了卷。之后，读卷官读罢杨慎的策问卷，不觉称赞："海涵地负，大放厥词。"共庆朝廷得到了难得的人才。

放榜开始，皇帝亲自宣布殿试结果：

"第一甲，第一名，四川新都杨慎。"

传胪官接着皇上的声音重喊一遍："第一甲第一名——四川新都杨慎！"

唱罢，大殿上下立即沸腾了，有的惊呼："大魁天下，壮哉！"有的窃窃私语："这没弄假吧？"有的则直截了当说："他爹是朝廷大官，说不定这里边有猫儿腻！"也有的目瞪口呆，还有的咬牙切齿……

唱名结束，大殿上笙乐高奏，瞬间喜气充盈，热闹非凡。状元、榜眼、探花三位鼎甲人物、各金榜题名者依次跪伏在玉阶下，齐声高喊："谢主隆恩！"山呼："万岁！万万岁！"

喊声刚毕，正德皇帝满脸堆笑，降旨：御赐锦袍蟒带，恩准新科状元簪花披红，端坐大红马，让金榜题名者簇拥着，游街三日，以示嘉勉，以显威仪。

杨升庵身披绶带、头戴簪花，骑在高头大红马上，红光满面，雄姿英发，神采奕奕，也思绪纷繁，百感交集：终于实现跃过龙门、蟾宫折桂的夙愿，获得人生的最高荣誉，登上人生狂喜的顶峰，这真是"春风得意马蹄疾，一日看尽长安花"吗？他突然想起当年康县令出句，自己对"万里长江作澡盆"的情景，高兴得热泪盈眶，心中一遍又一遍地说："十年寒窗苦读，一朝出人头地，先苦而后甜，值得！"

“嘣、嘣、嘣！”沉闷、清脆的梆声敲响，子夜悄悄来临，月上中天，夜渐深沉，万籁俱寂。都指挥佥事、都督佥事江彬的家里虽鸦雀无声，但烛光闪闪。江彬靠在紫橙檀木雕刻的太师椅上，闷闷不乐地喝着杏花村酒，一会儿叹几声，一会儿苦笑笑，一会儿摇摇头。想到老对头杨廷和总在皇上面前揭自己的“疮疤”，让自己常常颜面扫地，想到杨慎前几日阻挠他将郭芳颖献给皇上，使自己失去了一次讨好皇上、升官发财的机会，断了自己的官路、财路，如今却高中状元，受皇上垂爱，他既羡慕又嫉妒，既恨又怒。几番咬牙切齿，不觉恨出声来：“不行，卧榻之侧，岂容他人鼾睡！要整垮他！不然，说不定将来他要成为我获取功名利禄，步步高升的拦路虎呢！”他嚷着骂着，一个邪恶念头突然蹿入脑海，定格在心间，就大声呼唤下人：“江秋！把张璁给我找来！”

张璁是何人？乃此次参加殿试的浙江举子。这已经是他第三次落榜了。他这次又名落孙山，未能金榜题名，却又像往次一样，凭借祖辈留下的家产，溜达在大街小巷，进入赌场窑子，赌博贪欢、寻花问柳，或步入馆子，醉生梦死，直到将盘缠用完用尽、挥霍一空，才肯善罢甘休，花子跌夺，装憨卖傻，一路骗吃骗喝骗到家。这时，他刚拖着倦意，摇晃着瘦骨干筋的身子从窑子走出来，正好与江彬派来的心腹江秋撞了个满怀。

“你、撞我干什么？不长眼睛？还是有意惹老子发火？我心情不好，不要惹我发火！”他瞪着一双几夜未曾睡好觉、皮泡眼肿的红眼睛呵斥。

“无事老子找你干吗！我家老爷江大人找你有事。”江秋吼道。

“哪个江大人？”他醉眼蒙胧，摇晃着双脚撑不住的身子问。

“朝廷能有几个江大人？都指挥、大都督江彬大人！”江秋吼。

张璁一听，不觉打了个寒战，睁眼一看，认出面前说话的正是江彬的心腹江小三。听说是指挥使江彬找他，不觉大吃一惊，立即酒醒倦消，来了精神。他知道，江彬是正德皇帝的干儿子，是皇帝最信任的宠臣，又紧握军政大权。若巴结上江彬，就前程无量了。朝中有人好做官，上天要有弯腰树呀！想到这里，他立即耷拉着脑袋，唯唯诺诺，服服帖帖地跟江彬的心腹走进江府。

“江大人，张璁来了。”

“江大人，小人张璁叩见！祝大人千岁、千千……”张璁一见江彬，立即“扑通”一声跪倒在地，叩头不止。

“你来了！”江彬正背靠太师椅闭目养神，睁开眼睛见是张璁，就慢吞吞地说，“张璁，你是想当官发财、鹤立鸡群、高人一等，还是一辈子做浪人、下人，到处流窜，一世穷酸？”

“人为钱死，鸟为食亡，名利双收，可是小人做不完的梦呀！那天，我将那个乡下美人骗来，送与大人，不就是……”

江彬打断张璁的话，断喝：“甭说了！我就问你，是想一生穷困潦倒，寄人篱下，还是要攀上高枝，荣华富贵？”

“当然是……是富贵，是……荣华。全凭大人指点迷津，请大人教诲！小人俯首聆听，句句照办就是。”张璁点头哈腰、毕恭毕敬地说。

“杨慎这厮此番高中状元，高高在上，目空一切，而你却名落孙山，难以扬眉吐气，不知你心里是何滋味、有何感想。你没忘记他前几日阻挠你将郭芳颖献给我，再转献皇上的事，这说明你还长点记性。但那事被他搅砸，我就无法举荐你，让你失去了一次难得的机会，此仇不报，你甘心吗？我问你，你是要忍气吞声，吃哑巴亏，还是想报仇雪恨？”

“当然记得，当然想报仇！君子报仇，十年不晚……”

“记得就好，说明你尚有点骨气，想报仇更好，但不能等十年，机会就在眼前，愿你不要错过！错过了，就后悔一辈子了。”

江彬正色道，“今天晚上，你到各客栈邀约此次落榜的举子，越多越好，明天一起跟我上朝廷，检举杨升庵作弊。你敢吗？这可是报仇雪恨的好机会，你不想抓住不放、白白错过吗？”

“大人，我……我没有证据，这……恐……恐怕……”张璁被吓出一身冷汗，眨巴着细眼睛结结巴巴地应答。

“有我在，你怕什么？这是你报仇的良机，也是你出人头地、飞黄腾达的大好机遇，错过了，你会后悔八辈子！就这样定了，明天早上五鼓之前，你带着人在午门外等我。记住了吗？”江彬正色道。

“大人，那我告他什么呢？”张璁眨巴着眼睛问。

江彬将桌上两张折叠成小方块的白纸递给张璁：“这一张就是告倒杨慎的证据，你回到客栈细细地看，务必背熟在心里，就知道该怎么办了！这一张是联名状纸，务必让众举子签上名、按上手印，越多越好。你还有什么好法子，也想一想，不管用什么办法，目的只有一个，就是叫杨慎垮台，让他在菜市口挨一刀、命赴黄泉更妙！他死了，你的仇就报了，步入仕途的希望也就有了。”

“小人遵命，小人告退，大人晚安！”张璁叩头罢，又补上一句，“江大人，我再给您物色个乡下……”

江彬一挥手：“啰唆！去去去！”

天刚蒙蒙亮，准备上朝的不少官员已聚集在午门外。“壮士惜日短，愁人知夜长”，新科状元杨升庵初次上朝，满怀一展经纶的希望，更想在文武百官面前留个好印象，来得最早。过了约一刻钟后，李东阳、杨廷和、杨一清、李梦阳、费宏、蒋冕、王纪、江彬等文武百官相继来到。

天上的星星渐渐退去了光亮，天渐渐地镀上了太阳初升时的亮色。五鼓响过了，点卯时间早已过去了，但仍未听到值班太监“排班”的喊声。人们熙熙攘攘、纷纷议论开来。首辅李东阳实在等不及了，忙问站在台阶上的一个小太监：“天已大亮，早该点卯了，皇上为何还不上朝？”

小太监答道：“皇上昨晚忙碌，十分疲惫，现还在睡梦之中。”

听说皇帝还在酣睡，一时间人们交头接耳，嘈杂的议论声此伏彼起，整个午门外瞬间乱成一锅粥。“唉！扫兴。”杨升庵摇摇头、叹了一口气，喃喃自语，“君王整日贪睡，不上朝议政，听不到来自文武百官的声音，不了解民间疾苦，和聋子、瞎子有啥子区别？如何治理国家？我虽高中状元，若未逢明主，一腔热血无处挥洒，这状元又有何用！只说当官好，谁又知当官难呢？唉，真扫兴！”

正议论间，太阳冉冉升起，将整个北京城、将殿宇照得通明透亮。辰时又过去了，巳时到来了。这时，提督太监才手执拂尘，慢腾腾步上玉阶，拖着不男不女的声调喊：“文武百官听好了，列好班，排好队，肃静，不准喧哗、拥挤，挨次上殿！”

待百官鱼贯而行，步上大殿，排列整齐约两刻多钟后，正德皇帝朱厚照才伸着懒腰、打着呵欠、拖着倦体，从大殿侧门没精打采摇晃出来，软绵绵地坐到龙椅上，还没等到百官山呼万岁，呈上奏章，就打个哈欠、叹一声，懒洋洋地说：“各位爱卿，朕一夜操劳，审阅奏章，倦意未消。有事奏来，无事退朝。”

话音刚落，武官行列里有一人率先跨前两步，毕恭毕敬道：“臣江彬有本奏。恭请吾皇万岁、万岁、万万岁！”

正德皇帝定睛一看，见是干儿子江彬，顿时像吃了兴奋剂，龙颜大悦，和颜悦色地说：“爱卿平身，有何本章，且自奏来！”

江彬吸吸鼻子，干咳一声，三角眼转了几转，嗫嚅着说：“皇上昨日钦点杨慎为金科状元，足见龙恩浩荡、惠泽天下、恩施黎庶！不过，杨慎实为普通人一个，并无真才实学，只知蒙蔽圣聪，尚请吾皇明鉴！”

“爱卿此话怎讲？不必遮遮掩掩，如实道来。”正德皱起了眉头。

江彬吸吸鼻子，又干咳两声，装出一本正经的样子说：“启禀皇上，现有张璁、余枚、甄春等三十多名落榜举子联名，状告杨慎考场作弊，蒙蔽圣聪，窃取功名利禄。微臣思忖，此事非同一般，岂能不理不睬，装聋作哑，让庸人蒙混过关，故冒死奏明皇上，请万岁明鉴。这是众举子的‘联名状折’，请皇上过目。”说着，趋前几步，双手颤抖着递上“折子”。

一石激起千层浪。满朝文武百官一听，犹如晴空一声霹雳，一个个惊得胆战心惊肉跳，张口瞠目结舌。但谁也不敢吭声，都把眼光投向江彬，又转向杨慎。杨升庵也被猝不及防的偷袭弄蒙了，脸色瞬间变得惨白，心跳加剧，张了张嘴似乎想说什么，却摇了摇头缄口了。

正德皇帝瞟一眼按满红手印的“折子”，不由得勃然大怒，将头轻轻抬起，瞪杨升庵一眼，又转过头来，将凶恶的目光射向首辅李东阳，严厉断喝：“西涯卿！”

“臣在！”李东阳朝前迈一步，轻声答。

“尔为阅卷官，可知杨慎作弊否？”

李东阳早已气得脸色发紫，瞪得圆圆的双目里喷着无法遏制的怒火，但他却以异常平静的口气解释加反驳：“这作弊之事，不知从何说起！依老臣愚见，此乃落第举子心生嫉妒，刻意找事，无中生有，恶意中伤。据臣所知，那张璁曾几番应试，策对之文乃滥竽充数，东拉西扯。他未能金榜题名而导致心理不平衡，故而产生怨恨之心，故有意串通他人，造谣生事，搬弄是非，以淆圣聪。江彬江大人乃武中人，不明考场规矩，误听流言蜚语，才将所谓‘联名折’转呈陛下。请圣上明鉴！”

江彬一听，立即颤抖着大声诡辩："首辅大人所言差矣！臣虽为武夫，也是朝廷命官，亲闻考场舞弊之事，能坐视旁观、充耳不闻吗？张璁、余枚等人虽为落榜举子，也是大明臣民、堂堂举人，众人知杨慎考场作弊，敢于揭发，可见其对陛下忠心耿耿，不怀二心，理应嘉奖。而杨慎作弊之事，岂能轻易了之，不一查到底！还请圣上明察秋毫，为众举子做主，以正朝纲法纪，将作弊者绳之以法！"

正德皇帝叹一声，慢腾腾说："江彬，杨慎如何作弊，卿且细细道来！"

江彬心怀鬼胎、做贼心虚，胆怯地瞟李东阳和杨慎一眼，吞吞吐吐、支支吾吾："据张璁、甄春等众举子称，作……作弊之事，系首辅李……李阁老暗中先将试题透……透露给其弟子、杨公子……"

江彬的话无异于晴天霹雳，轰然炸响，更是火上浇油，干草遍燃，顿时，气氛又加倍紧张起来，文武百官一个个惊恐失色，屏声息气，心跳加剧。有的暗骂江彬目中无人、狗胆包天，竟敢冲撞诋毁首辅；有的则为杨慎抱不平，心生怨恨；有的又为李东阳的命运担心，愁肠百结、惴惴不安；当然，也有的幸灾乐祸，暗自叫好，只等待看"好戏"，也有的巴不得杨慎作弊是实，当场出丑，最终被皇帝处以极刑。

听罢江彬无中生有、有意搅屎的指责，李东阳瞬间像在伸手不见五指的夜晚，被打了一闷棍，耳朵里嗡嗡作响，眼前一片漆黑，几乎晕倒。恍惚间，他静下神来，浑身战栗着，声音沙哑着正色道："启奏陛下，江彬所言纯属无中生有、造谣诬蔑、以淆圣聪！臣身为首辅，自然要事事以身作则，朝纪法纲，岂有不懂之理，又安敢违背？杨慎虽为臣之门生，臣又怎敢以一己之私而舞弊！我敢说，杨慎是臣之得意门生，他苦读诗书，饱览群书，聪慧机敏，文章诗词出类拔萃，何须下官包庇！三年前春试，杨慎就已显露才华，这有目共睹，又何须他人‘暗送秋波’？若言老臣怀有私心，庇护弟子，查之有据，臣甘愿服罪以谢天下。若查之无实，诬告之人，在暗里挑唆之人，又怎能逃脱干系！江彬不明原委，又私藏祸心，借故搅乱朝廷，安能逃脱罪责！臣请陛下明察秋毫、一查到底，不弄个水落石出，辩出个是非曲直，绝不罢休！”

“臣愿为李大人、杨慎担保！”阅卷官杨一清挺身而出大声说。

“臣也愿为李大人、杨状元担保！”费宏、靳贵也一起出班奏道。

“尔等别多嘴多舌，让杨慎自己解释。”正德铁青着脸说。

杨慎初次上朝议政，本来心中揣一团烈火，热气蒸腾，而且，他还暗中发誓，要认真聆听各位前辈的奏章，领悟皇上的批答，在增加知识、了解国情的前提下，为国泰民安献计献策。然而，他无论如何没有料到，初会龙庭，就受奸佞无端侮辱，造谣中伤，不由得怒火填膺、义愤满腔。目睹恩师横遭攻击，更是心如刀绞、肝肠寸断。他真想冲上去与江彬拼个鱼死网破，但最终理智占了上风。迟疑片刻，他昂首挺胸，毅然迈前两步，款款道：

“陛下，请容臣道明原委、说明真相。考生为金榜题名，求取功名，科场之中，买号、雇倩、传递、割卷、怀挟等种种弊端，自古有之。但硬说李阁老庇护门生，徇私舞弊，暗将试卷传与下官，谁人可信？谁人看见？张璁见了吗？余枚见了吗？落榜者所诬陷之折，肯定亦文理不通，前后矛盾，分不出头发和胡子，牛头不对马嘴，其考卷安能顺理成章？南郭处士滥竽充数，还梦想一举成名，名利双收，岂不是老鹰想吃天鹅肉、泥鳅想当东海王？慎是否真才实学，岂能凭江老大人听信几个无知小人摇唇鼓舌、信口雌黄？真金不怕火炼，身正不怕影子歪，臣愿当廷一试，若试之无才无识，甘愿伏诛，以谢天下！”

正德皇帝朱厚照是朝野皆知的风流天子，整日想的只是玩弄嫔妃宫女，到处寻花问柳，以满足淫欲，哪有心思出题重考杨慎？这时，他突然想到当年刘瑾为他建造、供他花天酒地、纵情淫乐的“豹房”，想到“金弓射如意”“草径觅芳泽”“鲤鱼翻身”“泥鳅打滚”等乐趣，想到“豹房”那许多佳丽美人，就装出疲惫不堪的样子说：“各位爱卿，杨慎愿当场试才，情理之中。但朕昨夜批奏章直到深夜，十分困倦，明天再试吧！退朝！”说完，头也不抬，挽起龙袍，起身径直奔“豹房”去了。

回头满眼凄凉事，秋月春风岂得知？文武百官唯有相互望望，无声无息，无可奈何，无计可施，摇头叹息，各揣心事，怏怏离去。

终于送走一个黑胧胧的夜晚，迎来一个明朗朗的早晨。点卯时间将到，丹墀下，文武百官早已分列两旁，等待上朝。约两刻钟后，值班太监终于发出“排班上朝”的呼喊声，正德皇帝带着一身倦意，缓缓挪上大殿，轻轻坐在龙椅上。百官鱼贯而行，排列整齐，朝觐山呼完毕。正德缓缓道：“今日不阅奏章，只一件事，就是重考杨慎。杨慎，你可独立鳌头，接受文武百官及诸才子提问。若答辩有理有据，自可见汝才气横溢，知识渊博，试卷答题不假，作弊之事非实，旁人流言蜚语亦自然不攻自破。若汝含糊其词，言语躲闪吞吐，东拉西扯，词不达意，足见汝不学无术，滥竽充数，乃作弊取宠，空有其表，徒有虚名，朕定不饶恕！”

杨升庵听罢，正了正官帽，抚了抚腰间玉带，理了理身上蟒袍，不慌不忙趋前两步，郑重道一声：“臣遵旨。”即昂首挺胸，从容不迫走向丹墀，登上汉白玉雕刻的巨鳌，屹立其头上。这时，人们终于看清楚，杨升庵身材修长，体态匀称，英俊勃勃，眉清目秀，仪表堂堂，雍容大雅，举止庄重，神采奕奕，英气勃勃。文武百官情不自禁地窃窃私语起来：“好个状元公！看其威武气势，就能镇住妖邪，这回，可有好戏看了！”“杨慎如此镇定自若，可见才气非同一般，成竹在胸，落榜者要难倒他，谈何容易！”“江彬一介武夫，只知舞枪弄棒，有何德何能何才扳倒状元公？”“那些举子，还敢斗胆考状元公？不配！”“哼！张璁等诬告之流，必遭反坐无疑！”……

正议论间，只见江彬向后招了招手，丹墀下一个瘦骨嶙峋、皮泡眼肿的人走上来，此人就是张璁。张璁又倒退几步，回头喊一声“快点！”将一个脑袋担在肩膀上、长得圆瞰愣瞪矮达达、身上脏兮兮很邋遢、手提竹篮的人推上前，矮个子抬起头来，一眼看见屹立鳌头、威风凛凛、盛气凌人的杨升庵，不由得胆怯起来，全身颤抖着，回头想溜之大吉。江彬见状，急忙跨前一步将他拦住，狠狠瞪他一眼，骂了声“混账！我看你要改改名，不叫甄春叫真蠢！”矮个子被吓得面如土灰，打了个寒战，才壮着胆子挪前几步，战战兢兢、结结巴巴地问：“杨——状元，你……你知……知我篮中所装何物？”

杨升庵轻蔑地瞟他一眼，剑眉一扬，冷笑一声，冲口而出：“装东西！”

提篮矮子甄春避开杨慎射来的利剑般的目光，故作镇静，强打精神笑道：“东为大……大海，西乃高……山，请问，这小小竹篮，如何装……装之得下？”

升庵镇定自若、从容反击：“竹篮就只能装东西，难道你装南北吗？”

“既能装……东西，就能装……南北！同一理嘛！”矮个子诡辩。

升庵一声冷笑，断喝：“蠢材一个！你的无知，岂不叫天下人笑掉大牙！如此无知蠢货，也敢露你那块脸皮？东方甲乙木，西方庚辛金，木与金皆为实物，故竹篮可装。南方丙丁火，竹篮遇之，必化为灰烬；北方壬癸水，这竹篮如何打水？凡入市购物都可称买东西，只有蠢货才会买南北！就像尔等不学无术者，肚里装的全是垃圾粪土！绞尽脑汁，还想刁难于我？实话告诉你：我杨慎对付尔等不学无术之白丁水货，游刃有余！你等到头来必定是竹篮打水一场空！”

“好，答得好！”“妙！字字如针见血，句句似锥刺心！”“棒极了，竹篮打水一场空，实在是妙不可言！”“哼！诬蔑杨状元作弊？真是昏了头了！”“疯狗也想吃月亮，做梦！”人们异口同声，一起起哄起来。

矮个子无言对答，羞得面红耳赤，心跳头昏，跌跌撞撞败下阵来。

“等一等！”张璁赶忙拦住矮子，耳语几句，二人和余枚、吴治随即从丹墀下搬来一间纸扎的小屋，一张上放着一大一小两纸人的桌子，又取来一把小尖刀、一锭白花银子、一条麻线绳子、一副打火石。物品放好后，张璁大摇大摆、神气十足晃到鳌头下，仰头对杨升庵说：“杨……状元，学生张……张璁，初通义理。久仰状元公学……学富五车，才高……八斗，特请赐教。地上摆下的，乃‘四书’中四句话，状元公知……知否？”

杨慎不觉哑然失笑，鼻子一哼，也不答话，不慌不忙走下鳌头，用小刀砍倒大纸人，用绳子捆住小纸人，再用打火石取火，将纸房点燃，麻利地做完各种动作后，拿起银子，提着小纸人，从容回到鳌头上，斩钉截铁般地说：

“张璁，尔等洗耳听好！这是《孟子》中的四句话：‘若杀其父兄，系累其子弟，毁其宗庙，迁其重器。’区区伎俩，能难倒谁？三岁娃儿也难不倒！”又面对文武百官大声说：“诸位大人说对不对！”

“对！对极了！破得确切，破得好！”“说杨状元作弊，简直是狗嘴吐象牙！”“蚍蜉撼大树，可笑不自量！”“是鸡蛋碰石头！”百官中喊声迭起。

杨升庵的聪明才智，举止安详的气质，赢得百官频频点头称赞，惊得江彬、张璁之流瞠目结舌，狼狈不堪，哑口无言，战战兢兢，龟缩一边。

正在这时，一个与杨廷和结下宿怨的御史走到杨慎面前，冷冰冰地问：“杨慎，你说，殿门口武士牵的是狼还是狗？”

“是狗！”杨慎答得很干脆。

“何以见得？”御史傲然一笑。

杨慎不慌不忙说：“那是一条快要变疯的看门狗！癞皮狗！狼只吃肉，那条狗遇肉食肉，遇屎吃屎（御史吃屎）。”

那御史一听，羞愧难当，抱头鼠窜而去。

文坛泰斗、户部主事李梦阳看在眼里，怒在心头，忍不住喝道：“这是考学问吗？是以理服人吗？分明就是杂耍儿戏！分明是利令智昏！是戏耍新科状元！是扰乱朝廷！是无理取闹！无聊至极！”他话锋一转，笑道：“我倒想出个题，考考状元公的真学问，以正视听。升庵，你看如何？”

杨慎惊喜交加，赶忙跳下鳌头，边施礼边道：“学生年幼无知，才疏学浅，谨听大人教诲。”

李梦阳感慨着说：“下官因反对刘瑾专权，身陷囹圄，疾病缠身，学无长进。听说‘四书’中有‘人知之亦嚣嚣，人不知亦嚣嚣’，句中共有十八个‘口’字。请教状元公，‘四书’中尚有比这更多‘口’字之句子否？”

李梦阳的题目可谓刁钻古怪，但属于知识范畴，考的是你是否饱览群书，是否有超强的记忆力和敏捷的应对能力。在场的文武百官听罢，一个个愁眉苦脸，如坠五里云雾中，面面相觑。那江彬、张璁更是目瞪口呆，眉头紧皱，但却暗自高兴、庆幸：“哼！杨慎，我们难不倒你，自有人叫你下不了台！你若答不出来，不就露丑了吗？你丑一露，那颗人头还保得住吗？”

只见杨升庵沉思片刻，不慌不忙答道：“李大人，学生依稀记得，‘四书’中有句‘讴歌者不讴歌益而讴歌者启’，就有十九个‘口’字。不知学生是否记错，尚请大人雅正。”（繁体字：謳歌者不謳歌益而謳歌者启）

李梦阳一听，频频点头、哈哈大笑，感慨道：“状元公博览群书，记忆超群，可钦可佩！后生可畏、后生可畏呀！今天，老夫定当力排众议，奏明天子，重用状元公矣！”

杨一清也朗声笑道：“贤侄不愧才高八斗，正气冲天！我也要为状元公说上几句！”说罢，喜笑颜开，精神抖擞，和李梦阳一起大踏步迈入金銮殿，去参见正德皇帝。

诗曰：

举杯遥祝状元公，刻苦求知志更雄。
奸佞阴招成画饼，茶余饭后笑如轰。

第八章
书信来往相勉励　金榜题名耀门庭

京都到云南远隔千山万水。王廷表与杨慎要见一次面，谈何容易！然而，千山万水隔不断好友的情谊，他们的心永远连在一起。当然，鸿雁传书，互通信息，是他们心连心的桥梁。

杨慎回京后参加礼闱时，本来已被主考官王鏊、梁储置于首选，却因试卷被烛火烧坏而下第后，杨慎感到心灰意冷，对仕途失去了信心。心事连连，向谁诉说呢？他将心事透给在京的好友张含，更忘不了向远在云南、亲如兄弟的王廷表倾诉。

王廷表收到杨慎的书信后，免不了扼腕叹息："这不是误人子弟吗？"叹罢，不免为杨慎的前程担心起来。他知道杨慎遭此打击，说不定会失去理智，从此消沉下去。果真如此，杨慎此生不就完了吗？王廷表心知肚明，杨慎的才气非同一般，自己无法与之比肩。若杨慎真的因此而不思进取了，岂不是一位难得人才的毁灭吗？想到这里，他心急如焚。"对！应该安慰和鼓励好友，要高瞻远瞩，绝不能一蹶不振，只要心不死，自己的理想就一定能实现！"想着，他凝眉沉思后，挥毫疾书，给杨慎寄去一封信，信中附有八句诗：

世事谁曾料，烛花不领情。

唯将无奈叹，尤为失魂惊。
前路登高望，真才只欲倾。
心宽东海小，梦碎气难平。

升庵读罢钝庵的诗，禁不住清流直下，他抚诗沉思，不觉叹道：“知我者，贤弟也！人生总叹无奈，岂不是庸人吗？前边的路须登高方能极远，胸中之才华若不显露，不亦悲哀吗？是呀，哀莫大于心死，只要心宽，东海不亦显得小吗？人生就是一场梦，若不做梦了，人生何在呢？”

升庵立即寄出一封信，告诉王廷表：请好友放心，自己绝不会因一点挫折而消沉。还说：自己正在加倍努力，勤奋读书，一定要实现自己的梦想。信中，升庵还提醒钝庵：“正德六年又将举行会试和殿试。若能与贤弟同场赋文，同取功名，此乃人生一大幸事也！如此幸事，将是你我弟兄终生美好的回忆！”

王廷表乡试中举、娶元世祖忽必烈后裔伍良弼之孙女、伍车书之长女伍瑶琴为妻，及祖母去世后，又将好消息和不幸及时寄往北京。信中说：“承蒙兄教诲，弟如愿以偿。但自觉学问不精，料难取士，且时间仓促，不能明年参与廷对，请兄见谅。”信中又说：“弟已娶伍氏为妻，妻已身怀六甲，无人照料，而祖母刚去世，大孝在身，不能远行，且心情不佳，故不能进京。仁兄才气横溢，夺魁无疑，决不能错过良机，铸成终身之憾！古人曰：‘路漫漫其修远兮，吾当上下而求索。’预祝兄殿试逞英豪，大魁天下，立业建功。”

杨升庵高中状元后，正值中举后无意功名，肆力于诗的好友、父亲的莫逆之交、南京户部右侍郎张志淳之子张含随父回云南永昌省亲。升庵闻讯，大喜过望，立即找到张含，说：“我有好友王廷表，居阿迷州。多年未见，十分牵挂。仁兄此次回云南，务必抽空到阿迷，一方面，请兄代弟向我的恩师廷表之父请安，向廷表问好；另一方面，兄可乘此机会认识廷表，并代我表达心愿，请他一定要抓住机遇，进京赶考，获取功名。”

张含未负升庵之托，到永昌后不久就赶到阿迷，拜会王廷表。二人一见如故。张含在阿迷玩了十多天，才返回永昌。临别，他又向廷表重述升庵的问讯，要廷表遵升庵所嘱，一定要在下次进京参加会试和殿试，步入仕途，报效国家。

廷表听罢，频频点头，二人才依依惜别。

转眼又是明正德九年（1514），三年一次的殿试即将开始。

年齿二十四岁的王廷表决定进京赶考了。

正月初的一天晚上，王廷表在烛光的辉映下，练习八股文。

两个月前赶回阿迷，欲送儿子进京赶考的王颖斌坐在儿子对面，静静地品着普洱茶。看表面，显得十分悠闲，其实，他的心并不安静。王廷表要进京参加殿考，结果会怎样呢？儿子是他的希望，考得好，儿子前途无量，自己脸上也有光彩，考砸了呢？他不愿想，也不敢往坏处想。平时，儿子很听话，读书很用功，让他很放心。但殿试非同一般，儿子又没经验，他真能让自己的梦想成真吗？

想着想着，他情不自禁地呆呆地看着儿子，仿佛要在儿子脸上看出结果来。他似乎才发现，儿子目光炯炯，天庭饱满，身姿矫健，气宇轩昂，仪表堂堂，一表人才。正感到欣慰，又不觉在心中问：面容标致，能当饭吃吗？长相好不见得能出人头地、事业辉煌呀！

想着看着，他突然想到有好多话要向儿子倾吐，不吐如鲠在喉，心中不快，就轻轻地叫了声：“印儿。”

“爹，有哪样事？”王廷表目不转睛地看着自己所作的八股文，头也不抬问道。

“这回进京赶考，有把握吗？”王颖斌道出自己的担心。

“没有把握。”王廷表说，“不过我有决心。”

“科举考试要分四步走，你清楚吗？”

“哪四步？”廷表只顾边看边改自己的八股文，随口问。

王颖斌也不管儿子是否在听，讲述了科举制度的“四步”：

第一步是“童试”，也称院试，考生不论长幼都称“童生”或“儒童”。童生必须先参加州、县级考试，预考通过称“生员”，也叫“庠生”，通称“秀才”，别称“博士弟子”。朝廷会每年在各府、州、县生员中挑选成绩优异者入京城国子监读书，称为贡生。贡生要成为举人，也必须参加“乡试”。

第二步“乡试”，称“大比”，金榜题名者为“举人”。考起第一名称“解元”，第二名称“亚元”，三、四、五名称“经魁”，第六名称“亚魁”，其他称“文魁”，统称“齐人”。

第三步“会考”，又称“礼闱”“春闱”，由礼部主持，时间为乡试后第二年春二月在京都举行，参加考试的人必须是乡试金榜题名的举人。会试要考三场，实为殿试的初选。会试第一名称“会元”，二、三名称“传胪”。

第四步“殿试”，又称“廷试”或“廷对”，通常为春三月，即会试后不久举行，会试及第者参加。分一、二、三甲，统称进士。进士放榜时，要在殿前举行唱名典礼，皇帝亲自宣布进士名次，再由传胪官重复唱名。放榜后刻印授予官职。一甲第一名为“状元”，授翰林院修撰，第二名称“榜眼”、第三名称“探花”，授翰林院编修。二甲若干人，“赐进士出身”，三甲若干人，“赐同进士出身”。乡试，会试，殿试皆中第一名者，称“连中三元”……

“廷表，你耳朵里塞鸡毛，没听我说话？难道我是在对牛弹琴，还是对狗吹箫？”王颖斌喋喋不休讲完，才发现儿子似乎没认真听，就带些不满的口气问。

“爹，你讲这些，已不止一次两次了，我早就记住了。”廷表答。

“那我费力拔气，讲得满嘴白沫子淌，你为酿不吭一声？”王颖斌眼里含着泪水。

“爹，可怜天下父母心呀！”廷表抬起头瞅着父亲，有些激动，“我晓得，我只走了科考的前两步，最重要、最关键的两步还没走。爹望子成龙，孩儿岂有不知。我心里也急呀！但急有酿用？若肚里空空，进京赶考，岂不是‘土基头当斋饭，哄鬼’！说白了，最有用的还是那句话：胸有真知，心静如水！而要获得真知，唯有勤奋，有了真知，心就会静如无风池里的水。”

王颖斌没再说话，抹抹眼睛，喝了口茶，过一会儿，又喝了口茶。

“爹，咋不讲了，有话就讲吧。”廷表说，“我晓得，我明天就要进京考试了，爹有好多话要说。儿子静静聆听就是了。”

“不说了，影响你做正事。”王颖斌阴沉着脸说。

“不影响，其实我早就习惯在嘈杂的环境下看书。”廷表说，“我此去京城，前程未卜，还不知何时回来，爹有话就……”

“不！你最好别回来。”王颖斌突然打断廷表的话，说，“我只盼你考个一官半职，勤于政事，若能如此，即便你此生不回阿迷，为父也无怨无悔。若你考不上，落第而归，我……我……”

“爹，请相信我，我会为爹争气，也不会单个磣单个的面子！”廷表说，“我也一定会回来。再说我的父母、妻儿都在云南，我能不回来吗？”

“你这是英雄气短儿女情长！”王颖斌突然想到当年儿子抓周丢印的事，有些急了，“要回来，也不是今年、明年，更不是触犯国法被迫而归，而是衣锦还乡、衣锦还乡！你懂吗？懂吗？你再给我好好读读《触詟说赵太后》，务必读懂弄通！你要对得起你爷爷、奶奶，还有天天服侍你的妻子！”王颖斌眼里泪光闪闪。

“孩儿记住了。爹，您要保重……”王廷表眼里的泪水也止不住汩汩而下。

“你放心。好！我不说了，想去歇息了。”王颖斌开口道，“你很快就要进京，多跟你媳妇聊聊吧。”又突然止步，喃喃道，“印儿，我再提醒你，往后说话，特别是与外地人说话，要尽量避免阿迷方言，人家听不懂。这次你若金榜题名，就一定能步入仕途，若当了官，更要尽量不讲方言、土语，不然，会误事的，将事情搞糟。记住了吗？还有，要牢记，‘鸡蛋无裂缝，苍蝇不会碰’，一定要做个清官，不要让人抓到把柄。切记，切记！”待儿子频频点头，他才缓缓步入卧室。

廷表又低头看起书来。正看着，听到轻轻的脚步声，抬头一看，见伍氏轻手轻脚走过来。

“相公，夜深了，该休息了。”

“夫人，你先睡吧。我想看看书。天锡睡着了？”

“睡了。我睡不着，来陪陪你。”

“好！我不看书了。我俩说说话吧。”

“是呀，你也该放松放松了。整日苦读书，你看你，消瘦成猴子了。为妻心疼呀！”伍氏说着，双目湿润了。

“瑶琴，我此次远行，家中事全靠你一人操劳，我于心不忍呀。”

“家中事算酿？不就是柴米油盐酱醋茶吗？”伍氏嫣然一笑，“我担心的是你的前途，是你为前途吃尽的苦。”

“唉！若你是位男子，能跟我一起进京赶考就好了。”廷表笑道。

“你不乐意我做你的妻子？”伍氏含羞带嗔说。

“哪里哪里！我是说，女子也能参加科考就好了！”

“女子无才便是德，这可是孔圣人说的呀！郎君忘了？”

“唉！孔老夫子是位圣人，我相信。他呢，不！是他的！”廷表笑了笑，“贤妻，刚才爹嘱告我，到外面与外地人说话，要尽量少说方言土语，我觉得爹想得很周到。我从现在开始，就要尽量避免本地腔了。”

“对！”伍瑶琴也笑了笑，“说话要让外地人听得懂。至于我，生在故乡，乡音不改，也就无所谓了。当然，我也要尽量多改改口。郎君继续说。”

“孔夫子的《论语》多为至理名言，但‘女子无才便是德’‘唯女子与小人为难养也’这样的话，就是大谬之论了！”廷表愤然道，“你看，武则天不也是女子吗？其才干有多少须眉可及？李清照、朱淑贞，还有梁红玉、花木兰、穆桂英等，不也是女子吗？却是天下公认的第一才女、超群才女，是从古至今无与伦比的女词人或女英雄、女豪杰，还有女皇帝！我真为女人打抱不平呢！”

“难得郎君如此怜香惜玉，尊重女人。”瑶琴感激罢，微笑着说，“夫君，天锡时而生病，妾除了认真研读爷爷留下的医书外，在外和女伴们聊天，也常打听些生活中有关治病的小常识，记下了些单方独剂。我想，多学点这方面的知识，会有好处。而且，已经立竿见影了。”

“哦！真的？”廷表感到些吃惊。

“半个月前，不知为酿，我的双胞妹妹琬琴、瑛琴同一天尿急，总想解小便，解又解不出，解出了，也是一小点，而且，痛苦难言。”瑶琴笑道，“我晓得后，就采了一捆金竹叶，拿给她们煨水喝，每人三大碗，喝后当天夜里，尿就不急了，十多天了，一直未复发。你说，神不神？”

“真神！”廷表笑赞道，“我妻能妙手回春，可喜可贺！”

“对了，你若感到哪里不舒服，告诉我，我帮你治。”瑶琴笑道，“若你有朋友患点头痛脑热之类小病，也告诉我，让我蛤蟆学走路，多试试手脚。好吗？”

“当然好！”廷表眉头一皱，说，“对了，我十岁那年就患痔疮，辣子和生冷食物吃多了就疼痛难忍，有时还带血。这几天多喝了点酒，吃了些酸辣，时间又坐长了些，痔疮又犯了。贤妻可知如何根治？”

伍瑶琴想了想，说：“夫君走路时，可注意几个动作。一、提肛，就是将肛门夹紧，往上提，边提边慢慢数数，从一数到九；二、停肛，就是将肛门提到最高处后，停留一段时间，一般停到九数；三、下肛，接着将肛门向下放松，也是数到九。如此反复多次。还有，解小便时，注意夹紧肛门，也就是提肛，再踮起脚尖，并且收腹。你试试吧！这是我和几个妇女闲聊时听到的，不知是否有效。”

“好极了！我试。但愿贤妻之言胜似仙丹妙药。”廷表眉头一扬，转口道，“贤妻，还记得我俩是怎样相识相知吗？”

“记不得了！”伍氏红着脸说。

“贤妻呀！其实，将你称为阿迷才女，毫不过分。你不但辣糙，勤于家务、熟练女红，琴棋书画，更样样精通。特别是鼓琴之美妙，真让人陶醉呀！你我就是琴声牵线，缔结良缘，终成眷属呀！如今，你又懂得医术医道，更压盖了。”廷表含情脉脉地说，“在我心中，贤妻就是世上最能干、贤惠的娘子，就是俞伯牙，我好比钟子期，我们可是知音呀！”

“夫君过奖了！”伍瑶琴笑道，“若你能像周公瑾一样‘曲有误，周郎顾’，指出妾弹错呢音调就好了。”说着，又突然嗔道，

“对了！不准你将我二人比作俞伯牙、钟子期！他俩虽是知音，却不能长久，我们俩是‘执子之手，与子偕老’，是‘情似泰山，恩如东海’，是‘不离不弃，仙寿恒昌’，是……”

“好好好！”廷表赶忙点头，笑道，“但贤妻的琴声那样优美，要我挑错，岂不是鸡蛋里挑骨头吗？”廷表莞尔一笑，“对了！爱妻，你能否再吟首诗，让廷表享受一番吗？”

“你让我班门弄斧？我……”伍氏的话被天锡的哭声打断。她急忙站起，匆匆跑进内室。

二月初的北京，暖气回升，春光明媚。大街小巷，人来人往，熙熙攘攘。

春节过后不久，全国各省应试举子成千上万、陆续入京，古老繁华的北京城平添了许多文雅之气和人气，一时间热闹非凡。驿馆、客栈、商铺，甚至平民百姓门前，布幌高挑，灯笼高挂，“金榜题名”“独占鳌头”“蟾宫折桂”“廊庙之器”“连中三元”“光宗耀祖”等吉祥话语，遍布大街小巷，随布幌飘动，共彩灯闪光。饭馆、面馆、酒肆、小吃店，也文雅起来，“禄味糕”“鲤鱼条”“欢喜团”“龙门饼”“富贵面”“三元茶”“折桂茶”“状元糕”“桂花酒”“金榜点心”“魁星点豆”等吉利名称，代替了往日饮食固有的、单调的称呼。当然，名称高雅，价格也随之高涨，多出往日四五倍，甚至七八倍的价钱，要想一饱口福，谈何容易！算命先生，江湖术士，卜卦人等，也不知从何处冒出来，比平时多了几倍，致使“面相”“卜卦”“张半仙”“李神算”等布幌触目皆是。为图名利，笃信心诚则灵，想预先知道考试结果的举子，三人成群、五人成党，屈膝卦摊，问这问那，出手大方，纷纷解囊。

王廷表跳下马来，漫步街头，目睹京城一派繁荣景象，热闹气氛，心中不由得激动起来。但他无心观赏其景，更知道“关公耍大刀，人硬刀也硬”，不屑于问卦求签，却向行人打探起杨府来。

“你找的可是首辅杨廷和杨大人的府第？”

“正是！”

“崇文门旁晓顺胡同最高大、最宽敞的大院便是。”

王廷表道了声“谢谢！”循着客商指引的方向走去。

杨府坐落在北京晓顺胡同内，两扇朱红的大门上嵌着汤碗口般大小的两个黄铜狮子头，狮子口中上下牙之间悬两个虎口般大小的大铜环，大门两侧立柱上镶嵌一副对联：“栋起祥云连北斗，堂开瑞气焕春光”，立柱下方端坐着两只大石狮子，左边狮子口中含着碗口般大小的、能自由滚动的石球，庄严肃穆，威风凛凛。

“笃、笃、笃！”王廷表敲门。

随着“嘎嘎”声响，门慢慢拉开，一位满脸皱纹的老家院问：“你是谁？何故敲门？”

“我名叫王廷表，是新科状元杨慎的好友，首辅杨大人是我的恩伯，烦老伯通报一声，说学生王廷表求见！”

“你从云南阿迷州远道而来？”

“是。”

“不必通报，跟我去见老爷吧。”老家院说，“老爷知道你要来，命我在门口等候，我已等候多日了，这下我可以复命了。”

“我升庵兄在府上吗？”

“少爷回四川了。”老家院说，“去年七月少爷之继母喻夫人病故，少爷护灵柩返新都，为继母丁忧，估计明年底方能返京。”

“唉！又错过一次机会。”廷表哀叹一声，又问，“老爷一向可好？”

“好！”老家院说，“前年大学士李东阳致仕。去年四月，我家老爷提升为内阁首辅，整日公务繁忙，常常半夜才回得了家。今天你来得正是时候，老爷正在家呢！”

穿过大院，步入厅堂，王廷表一眼就看见，杨廷和正在翻阅书卷。

“侄儿给杨伯伯请安！”廷表赶忙施礼。

“廷表贤侄，你可来了！”杨廷和抬头看到王廷表，顿时喜笑颜开，大声呼喊，“来人，给王公子倒茶！”又微笑着说，“贤侄，坐坐！”

王廷表坐定，杨廷和又问：“令尊一向可好？”

“托伯父洪福，家父一切都好！”

“可惜呀，颖斌贤弟年纪轻轻，就有离职之意了。”杨廷和无可奈何地摇了摇头，“你祖母呢？她老人家……”

“我奶奶已去世三年了。”王廷表显得有些凄楚，缓缓说，“那年，我未能进京参加殿试，祖母卧病在床，是原因之一。”

“唉，不提这些伤心事了。”杨廷和说，“贤侄此次欲参加双试，有把握吗？”

“没有把握。”廷表话刚出口，又补充说，“不过，我有信心！”

“信心胜于把握。”杨廷和说，“心之官则思，只要有心，没有过不了的坎儿。”稍顿，又说，“离会试尚有十多天时间，你就好好准备一下吧！”

“伯父，我这几天不想做书呆子了，想放松放松，看看京城的风景。”

“那你是有把握啰？”杨廷和脸上露出些不快。

“伯父，这并非我自满。”王廷表说，“杨慎兄说得好，要考出好成绩，并非一日之功，更不靠临时抱佛脚，全凭平时的努力……”

“你别将他的话当成至理名言！”杨廷和说，“我看他也是瞎猫碰着死耗子！”说着，莞尔一笑，“若你自信有把握就随心所欲吧！伯父相信你！”

王廷表立即改口说：“伯父，其实，该准备的我还要准备。”

“好！千万别大意失荆州。”

会试说到就到。这一年的读卷官是礼部主事王涍、靳贵及梁储。会试三场很快结束，王廷表榜上有名，可参加殿试。

暮春三月，在文华殿举行殿试，策题是：《大学》一书对帝王之意义。

王廷表瞟一眼考题，心中大喜：这题目不就是唐代《问治天下之道》的翻版吗？略一沉思，他用孔圣人的两句话“破题”，接着以尧舜平天下的例子“承题”。“破题”和“承题”言之凿凿，互相关联。

沉思片刻，他一口气做完“起讲”“入手”“起股”“中股”和“后股”，突出全篇重心，每股所用两股排比对偶力求整齐，富有说服力。接着做“束股”，使之与“破题”“承题”相互照应，又突出议论之中心……

试卷做完了，他认真看了一遍，自觉满意，才向读卷人交了卷。

这一次殿试，正德皇帝钦点杨廷和、费宏、刘忠为主考官。三个主考官经过认真读卷，统一认识后，将三百九十六名新科进士推荐给鸿胪寺官，再由鸿胪寺官手持拂尘，将所推荐的人员引到雕龙刻凤的丹墀之下，朝拜皇上，山呼万岁毕，听候皇帝唱名，决定他们各自的命运。

“皇上驾到！”随着太监不男不女、尖声尖气的喊叫声，正德皇帝乘坐一乘黄绫遮掩的檀木椅轿慢腾腾地挪出“豹房”，走下轿子，端坐在金銮殿龙椅上。

“我皇万岁、万岁、万万岁！”百官山呼完毕，正德缓缓道：

“朕承祖宗鸿业，为治国平天下，梦寐求士。经三月十二日策试天下举子，共得新科进士三百九十六名，第一甲赐进士及第，第二甲赐进士出身，第三甲赐同进士出身……”

文武百官一个个屏声敛气，榜上有名的考生一个个怀揣希望，侧耳倾听，整个金銮殿上下静如一潭死水。

“第一甲三名：唐皋、黄初、蔡昂。”

“第二甲一百三十五名：霍韬、马理、周文光……”

“第三甲二百五十八名：王问、周文熙、傅尚文、董云汉、王廷表……”

听到自己的名字，王廷表忍不住悲喜交加，双目湿润模糊了。

唱名刚罢，笙乐齐奏，状元、榜眼、探花及其他进士依次跪伏在玉阶下，齐声高唱：“谢主隆恩！”

王廷表夹在人群中，心潮澎湃，浮想联翩。十余年寒窗，鸡鸣先早起，黄昏读五更，为的是什么？不就是心想跳龙门吗？如今，自己跃过了龙门，可谓金鱼化为龙了，虽未点状元，但也该满足了。全国成千上万的举子入京，参加考试，能在三百余人中留下自己的名字，不是很荣幸、很荣耀吗？想到这里，他在心中说：“爹、娘，我没辜负你们的期望！爷爷、奶奶，你们在天之灵，当会含笑九泉了吧！”

王廷表终于满心喜悦地回到了杨府。

杨廷和见廷表载誉归来，高兴得不得了。他牵着王廷表的手兴奋地说：“贤侄，你的夙愿今日了结，我也为你高兴，可喜可贺呀！今天，我要摆几桌宴席，为你祝贺！”

“伯父，我今日能有此成就，全仗伯父悉心栽培教诲！在此，请受侄儿一拜！”王廷表说着，欲下跪。

“这是你努力的结果！”杨廷和伸手扶住廷表。

“伯父，我现在该怎么办？是回云南，还是……”

“为了避嫌，你今晚就搬到京畿客栈，与其他金榜题名者同住。”杨廷和说，“皇上最近一两个月就会下圣旨，给各位进士任命官职。你就等着吧。对了，明、后两天，我派家人杨义到客栈找你，带你去游长城、观承天门……”

“谢谢伯父！”

诗曰：

总角之交情谊深，互相勉励长精神。
仕途将步情何荐，一片丹心欲吐真。

第九章
执政清廉台州府　功绩长留广文祠

天刚蒙蒙亮，王廷表就起了床，盥洗完毕，即翻开《周易》读起来。《周易》是他最喜爱的书之一，至今他读了二十余遍，留下数千字读后感言。喜欢《周易》还得力于爷爷王封的影响和引导。那是廷表九岁那年，爷爷病重，父亲携家眷回乡看望爷爷期间的事。

那时，曾在朝廷任过刑部主事的爷爷见儿子、孙子回到身边，大喜过望，病情大大好转。那几天，他常常将两个孙子叫到床前，给他们讲了许多做人的道理，传授了不少古典知识。

一天中午，父亲有事外出，爷爷在家里专心致志读《周易》。弟弟和几个小朋友在门外玩耍，在家里帮助母亲洗刷碗筷的王廷表突然听到门外有人啼哭，跑去一看，原来是廷贵与一个小朋友发生口角，小朋友推了廷贵一下，廷贵则打了小朋友一巴掌，小朋友就大声哭喊起来。廷表见小朋友哭得很伤心，心中不忍，就朝弟弟胸前打了一皮坨。弟弟边哭边跑进家里告诉爷爷。爷爷一听，皱起眉头想了想，沉着脸说："都给我站在天井里，晒太阳半个时辰！"

廷表没吭声，就乖乖地站在天井中央。廷贵自觉受了委屈，本不想站，想了想，也顺从地站在了哥哥旁边。

半个时辰过去了，王封将王廷贵喊进书房里，说："爷爷知道，哥哥打你，是哥哥的错。但爷爷眉毛胡子一把抓，连你也罚站，你想得通吗？”

“想得通！爷爷这样做很好。”廷贵笑着说。

爷爷问：“为什么好？”

廷贵答：“平时，我一贪玩，哥哥就用巴掌甚至皮坨打我，有时还拿脚挞我。今天，哥哥打我，您连我也罚站，其实，是爷爷在保护我。我觉得，罚我站，既是对我打小朋友的惩罚，也会让哥哥心里过不去，以后，就不会轻易打我了。”

王封一听，会心地点了点头，自言自语道：“以柔克刚也！”

王封放廷贵出去玩耍后，又将廷表叫到身边，平静地问：“今天，弟弟错在哪里？你为什么要打他？”

廷表未加思索，答道：“我想通了，弟弟和小朋友玩耍，发生争吵，动了手，是正常的事。弟弟打人不对，我打弟弟更不对。”

王封说：“那我将弟弟一起罚站，你咋个看？”

廷表嫣然一笑：“那是爷爷的高招！”

王封：“这怎么是高招呢？”

廷表：“爷爷，您明知弟弟是弱方，却将他也罚站，实际上，是在给我面子，让我有愧于弟弟。”

王封：“那你知晓其中的奥妙吗？”

廷表：“不晓得。”

王封笑了笑，意味深长地说：“刚柔相济也！”

“爷爷，听您这一说，我心里华刷多了。我记得，刚柔相济这句话，是老子说的，是不是？”

“是。但说这句话的不只老子，古代不少圣贤都说过，尽管说法不尽相同，但意思是一样的。对了，最先蕴含这种思想的是《周易》。爷爷今天累了，以后，再找时间，给你讲《周易》吧。”王封说。

从此以后，王封天天给王廷表讲《周易》，廷表也再没打过廷贵。

王封不小心在门口跌了一跤，导致大脑瘀血，一病不起的头一天。他将一本翻得很陈旧的书交给廷表，告诉廷表：这本书就是《周易》，又名《易经》。他说：《易经》，是华夏文化的总源头，是群经之始。《周易》不但源远流长，而且博大精深，无所不包。诸子百家，三教九流的论述、内容等各方面，都与《易经》分不开。他说：《汉书·艺文志》曰：《周易》从产生到完成“人更三圣，世历三古”，即经历伏羲氏、周文王和周公及孔夫子。伏羲制阴阳八卦图，被孔子称为太极图，太极生两仪，两仪生四象，四象生八卦，八卦衍生万物。后来，周文王姬昌被纣王囚禁羑里七载，将八卦太极图演绎为六十四卦，又与周公旦将六十四卦演化为三百六十爻，是《易经》的继承者。孔子则将《易经》称之为《十翼》，是《易经》的解释者、宣传者和集大成者。孔子删《诗》《书》、制礼乐，但不能删改《易经》一个字。读《易经》，要读懂阴与阳、柔与刚的关系，悟彻其深邃的内涵……说完，将《易经》郑重地递给王廷表……

几天后，王封跌了一跤，溘然长逝。廷表大哭一场。从此，他总将《周易》带在身上，常常认真阅读、思考，悟出了不少道理，读懂了诸葛亮八阵图与《易经》的关系……

今天，他又翻开《易经》，准备卜上一卦，问问自己的前途，忽然听到喊声：

“圣旨到！王廷表接旨！”

他急忙走出房间，只见太监钱宁站在楼台旁。

“钱公公，王廷表叩见！”

“王廷表接旨！”钱宁高喊。

王廷表“扑通”一声，跪于地上。钱宁展开圣旨宣读：“奉天承运，皇帝诏曰：赐同进士出身王廷表，授浙江台州府推官之职。

到吏部、礼部预习、观政一段时间后，明年开春即刻上任，不得延误。”

王廷表接圣旨，高唱：“谢主隆恩！”呼，“万岁、万岁、万万岁！”跪拜叩首毕，将一锭银子塞给钱宁作报喜钱。钱宁将银子拢入袖中，扬长而去。

梦寐以求的一天终于到了，王廷表终于实现了夙愿：当官了！回味着圣旨，他不由得想到了爷爷、奶奶、父亲、母亲以及老师杨廷宣。是他们，将自己培养成一名大明的官员。想到这些恩人，他不由得肃然起敬，情不自禁地跪倒在地上，望着南方接二连三磕了几个响头。礼毕，他轻轻坐下，思考起怎样当官来。怎样当官、当个好官呢？自问着，历史上的清官、贪官一起涌进了他的脑海里。想着想着，他毅然决然将吕不韦、嫪毐、赵高、董卓、李义府、李林甫、蔡京、秦桧之类自己认定的奸佞从脑海中统统删去，只留下周公、召公、诸葛亮、魏徵、关羽、狄仁杰、范仲淹、岳飞、包拯等忠臣义士。

“我一定要做一个刚正廉洁的清官，决不做腐官、贪官、昏官，而且，要与豺狼、硕鼠般的狗官斗到底，即使肝脑涂地，也在所不辞！”他在心里说。

怎样当个清官呢？他突然想到爷爷临终前颤抖着双手递给他的《周易》，心想：不是说，《周易》可以算命吗？平时，只是从中悟出些做人的道理，如今，是该问一问前程，寻找怎样在仕途安身立命的时候了！想着，他立即从袖里摸出三枚铜钱，双手合拢摇晃几下，将铜钱掷于桌上，记下阴阳组合，又照此法连抛四次，并将阴阳组合一一记下，排列出卦象。接着，翻开《周易》，以卦象去找相应的卦号。

“哦！神了，是第一卦！”他一惊，低头看卦：

第一卦，乾卦爻辞曰：初九，潜龙勿用；九二，见龙在田，利见大人；九三，君子终日乾乾，夕惕若厉，无咎；九四，或跃在渊，无咎；九五，飞龙在天，利见大人；上九，亢龙有悔。用九，见群龙无首，吉。

王廷表将乾卦一字一字地推敲了一遍。沉思片刻，自言自语起来："'用九，见群龙无首，吉。'这是啥子意思？哦！意思应该是：当你表现得群龙无首时，你就大吉大利了。群龙无首怎么会大吉大利呢？对了，'用九'在告诉我，一个人在任何时候，都要善于调整自己的情绪。即使是龙，也少不了调整。我如今已步入仕途，但不要默拉当官了就无所顾忌、万事大吉了。调整情绪，是当务之急！"

他又继续看下去。

"'九二，见龙在田，利见大人。'见龙在田，利见大人……"读着、想着，突然感到有些困倦，伏在案上，轻轻地闭上了眼睛。恍惚间，眼前金光一闪，一个人影飘过来。定睛一看，来者是爷爷，他正要呼喊，爷爷王封开口道：

"印印，你用心于《易经》，并悟出许多做人的道理，爷爷向你祝贺。但你要明白，《易经》虽可算命，但六十四卦只代表宇宙人生中的六十四种情境，不是《易经》的根本和全部内容。宇宙只有一样东西，叫'自然'，自然间的一切，都由阴阳组成，阴阳是相对的、变动的、合一的。人的一切行动，都要合乎自然，正如老子所言：'道法自然。'我劝你，不要误入占卜的囹圄之中。孔子研读《易经》后说：'不占而已矣。'荀子也讲：'善易者不卜。'就是这个道理。人生在世，祸福无门，吉凶难料，但只要修身、修德、养性，祸可转为福，吉可替代凶。《周易·乾象》曰：'天行健，君子以自强不息；地势坤，君子以厚德载物。'做任何事，问心无愧就行了！切记！切记！"说完，飘然而去。

“爷爷！爷爷！”王廷表呼喊着，伸手去拉爷爷，爷爷没拉着，却睁开了眼睛，发现自己在做梦。“我怎么会做这样的梦呢？刚刚爷爷说的话，他曾在弥留之际说过，咋会在梦中重复呢？”他自问着，沉思良久，似乎也心领神会，轻轻地点了点头……

春节过后的浙江，暖风和煦，景色迷人。

王廷表晓行夜宿，一路辛苦，终于进入临海地界。刚到台州府，准备下马，知府已迎上前来，朗声问：“马上可是王廷表大人？”

廷表跳下马，谦恭着说：“在下王廷表。大人是……”

知府牵住廷表的手，高兴地说：“廷表老弟，久仰大名！从今往后，能同府共事，幸运、幸运！”

“兄台贵姓？台甫？何以知我？”廷表感到惊喜。

“免贵，下官姓李，名光翰。”李知府说，“十数日前，我已接到贤弟的任职文书，还有杨廷和大人的亲笔信。杨慎是你的好朋友，也是我的故交。升庵父杨大人是我的恩师，我乃弘治十七年进士。我与升庵贤弟曾在京多次际会，杨弟曾多次提及贤弟，说贤弟天资聪慧，读书刻苦，将来必成大器。对了，升庵兄一向可好？”

“过奖了、过奖了！”廷表谦逊地说，“在下才疏学浅，安能与二位兄长相提并论！还望兄长不断教训。升庵兄去年七月回川为继母丁忧，至今还未回京。小弟到此，还望大人多多赐教。”

“贤弟过谦了。”李光翰说，“走！先到后堂喝杯茶。贤弟远道而来，一路风尘，下午，我略备薄酒，为弟接风洗尘。”

“谨遵兄命。”廷表说着，与李知府步入台州府大堂后院。

廷表到临海三天了，尚未入府料理公务。李光翰告诉他：“你初来乍到，不必忙于公务，我派一衙役带你四处走走，先了解了解台州地理情况，让你对台州有个大概的认识。晚上再读一读《台州府志》《临海州志》，以加深对台州的认知。”廷表当然乐意，高兴得连声道谢。

十余天来，廷表与衙役逛了台州府紫阳古街，游览了台州城一万八千八百五十八尺长的古城墙，游了三峰禅寺，进了广文祠，品尝了台州蛋清羊尾等名特食品，又特意游览了天台山。晚上，又认真翻阅了台州的历史典籍，对台州有了感性和理性的认识。他回顾游览台州及典籍的景况，记录下了自己的所见所闻：

台州府大堂设在临海，临海又称鹿城。台州府下辖：临海、黄岩、天台、仙居、宁海、太平等六州、县。台州历史悠久，人文荟萃，经济文化发达，堪称物华天宝，人杰地灵。明太祖洪武元年（1368），改台州路为台州府。临海古城区，东临东湖，北环北固，西南濒江，景色清丽，风光醉人。城郭依山而建，雄险异常，堪称江南一绝。

台州府城有城垣一座，长一万八千余尺，东起揽胜门，沿北固山山脊逶迤至烟霞阁，于山岩陡峭间直抵灵江东岸，矫若巨龙，雄伟壮观。此城墙为抗倭寇所建，所起作用，非同一般。

台州紫阳左街，全长三千二百四十尺，宽十二至十五尺，南北走向，贯穿古城区，商铺林立，热闹繁荣，有着无法匹敌的经济、历史、文化魅力。此紫阳大街因道教南宗始祖紫阳真人张伯端而得名，距今已五百余年。

台州三峰禅寺，因城后三座山峰而得名。三峰寺始建于北宋大中祥符元年，南宋时代，元气大伤。明初再建，曾称三峰庵，继而复称三峰禅寺。

广文祠，位于临海北固山岩下，为纪念唐广文博士、台教正宗郑虔而建。始建于唐至德二年。郑虔，即郑广文，字若齐，生于唐武则天垂拱元年，盛唐时代著作家、书画家、诗书画三绝。唐天宝十五年因涉嫌安禄山事件，被贬台州。在台期间，以教化之责为己任，成为台州文化教育之启蒙奠基人。台州名特产品丰富，最负盛名者为享有江南橘乡之美誉的涌泉镇蜜橘，素以“天下一奇，吃橘带皮”而闻名。临海蜜橘果形整齐，色泽亮丽，果皮细薄，肉质脆嫩，汁多化渣，回味浓郁，品质极优。可惜，未逢橘熟季节，廷表未能一尝，但信尝自有期。

临海和阿迷一样，有不少独特的方言，风趣幽默，生动感人。且从《台州府志》《临海县志》摘录部分常用语，学习、掌握、熟练，便于与当地百姓交流的同时，传承传统文化。眼哀——我。眼哀搭人——我们。葛该——这个。夹该——那个。解姆——什么。解夷——哪里。摘生——怎样、怎么样。以搭——这里。夹拾——那里。葛块——这里。夹块——那时。债姆——做什么。解人——谁。葛挺——这样。枯醒——晨。早界——上午。尼昼——中午。晏界、晚界——下午。晚头——今夜。基日——今天。天酿——明天。凿日——昨日。早头——先前。葛畅——这会儿、此刻。畅基——此刻、这会儿。一畅——一会儿、片刻。此马翻——这一次。日头——太阳。龙闪——闪光。千竿大雨——倾盆大雨。雨花毛——毛毛雨。红罗——火烧云。五朵——耳。下爬——颔。奶奶——乳房、乳汁。手节头——指头。手争头——肘。巨头——拳头。手温头——腕。豆腐生——嫩豆腐。番米、樱粟——玉米。布帐——蚊帐。面紧鼓——脸颊。眼乌珠人——瞳仁。下巴须——胡须。手恰下——腋下。展力——点心。皮桶——粪桶。家生——工具。困——睡。华水——游泳。拉天——夸大口。啦肚——泄泻。呀——大声喊，责备。板扎——坚实。孽乞——不安分。杀甲——厉害。搭头——通奸。人客——客人。关魂婆——女巫。童身——男巫。树头——笨蛋。抖乱——荒唐……

“钝庵贤弟，玩得开心否？”李光翰突然出现在面前。

“开心、开心！”廷表赶忙站起，热情招呼，“大人请坐！”

“此地并非公堂，无须拘礼。”李光翰说，“称兄道弟，不亦快哉！对了，游罢台州，有何收获？”

“小弟幼时就听说‘上有天堂，下有苏杭’。其实，台州真美，喻之仙境，毫不为过。”廷表微笑着说，“此乃名城、名人、名迹、名特‘四名’之城！弟有幸至此地，此生足矣！而能为仁兄下僚，更是大喜过望也！”

“能与弟共事，愚兄也感欣慰！”

“大人有何吩咐，廷表当竭尽全力为之。”

“你看你看，又来了！”李光翰粲然一笑，“我说过此地并非公堂，不必拘礼，贤弟忘了？”

廷表莞尔一笑。

“贤弟可知推官所干何事？”李知府突然问。

“当然知道！”廷表郑重地说，“推官亦朝廷命官，官居七品，年俸八十四石，每月七石。职责是，协助大人审理案件，平反冤狱，务必为官清廉，秉公执法，克勤克俭，恪尽职守！”

“贤弟所言极是。”李知府说，“明天，你就回府当班吧。有几桩案子，须及时处理。有几桩旧案，也要复查一下。处理完毕，准你数月假，回乡看看父母妻儿，并将妻儿带到台州，互相间也有个照应，你说好不好？”

“一切听悉大人安排，先谢大人了。”廷表感激地说。

“对了！贤弟，数日游览台州，有何感想呀？”李知府笑问。

“感悟颇多，一言难尽。”廷表笑道，“天台山一游，草得诗二首，正想请大人指点呢！”

“指点不敢当！”李知府道，“但请弟咏之。愚兄洗耳恭听！”

廷表说：“那就献丑了！”随即吟道：

游天台山

寻常爱看山，胜奇常不足。
今日万山中，不觉骇心目。
清兴良在兹，何以步芳躅。
把酒酹山灵，抱琴共来宿。

“好！”李知府拊掌笑道，“‘把酒酹山灵，抱琴共来宿’，妙句！古风不拘平仄，随意吟来，自然天成也！另一首呢？”

“大人过奖了！”廷表摇摇头，说，“另一首题为‘琼台’。”说着，吟道：

青鞋不惜履青苔，大壑中心异境开。
采药无缘逢玉貌，寻仙有路到琼台。
旁窥崴嵬魂为悸，俯听潺湲雨欲来。
更望金炉真可住，人间即此是蓬莱。

“妙哉！”李光翰又赞不绝口，“一古风一律句各得其妙！我台州府名声往后更响亮了！”

夜已很深，万籁俱寂。廷表翻来覆去，用尽各种姿势、默念了百余个“静”字，总不能安稳入眠。白天接手的那个案子，总在他的脑海里盘旋。既睡不着，就起床看看书吧！想着，他翻身下床，穿好衣服，点亮蜡烛，抽出《宋史》看起来。然而，眼光虽落在书上，心里却始终离不开那案子。想着想着，不由得自言自语起来：“张乙是个落第秀才，以卖画为生，张长是个小商贩，做点小生意。张乙为何要砍伤张长呢？他图些酿？张乙说，张长要抢他的画，他不给，但未动刀砍张长。张长说，张乙偷他的盐巴，被他发现，去抢盐巴，结果被张乙用刀砍了自己的右手……砍右手？砍右手？对了，张长的伤为酿只在右手皮肉上，而袖子却毫无被砍的痕迹呢？若是别人砍他，不'伤'着袖子才怪呢！而且，对面砍他，一般说来，受伤的部位应该是左手呀！这是否……"他想着，脸上掠过几丝微笑，"好了，明天下午见分晓吧！"

"将张乙和张长带上来！"王廷表将惊堂木一拍，断喝。

差人立即将两人带到。王廷表和颜悦色地问："张长，我若判你打赢官司，你要张乙赔偿你什么？"

"其他不要，就要他的两幅画。"张长高兴得差点就跳起来。

"张乙，你愿以画作为你砍伤张长的赔偿吗？"

"我没砍张长，谈不上赔偿！请老爷明鉴。"张乙委屈地说。

"张长，你知罪否？"王廷表忽然改口问。

"小人无罪！小人冤枉！"张长突然眼泪婆挲，哽咽起来，"我被张乙砍伤，请老爷明察！"

"还敢狡辩！"王廷表怒喝，"本官早上已到你家和你摆摊的地方暗访过，你用左手拿筷，右手端碗，是个左撇子。若是别人在对面用刀砍你，伤口必然上重下轻，可你的伤口是下重上轻。再说，张乙善用右手，在对面砍你，怎么会砍在你的右手外侧呢？这充分说明，张乙所言是实，而你，所言是假，用我家乡的话说，是在'扯躲躲'，撒谎！你为何要自伤其手，快快招来，免得用刑。"

张长抵赖不过，只得招认。原来，张长看上张乙画的一幅牡丹图，想出低价买来，高价卖出。张乙嫌给价太低，不肯卖，张长硬去抢。两人争夺起来。这时，张长看见不远处有人走来，又忽然瞅见张乙画摊上有把尖刀，急中生智，就用左手提起刀，又将右手袖子快速卷到胳膊上，砍了自己的右手外侧……

"将张长拿下！禁闭五天！"

王廷表话刚说完，围观的群众欢呼起来。

夜已很深，王廷表还坐在大堂上，独伴孤灯，翻看历年的结案。他发现，所翻阅的十多个案子，多数断案准确，但也有的案子疑虑不少。其中一个是奸杀案，说的是半个月前的一天，一妇人梅氏与一个男人通奸，男人不肯付嫖娼费，妇人不依，抓住他哭闹。男人情急之下，拔出刀来，将妇人杀死，急忙逃走。经官府查勘现场，发现一把杀猪刀，经盘查，最终查到一个屠户余霍竟然没有刀，就将余霍逮捕，打入了死牢，准备秋后问斩……

看着看着，廷表皱起了眉头，情不自禁地自言自语起来："凭屠户没有杀猪刀，就能断定是他杀人吗？余屠户一直不认罪，申辩说，他当天到乡下杀猪，不小心将刀丢失了，还未来得及买新刀。这也该认真调查呀！人命关天，岂可稀里糊涂？对了，应该复查。"廷表自语毕，思考一番之后，在一张白纸上写下复查建议及调查方法，夹入案卷中。又翻开另一案宗看起来。案子记录呈现在眼前：

妇人朱氏回娘家的第二天晚上亥时时分，朱氏已经入睡，忽听窗外有人喊话："朱玉花，你男人今日晚间得疾病，喊你赶快回去。对了，你男人说，家里的钱都买鸭仔了，要你向你娘多借点钱去。"正睡得昏昏沉沉，朱氏听不清是谁喊，就问："你是解人？"窗外没回音。朱氏未及多虑，急急忙忙告别老父老母，带上钱，摸黑匆匆出门，消失在夜幕中。约莫两刻钟后，突然，一个蒙面黑影闪到面前，抢了她的包袱，急忙逃去。朱氏立即大喊大叫起来，正叫喊着，有个黑影在身后问："大嫂，你喊什么？""我的包袱被人抢去了！""那人朝哪边跑的？""前边！"黑影不再说话，朝前飞驰而去。待妇人向前跑去时，却见两个男人在打架，而且互相指责对方是贼。结果，两人都被抓进牢房……

案宗看完，廷表忍不住暗笑起来："贼喊捉贼！"接着，他又取出一张纸，写罢，夹入案卷。自言自语道："明日见分晓吧！"

第二天天刚蒙蒙亮，廷表就敲开了知府李光翰的大门，将自己翻阅案宗，发现问题的情况以及准备重审的设想做了详细汇报。光翰一听，高兴地点头同意，并补充了自己的一些见解。

廷表说干就干，立即回到衙门，先叫来几个民壮、衙役，耳语几句，待民壮、衙役去后，命皂隶、刀笔吏升堂。

“将抢劫朱氏的两个嫌疑人带上堂来！”

两个嫌疑人很快就被押进大堂。“你两人各自报上名来！”

廷表话刚落音，一男子就开口说：“小人贾泽。小人冤枉！请大人为小人鸣冤。”

另一个男人道：“小人甄凡！请大人明察！”

“你二人都说自己去追贼，到底谁是真凶，从实招来，免得受皮肉之苦！”

“小人之言句句是实！”甄、贾二人异口同声喊起来。

“好吧！你们都不承认，就让事实说话吧！”王廷表微微一笑道，“本官命你二人赛跑，跑赢的有奖。”说着，唤皂隶将二人带到大街上。“跑到远处那棵槐树下停。准备！跑！”一声令下，两人拼命跑起来。结果，甄凡最先跑到目的地，贾泽离他竟然有两丈之遥。

回到大堂上，廷表说：“贾泽，你就是抢劫犯，还有话说吗？”

“老爷，小人冤枉！”贾泽嚷起来。

王廷表脸色一变，严肃、郑重地说：“贾泽，你还敢抵赖吗？若你是追逃犯者，能追上吗？正因为甄凡跑得快，才能追上你！若你不服，再跑两次如何？明确告诉你，我查过户口，你与朱玉花是同乡，你知道朱氏去娘家，就变换着音调骗朱氏半夜归家，实施抢劫，但抢人最终未果，被外地人甄凡追上。你承认这事实，最多关几天、罚点款。若不承认，不但要受皮肉之苦，处理也就不是如此简单了！”

王廷表话未说完，贾泽就“扑通”一声跪倒在地，哀求道：“大人，小人知罪了！还请大人宽恕！”

“好！认罪就好。”廷表接着宣判，“贾泽自作聪明，设计骗朱氏带钱外出，而自己等在外抢劫，罪大恶极，但该犯最终尚能认罪，故可从宽处理。兹判贾泽归还妇人钱财，并罚大明宝钞百文，免予关押。所罚钱币交甄凡，作为见义勇为的奖励！还有异议吗？”

“没有，谢谢大人！”

二人退下，廷表又说：“本官准备搞一个杀猪比赛，本地屠宰师傅已经请到。现请各位师傅进大堂。”说完，一个时辰前派出的民壮和衙役已将屠户带进来。廷表吩咐，“今日时候已不早了，杀猪比赛明日早上进行，各位师傅可将杀猪刀留下。”

屠户遵命将刀留下后，各自散去。

旭日东升，天空晴朗。

王廷表端坐大堂。十余个屠户站立堂下。大堂下左边摆着一张桌子，桌上整齐排列着屠户们的杀猪刀。廷表见围观的群众来得差不多了，正了正官帽，和颜悦色道：“杀猪比赛现在开始，请各位屠宰师傅排好队，按顺序拿自己的刀。注意，慢慢拿，千万别拿错了！”

话刚说完，屠户们就先后将自己的刀找到，站立一边。突然，有两个屠户嚷起来：“老爷，只剩一新一旧两把刀了，但都不是我们的！”

“他俩的刀被谁拿错了？大家检查一下。”

大堂下的屠户们七嘴八舌嚷起来，都说自己没拿错，有的还说，他们的刀都有记号。

廷表问最后没拿到刀的屠户：“你们的刀有记号吗？”

“有！我的刀柄上刻着横杠。小人万一镖。”

"我的刀柄上有条裂痕。小人卢林。"

两人说完，廷表立即命几个衙役当场检查，先按记号确定拿走八把刀的主人，其中一人拿的刀柄上有条裂痕，被卢林拿去。"桌上的刀是谁的呢？"人们正在嘀咕，廷表微微一笑，从抽屉里取出一把刀，问："这刀是谁的？"

先前拿错刀的人赶忙抢先一步，将刀拿在手里。另一人将刀抢过来一看笑了："老爷，这是我的！刀柄中央刻个'一'字，是我万一镖的'一'。"

"你的刀呢？"廷表对抢先拿刀、即先前拿错刀的那人说，"你再细看，桌上两把刀哪把是你的？"

那人只得走到桌边，拿走了那把新刀，耷拉着脑袋退到一边。

"桌上的刀是解人（谁）的？这不多出一把来了吗！"大堂下有人嘀咕。

廷表笑道："桌上之刀，实为杀人的凶器，故无人敢认！"随即呈一脸严肃喊，"将拿新刀的那人拿下！"

那人很快被推倒在地，被五花大绑起来。

"老爷！小人冤枉！"那人边挣扎边乱喊起来。

"你叫什么名字？"

"小人惠依万，小人冤枉！"

"你一点不冤！梅氏就是你所杀！"廷表道，"桌上的刀，就是你杀梅氏的凶器，刀柄上隐约可见'卍'字记号，这是你惠依万的'万'。当我看到此凶器时，就初步认定凶手姓万，而且识字。原先，我曾怀疑凶手是你们屠户中的万一镖。没想到的是，'卍'不是姓，而是名字中的最后一个字，即'卍'与万同音。我调查过，你是秀才，院试落榜，改行杀猪。你现在拿的刀，也是你的，但这是新买的，是你杀人后买的。你不敢认这把新刀，而两次乱抢别人的，说明你做贼心虚。你到底招不招？"

“我……我……冤枉……”

“不见棺材不掉泪！大刑伺候！”廷表怒容满面，一声断喝。

“我招、我招！”惠依万吓得魂不附体，最终交代了杀人的经过：原来，他用刀杀了梅氏，仓皇逃跑中，将凶器遗留在现场，后发现刀丢了，又买了把新刀。——与王廷表之判断丝毫不差。

拖了数月的冤案很快了结：惠依万被打入死牢；被冤者余霍从死牢提出，当庭释放……

“王老爷添刀断案，妙极！”

“大人真是明镜高悬！”

“大人真是青天大老爷！”

人们正在欢呼，忽听到大堂外，吵嚷起来，王廷表和众人出去一看，原来是两个村民在抢一头约百斤重的卷毛猪，两人都说猪是自己家的，请大人明断。廷表微微一笑，说：“不必我断，让猪来断吧！”他随即叫两人放手，叫两个衙役用鞭子赶猪，让猪能自由行走。果然那猪低着头就跑回了自己的家……

一年很快就过去了。在此期间，廷表查阅了好几桩旧案案卷，从中发现了不少问题，经他四处走访，掌握了证据之后，将旧案重新审理，为冤者平反，将真凶绳之以法，其中，还处理了两个贪赃枉法、奸淫妇女、无恶不作，而又千方百计嫁祸于人的州官。

他又接手审理了几桩新案，由于他勤于走访，又肯动脑筋，所审理的案子一桩桩是非分明，断案恰当。

“青天大老爷，若非您老人家明察秋毫，我儿子早就没命了。”有个农民牵着刚被宣告无罪的儿子，亲自到台州府衙向王廷表表示感激之情，还将几样特产、一筐鸡蛋呈给王廷表，流着泪说，“这是我们全家的一份心意，请大人收下！”

“老大爷，这不能收！”王廷表扶起跪在地上的老翁，温和而郑重地说，“若我收下礼物，就不是‘青天’，而是‘黑夜’了。回去吧！要遵纪守法好好过日子。”

见王廷表办案认真仔细，神速而准确，李知府高兴得合不拢嘴，连声赞道：“廷表，乃吾之得力助手也！吾之有廷表，如虎添翼也！廷表，你就回一趟家吧。”

鸡鸣三遍后，天渐渐地明亮起来。刚回乡省亲、携妻儿归来的王廷表翻身下床，洗漱完毕，晨曦初露，屋内尚暗，就点支蜡烛，随手取下本书，置于桌上，低头看去，会心地笑了：“哦！又是《庄子》。可见，我今生与庄子有缘。”

提起庄子，他顿生许多敬意，脑海里不由得展现出庄子的形象来。庄子又名庄周，是战国时期道家学派的主要代表人物，与老子齐名，人谓之老庄。庄子行文，句式灵活，想象奇伟，设喻贴切，言辞瑰丽，析理鞭辟入里。庄子著书十万余言，纸纸空文，并无实事，但构文说理，独具一格，且给人之教益不可谓不深。“每读《庄子》皆有收获，今日又将得到什么启迪呢？”廷表想着，随手一翻，《内篇·养生主·庖丁解牛》展现在眼前。他微微一笑，静静地看起来。

突然，一段文字亮在眼前：庖丁释刀对曰：“臣之所好者道也，进乎技也。始臣之解牛之时，所见无非牛者。三年之后，未尝见全牛也。方今之时，臣以神遇而不以目视，官之止而神欲行。”廷表将这段文字反复读了几遍，不觉心领神会，频频点头，自言自语起来：

“庖丁解牛，所探索的是道，是事物的规律，他的追求已经超过了对宰牛技术的追求。庖丁解牛为酿得心应手，运用自如，迎刃而解呢？这不就是掌握规律、循规律办事的结果吗？其实，破案与解牛同为一理，须掌握事物发展的规律……”

咚、咚、咚……大堂门外鼓声响起。“是谁又击鼓喊冤了？”廷表话音刚落，皂隶已站在面前，禀报：

“老爷，有人击鼓喊冤。请老爷升堂！”

王廷表急忙合上书本，匆匆步入大堂。

大堂外大门大开，门外站着不少围观的群众。廷表坐定后，即开口道：“你等有何冤情，且自道来。本官定为你等做主。”

“着喊冤人上堂！”

皂隶喊声刚落，有三人急步上堂，跪下，其中一个衣着长衫，头戴方巾，眉尾高翘，下巴左边留一撮黑痣毛，年约四十的男子说：“禀老爷，小人简福，家住钟家巷。基日（今天）一早，小人与卢玉堂、钟良到义德堂找郎中看病，没承想，刚进门，却发现郎中钟义德已被人杀害。故此，我们就急急忙忙跑来报案了！”

“简福所言属实，恳请大人擒拿凶手！”

“凶手是谁？”

“小人等不知。我们并未见凶手杀人的情况，只看见郎中尸体。”

“尸体现在哪里？”

“在钟郎中家里，我们未敢动，就跑来报案了。小人卢玉堂。”

“钟郎中家里还有什么人？”

“钟郎中是我三叔，有儿女一双，儿子现年八九岁，在私塾念书。女儿还小，一直住在姥姥家。”钟良说。

王廷表环顾大堂一周，略一沉思，吩咐：“卢威、章藩，你二人立即找到钟郎中的妻子、两个儿女和其姥姥一家，带到大堂，等候问话。钱胜、邓辉，你二人随我去现场勘查。简福、卢玉堂、钟良，你三人带路。”说完，即与众人匆匆赶往现场。

钟义德家住钟家巷，离府衙近两里路。钟家大门虚掩着，有个小伙子守在门外，那是钟良的弟弟。王廷表站在门口，仔细查看一番之后，问：“简福，你们三人当时进门了吗？”

“禀老爷，我们进去看见钟郎中死了，就立即出来了。”

“你们三人，是谁先发现郎中被害的？”

“同时发现。”简福说。

“老爷，基日（今日）一大早，简福到我家来，说他昨晚喝多了酒，跌了一跤，腿摔伤了，要我扶他去找钟郎中。我就与他出门了。”钟良补充说。

“卢玉堂，你呢？”

“我凿日（昨日）晚上与简福下棋到深夜，简福走后，我拉肚子，一早起来找郎中，路上遇到他二人。”卢玉堂答。

“你们来时，门是开着还是关着？”廷表又问。

“是……开着。是我们关好门，才去报案的。”简福答道。

“是开是关，我记不清了。我怕有人进去，坏了现场，关好门后，我就回家叫我弟弟来守着门。我家离此不远。”钟良说。

廷表轻轻点了点头，让报案人在门外等候，即与两个公差进门，仔细察看起来。

钟郎中的尸体横在离门两步处，身上、手上沾满了污血，从门口到里屋血迹斑斑点点，血已凝固。廷表在心里下结论：郎中当时没死，是爬到或被拖到门口才断气的。廷表想着，又细看尸体，发现死者胸、腹连中三刀，脑后还有一个鼓起的大血包，是被木棍击打所致。尸体旁边，有一段木棍，那是门闩，上有血迹。看血迹，可以断定，死者死于亥时左右。廷表正想着，忽听邓辉在屋里喊：

“老爷，以搭（这里）还有具尸体。女的，应该是郎中的妻子。”

内屋里，钟妻仰卧在床上，下身裸露，双脚叉开，尸体早已僵硬。床上没有血迹，蚊帐被扯落半边，被子、垫单凌乱。廷表细看尸体，发现死者脖子上有一片紫痕，那是手指的印痕。可以断定，死者是被掐死的！廷表心里正下着结论，耳畔响起邓辉的声音：

“老爷，死者右手巨头（拳头）紧握，按常规，人死后，手指是松开的。”

“你掰开手看。”廷表说。

邓辉将死者手掰开，惊呼：“老爷，她巨头里攥着几根头发！哦，双手指甲里还有血丝。”

“将头发取下，用纸袋装好，连同门口那截木棍，一起带回府衙。”廷表话刚落音，钱胜走过来说：“大人，凶器没找到。床脚边有一个木制小药箱。”

廷表轻轻打开药箱，见里面有一副针灸银针、几样行医用品、几包草药粉，还有五贯大明宝钞。就命二衙役：“包好，收拾好，带回去。”

走出钟家，廷表问钟良：“你三叔是否有仇人？”

“三叔一向善良，在我的印象中，从没跟人吵过架。”钟良答。

“钟郎中确实是好人，不会有仇人。”简福插嘴说，“不过，据我所知，他与钟良爹有些怨仇，一直不说话。但是，我想，钟老大也是好人，绝不会干出杀人的事来。”

廷表皱了皱眉，又问：“钟良，你爹和你三叔为何不说话？”

“说来话长。”钟良叹口气说，“我爷临死时，分财产不公，致使我们两家结下了宿怨。但是，我们只是积怨，只是他兄弟俩没往来。请老爷明察。”

“你爹在家吗？”

“不在。”钟良说，“凿日（昨日），我到集市买猪仔，累了一天，吃过晚饭，就睡了。夜深人静时，朦胧间，听到爹与人说话。待我醒来，娘告诉我，我住在姥姥家的妹妹病了，我爹半夜就到姥姥家去了。”

“好吧，你等且回去，听候传话。希望你们协助官府，早日将案破了，为死者申冤。”廷表说。

回到府衙不久，卢威、章藩已将钟郎中的儿女和岳父、岳母带到。岳父、岳母听说女婿、女儿已双双被杀害，悲痛欲绝，岳母当即昏死过去。廷表立即命听差请来郎中，将老妇人抢救过来。费了不知多少口舌，妇人才稍安静下来。安慰一翻之后，廷表问：

“老人家，外孙一直住在你们那里吗？”

“我女婿很忙，既要在家为人治病，又经常外出行医。女儿要帮女婿捣药、配药、抓药，又要忙家务，也很忙。”老翁说，“眼哀搭人（我们）就帮带孙女了。孙子在义学读书，学校离眼哀（我）家近，吃住也在眼哀搭人那里。”

“两位老人家，你们可知晓，钟郎中有没有仇人？”

“我敢说，没有。”老翁话刚出口，又补上一句，“他跟他大哥家倒是有点合不来，不讲话多年了。”

“我怀疑，是那‘色狼’干的。”老妪说，“听说，那人常常调戏我家女儿。”

“那人是谁？”王廷表追问。

“我不知道他的名字，但见了面就可以认出来。对了，那人解姆（什么）地方有撮毛？还常常见他的腰上别一把尖刀哩。”

“哦！知道了。”王廷表似有所悟，略一沉思，说，“老人家，人死不能复生，节哀顺变吧！我派几个人，将死者丧事办了，让死者入土为安，好不好？请相信，当官不为民除弊，不如回家栽田地，我们会很快破案，将凶手绳之以法。老人家是回去，还是暂住寒舍待抓住凶手再回去呢？”

“家虽简陋，毕竟是个家，眼哀搭人还是回家吧。就不麻烦老爷了。”老翁流着泪说，“但我们还是要到女婿家，把女婿女儿的丧事办了。”

“好吧！”廷表立即命几个当差，去帮助老人办丧事，又从身上摸出宝钞五十文，递给当差，作为办丧事的费用。一切安排妥当，看着公差搀扶着满面泪痕的两位老人跌撞着远去，他才拖着一身疲惫，回到家中。

夜已很深，王廷表却难以入眠。他回到桌前，将调查结果反复思考，初步做出判断：钟郎中药箱里的钱还在，绝非为钱杀人。女尸下身裸露，这可说明，是奸杀，并非仇杀！但为了慎重，他决定多方调查、取证，以免造成冤案。

“夫君，该歇歇了。奔波、忙碌了一天，该松口气了。”伍瑶琴突然出现在身边，爱意绵绵说。

“夫人，你睡吧。”廷表说，“我还要将今天访查的线索理一理。”

“案情有眉目了吗？”

“有些眉目，但疑点不少。”

“能讲给我听听吗？”

“当然能，但不可走漏半点风声。”廷表答罢，将调查情况讲了一遍后，说，“贤妻，你能为我参谋参谋吗？”

伍氏沉思良久，开了口：“夫君，我以为，有两个关键人物，必须抓住不放。一个是钟良之父，他半夜出走，疑点不少。另一个是被钟郎中之岳母称为‘色狼’的人，这人可能是重点。我认为，钟良之父杀人，似乎不在情理之中。他杀了人，却一走了之，这不是‘此地无银三百两’‘隔壁王二不曾偷’，自己留把柄吗？”

廷表一听，面露喜色道：“夫人言之有理，我也是这样想的，明日，我要办的第一件事是找到钟良之父。若他言语支吾，就有可能是凶犯了。”

“不！郎君，我以为，不能以一‘支吾’而下结论。”伍氏说，“面对死人的大案，人的心都会慌，难免说话吞吞吐吐、东拉西扯。最重要的还是证据，比如，杀人凶器、血衣之类。还要认真思考，是否有人有意安排现场，以掩人耳目……”

“知道了！”廷表面上露出笑容，高兴地说，“此案我已破一半了！走，贤妻，我该睡一个安稳觉了。”

第二天辰时刚过，王廷表就带着两个皂隶，走进了钟良家。

“钟大爷，一向可好？”王廷表一进门，见钟良爹在院子里晒太阳，就热情打招呼。

“哦！青天大老爷驾到，小民钟大德有失远迎，失敬、失敬！”

“钟大爷，你弟弟被害之事，你知道了吗？”王廷表问。

“知道了。”钟大德眼圈红了，哽咽着说，“弟弟尚年轻，就命赴黄泉，做哥哥的伤心呀！”

“听说，那天晚上你突然离家，是吗？”廷表开门见山问。

“唉！”钟大德叹一声，愤愤地说，“不瞒老爷说，我是被骗走的！”

“骗？”廷表一惊，却冷静着问，“谁骗你了？”

“我也不知道是解人。”钟大德略一沉思，说，“那天夜里亥时时分，我正在灯下算猪仔款，突然有人在门外沙哑着声音喊：‘钟大德，你小女儿从墙上摔下来，头破血流，不省人事，你岳父叫你赶快去！’我打开门，借着月光一看，只见一个人影一闪而过，消失了。我未管三七二十一，连夜跑到五里外的岳父家，可是，岳父说，我女儿根本没有摔伤。王老爷，您说怪不怪！”

“你看清喊叫的人的面目了吗？那人是谁？”

“没看清。”钟大德说，“从身材、高度看，有点像简福，但肯定不是。简福平时走路很稳健，可那人却是跛子，走路一拐一拐的。”

“你们巷有几个跛子？”

“钟家巷是大巷，有三百多人。跛子嘛，据我所知，有四五个。”钟大德扳着指头数起来，“钟飞、钟起龙、谢六，还有个女的，卢玉堂的姐姐卢玉珍。就这四个。”

“你家与钟义德家有仇吗？”廷表突然问。

“义德是我三弟，我们多年未来往是事实。但不是仇，最多是点宿怨罢了。”钟大德说，“还请王大人多费心，尽快破案，让我弟九泉之下，得以瞑目。”说着，泪流满面。

“为民做主，为民申冤，是我们的职责。”廷表说，“今天就谈到这里，还望大爷多给我们提供线索，争取早日破案。”

经过三天的查访，廷表将所有资料反复推敲，认真分析，决定结案了。为防止罪犯潜逃，他立即命两衙役将疑犯秘密逮捕，并认真搜查了疑犯的家……

“点鼓升堂！”廷表一声令下。

鼓声立即响起来。听到鼓声，百姓从四面八方涌来，一时间，大堂门外熙熙攘攘、人头攒动、人声喧哗。

大堂正中，端坐着知府李光翰，台州府推官王廷表。大堂两边站着四名皂隶，各人手握一根水火棍，威风凛凛。大堂案桌左下方坐着刀笔吏，铺纸桌上，一脸严肃、一派正气。整个大堂显得威严、肃穆。

“廷表，开审吧！”知府道。

廷表轻轻点点头，惊堂木一拍，喝道：“将罪犯押上来！”

话音刚落，两名皂隶已将犯人押上大堂。众人一看，一个个惊呆了。一时间，大堂上下嘘声四起。

王廷表一拍惊堂木，断喝：“姓名！”

“小人简福。”罪犯道，“小人冤枉，请大人明察！”

王廷表怒喝："简福，你连杀两人，罪孽深重，还喊什么冤？快快招来，免得皮肉受苦！"

"老爷，小人确实冤枉！"简福继续抵赖。

李知府等不及了，喝道："再不招，大刑伺候！"

"小人着实冤枉！"

"我看你是不见棺材不落泪！"王廷表忍无可忍，说，"本官审案，历来不肯用刑，可你百般抵赖，就让你尝尝棍棒的滋味吧！给我代替钟郎中夫妇痛打恶棍四十大板！狠狠地打！"

话刚落音，两个皂隶立即将简福掀翻在地，"噼噼啪啪"一阵脆响，打得简福鬼哭狼嚎、喊爹叫娘。

四十大板打完，王廷表问："简福，还不从实招来！"

简福喘着粗气，仍然狡辩："大人，据……据小人所……所知，大明律讲证……证据。大人说我杀……杀人，证据何在？"

"鸭子死了嘴还硬！"王廷表冷笑道，"听好了！一、你杀人后，假巴意思来报案，贼喊捉贼！二、你骗钟大德半夜出走，企图造成畏罪潜逃的假象，嫁祸于人！三、你经常调戏钟吕氏……"

"我要的是证据，不是你信口雌黄！那天，我和卢玉堂一直下棋到天亮。不信，你问卢玉堂。"简福吼起来。

王廷表："唤卢玉堂！"

卢玉堂走上大堂，跪下，战战兢兢说："老爷，那天，我根本没和他下棋。那天报案时，他私下要我咬定，和我下棋。说这样说，就不会怀疑我俩了。"

"简福，听见没有？你还有什么话说？"

"卢玉堂，你这个软蛋！"简福吼。

"我再问你，天这么热，你为何要戴围巾？你的脚为啥又一拐一拐的？"王廷表步步紧逼。

"我冷，我摔了一跤！"简福狡辩。

“你的尖刀呢，为啥没别在腰上了？”

“那天喝醉酒，丢失了。”

“好了，不说了。还是看证据吧！钱胜，将证据拿来。”王廷表喊完，钱胜已将凶器、血裤等证据摆在桌上。

王廷表将一件件物品展示后，道出了案件的真相：

那天，钟郎中到二十里外行医。简福以为，钟郎中当晚回不来了，就潜到钟家，企图调戏、奸污钟吕氏。吕氏不从，与其在床上扭打起来，并抓伤了他的脖子。简福一怒之下，掐住吕氏的脖子，将其掐死。简福正准备奸尸之时，钟郎中回来了。郎中看见简欲强奸其妻，捡起床边一根木棍，打在简的右腿上。简则忍痛拔出身上的尖刀，连捅了郎中三刀后，拔腿逃跑。跑到门口，正在开门，没想到，钟郎中拖着一身血，爬到门口，抱住了简的脚。简挣不开，急忙拔下门闩，打在钟郎中的头上，致钟当场死亡。简立即逃跑到钟大德家门口，变着音调骗钟大德半夜出走，企图嫁祸于钟大德。第二天一早，简又叫钟良扶其找钟郎中，然后一起报案。桌上的凶器，即尖刀，是简常常带在身上的，从其家中后院一棵枣树下搜出来的。裤子也是简的，是钱胜等衙役牵着狼犬从钟郎中家开始，一直嗅去，从简福家一棵树下泥土里搜出来的，裤脚边还有血腥味，是钟郎中抱住他时染上的。简欲强暴吕氏时，两人扭打，吕氏抓住简的头发，吕氏死后，左手中攥着简的几根头发，右手指甲中有简脖子上的血……

王廷表最后宣判：“罪犯简福，现年四十六岁，倚仗祖宗留下的家产，一贯游手好闲，横行乡里，寻花问柳，奸淫妇女，无恶不作，又杀死钟义德夫妇，嫁祸于人，罪大恶极……现将罪犯简福逮捕，投入死牢，待本官申报上司后，秋后问斩。其家产全部没收，七成归公，剩余二成付钟义德儿女，作为抚养费，剩余部分分发给被罪犯祸害过的人员……”

判词读完，全场欢腾。

“王大人真是青天大老爷！”

“王大人处处想到百姓，实乃包公再世也！”

“王大人办案如此神速，可与狄仁杰比肩也！”

……

又是一年九月菊桂飘香。

王廷表回乡省亲后，携带家眷，又返回台州。

那天，知府正在大堂复查案子，猛抬头，只见王廷表和一个抱着幼儿的美貌佳人及一个五岁左右的孩子站在门前，不觉大吃一惊，说：“你是王廷表王推官吗？我是顾璘，刚到任不久。李知府已于上月调省任职。我和杨慎乃故交。曾与令尊大人在新都认识。你怎么就回来了？李知府准你半年的假，连路途在内，才三个月呀！”

“在家无所事事，闷得慌，就回来了。”廷表笑眯眯地说，“真没想到李知府走了。仁兄一向可好？”

“我一切都好，令尊、令堂好吗？”

“好，我父身体硬朗，母亲也无病无灾，又有家丁、侍婢照料，自然令人省心。”廷表说着，招呼妻子和儿子，“瑶琴，见过顾大人！天锡，拜见顾伯父！”

伍氏立即双手抱紧婴儿，略微鞠躬，行万福礼道：“伍瑶琴这厢有礼了！”

“弟媳不必多礼！”顾璘话刚落音，却见天锡“扑通”一声跪在地上，奶声奶气说：“侄儿叩见顾伯伯！”

“侄儿请起！”顾璘扶起天锡，大声喊：“娘子，快出来，见过贵客！”

话音刚落，刘氏从侧门走出来，边走边笑盈盈地说：“不知贵客到来，有失远迎，实在抱歉！”

嘘寒问暖一番后，廷表打开一个布囊，取出几样物品放在桌上，一一介绍起来：“带点土特产品回来，请笑纳。这是阿迷州的特产糯白果，又名银杏，俗称鸭脚子。盛产于二百年前，可佐食入肴，也可入药，为止尿剂。”

“弟远道归来一路鞍马劳顿，又负重而行，太劳累了。”顾璘说，“弟是否太见外了！”

廷表莞尔一笑，又指着一物，得意地介绍说：“区区薄礼，不成敬意，这是石屏州的豆腐皮。可惜的是，石屏豆腐乃天下一绝，因其是水货，无法带来。”

“为何称天下一绝？”顾璘问。

“点石屏豆腐不用石膏，不用卤水，你说奇不奇？”

“那用什么点呢？”

廷表骄傲地说：“用石屏城里的地下水一点即成！”

“那是什么仙水、神水，竟如此神奇？”

“据说，我朝太祖登基建立大明之后，为一统神州，于洪武十四年（1381）九月初一，命傅友德、蓝玉、沐英三位将军率三十万大军征讨云南，平定云南后，太祖只将傅将军、蓝将军及少数人马召回，而让沐英将军率大部分人马镇守云南，戍边屯田。沐英则将二十余万将士分布云南各地。石屏州就分了百余人。这些将士到石屏后，就将中原先进的生产技术，先进文化一并带入。那时，石屏州饮水困难，将士们就用中原先进的打井技术在城里打井，很快就在东西南北中各打井一口。可是，井水出来了却不能喝，为啥子不能呢？就因那水又酸又涩根本无法入口、下咽……”

“郎君，你说的，可能不是实情！”伍氏打断廷表的话，缓缓道，“明军在城里打井，是事实，但那是较先进的打井技术罢了。我爷爷曾告诉我，唐代前，石屏先辈就掌握土法打井技术，距今已有一千多年。石屏异龙湖有九曲三岛，马继龙岛（马坂垄）、合龙岛（现今大瑞城）、末束岛（现今小瑞城）。合龙、末束两岛上的土著民族在唐代前就在岛上打井，后因海水退却，迁徙到城里，既捕鱼捞虾、栽田种地，又搞商贸活动。当然，免不了打上几口井。井打出来后，才发现那水又酸又涩，根本无法下咽……”

顾璘等人听得津津有味，乘伍氏喝口茶之机，摇着头叹道：“不管啥时打井，水不能喝，不是白辛苦吗？可惜可惜！”

“不辛苦！不可惜！这正应了陆放翁的诗句，‘山重水复疑无路，柳暗花明又一村’。”伍氏嫣然一笑，继续讲，“从合龙、末束岛搬来的土著民族中，有一户人家，住在北门内，家里打了口井，还开了个豆腐作坊。有一天，夫妻二人在忙忙碌碌做豆腐，锅中豆浆滚烫，满屋飘香，说明豆浆已熟，很快可以点豆腐了。男主人已用城外龙潭拉来的水化好石膏，将石膏水装在一个大葫芦瓢里，只等豆浆熟透，就可以舀进大木缸中，点入石膏水了。正在此时，外面有人喊他的名字，他就跑出去了。刚出门，他在外面蹦跳玩耍的、八九岁的儿子口渴，跑回来喝水，见瓢里的水浑浊，就倒在阴沟里，打了半瓢清水灌进口中。‘噫！这水怎么会有石膏味？’他很快明白了：这是父亲化好的石膏水，‘怎么办？’未及多想，他打了一瓢酸水放在原处，跑出去玩耍了。父亲回来后，立即将锅里的豆浆舀进大木缸，按量倒入冷水和老水，正准备倒入石膏水，却惊呼：‘怪了，怎么这水是清的呢？这明明是我化好的石膏水呀！对了，可能是时间长了变清了。不管它！豆浆已掺入冷水和老水，耽误了时间，就点不成豆腐了！’自言自语着，他立即将瓢里的水倒进豆浆缸，轻轻转动起来。很快，一朵朵豆花凝聚起来，豆浆和水渐渐分离，慢慢地，豆浆完全变成豆腐。他抓了一坨放进嘴里，嚼了嚼，却发现豆腐又甜又嫩，比平日的好吃多了。他高兴极了，立即将妻子、儿子叫来，要他们都尝尝。妻子尝罢，赞叹不已！儿子终于开口了：‘爹、娘，我今天做了错事，你们答应不打我，我才说。’‘什么错事，你说。’‘你化好的石膏水被我倒了，那瓢里的水是酸水。’‘不会吧！难道今天的豆腐是用酸水点的吗？难道这酸水是天然卤水？’第二天，夫妇俩就试探着用城里的地下水点豆腐，奇迹又发生了：一点就成，而且，包出来的豆腐硬铮铮、软酥酥，吃起来甜生生、嫩幺幺……”

廷表咽了口唾沫，笑了笑说：“瑶琴所说，是另一个版本，关于打井之说，瑶琴的版本应该是正确的，石屏土法打井，源于隋唐时代无疑。至于制豆腐，应该晚一些。据我所知，制豆腐技法始于西汉，发明者是刘邦之孙淮南王刘安，我朝弘治年间方传入云南。所以，瑶琴所讲故事，若是真事，也应该在弘治之后。好吧，讲我的另一个版本，我这个版本也只是传说。后来，奇迹出现了！有一天，城北一家豆腐作坊熬好了豆浆，正准备倒入石膏水。谁知，准备点豆腐之人一不小心，将一瓢酸水撞倒，水和瓢一起掉进豆浆缸中。她一急，赶忙去捞葫芦瓢。瓢抓住了，但她突然发现，缸里的豆浆已经渐渐凝成豆腐了……”

“嗯？神奇！不愧天下一绝！”顾璘信服地频频点头，又插上几句，“贤弟和弟妹所讲，虽是传说，但传说与现实如此接近，也可谓神奇了。如此看来，石屏真是个神奇的地方呀！”

“从此，石屏豆腐就名扬天下了！”廷表赞罢，又取出几样物品放在桌上，“这是蒙自年糕，这是燕洞燕窝，这是元阳扁米，这是普洱茶……”

“贤弟，短短数月时间，这些州县你都游过了？”

“没有，只去过临安府，找好友玩了几天。又到石屏看斗蹄壳。对了，斗蹄壳是地方土语，又叫跳烟盒舞……”

“那你带来的这许多特产，是……”

“云南地处偏僻，交通不畅，但有几条茶马古道。阿迷是茶马古道的必经之地，经无数队马帮来回驮运，盐巴、茶叶和各类物产品就可以买到了。”

顾璘点点头，突然高兴地喊：“夫人，时间不早了，快去烧火做饭吧！今天要多做几样菜，再把那坛新丰酒端来，我要为钝庵贤弟及弟媳、贤侄接风洗尘，一醉方休！”

坐了一天的大堂，没有一个人击鼓喊冤，也就没办一桩事，这使王廷表心里很纳闷：为酿冷火秋烟呢？我哪些事做错了？让老百姓不放心，不愿、不敢见我。果真如此，我这个七品官算是白当了，年八十四石俸禄算是白食了！想着，又顿生狐疑，难道是我所断之案有误，百姓不信任吗？想着想着，竟翻开案宗，细细地复查起来。

“廷表，又是一天没断案了？”顾璘突然从门外步入大堂，嬉笑着问。

“是，大人，干坐着，闷得慌。”廷表有气无力地答。

“你知道为何没有人来告状喊冤吗？”

“是呀，我真奇怪！难道是我……”

“别乱猜测了，我告诉你吧！”顾知府说，“你到台州后，因明察秋毫，断案准确，又无畏无私，仁慈廉洁，故产生了两种效应，恶人收敛了，好人更守法了。因此，结果是，犯罪之人少了，社会安定了。廷表不世之功，必将千秋彪炳。懂吗？”

“大人言重了、过奖了！”廷表将头摇成了货郎鼓。

“这并非下官信口开河。”顾知府说，“这自有百姓口碑为证，当年孔圣人为中都宰，以礼治中都，致使中都门不闭户，道不拾遗。有人就将你比作孔圣人，说你治台州有方！”

“我怎敢与圣人相提并论，不敢当、不敢当！大人说得小人汗颜了！再说，治理整个台州的是大人您，我怎敢贪天之功？”王廷表赶忙转移话题，“大人，别扯这些了，还是说说，我该干哪样吧！”

“你说，做什么呢？”顾知府反问。

廷表想了想，真诚地说：“我觉得，我既是大人之助手，所做之事不应该只是审理刑事案件。台州府下辖六州，政治、经济、文化、民事等，事无巨细，都得管。我游览过临海的一些名胜古迹，发现有些已残破不堪，亟待修葺。如广文祠，是台州有名的人文景观，文化内涵深厚，明弘治十七年台州府推官俞泰，与临海知州毋候仪重建后，至今已数十年，到处伤痕累累，若不及时修葺、翻新，说不定有朝一日轰然崩塌。若真如此，任上的官员，就罪责难逃了！俞泰是推官，我也是推官，我应该为台州的繁荣稳定，多肩负些责任。”

顾璘频频点头说：“贤弟所言极是。子曰：‘人无远虑，必有近忧。’贤弟就先拿出个修葺三峰禅寺、广文祠的方案来吧。方案出来后，我们集中商议，再做定夺，行吗？”

“行！别怪我岔巴就行！”王廷表未及多虑，满口答应。

“你说的‘岔巴’，是‘多管闲事’的意思吗？乡音不改呀！这哪是多管闲事，当年的推官俞泰不也将修葺广文祠，当作自己该做的事吗？”顾琳笑了笑，换了个话题，“这些年倭寇不断犯我疆域，扰我百姓，弄得人心惶惶，抗击倭寇，可谓重中之重，不得不虑。”

廷表说：“抗击倭寇，我们现有两大优势，一是有坚固的城墙；二是有不甘心亡国受辱的民众。我们要学巾帼英雄瓦氏夫人在嘉兴组建抗倭队伍，英勇杀敌的壮举和经验，也组建自己的队伍，歼灭敢于犯境的倭寇，安定社会秩序，发展生产。还有，我多次观察了‘江南长城’，发现有些地方已经破损，也应该修葺、加固。”

“对！只要我们注重天时、地利、人和，做好充分准备，倭寇敢来侵犯，就叫他有来无回！”

“有大人坐镇台州，事情就好办了。”廷表满怀喜悦说，“从明天开始，我再认真考察一番，将修葺几个景点和建敢死队的方案拿出来，请大人审查。”

“一言为定！”

王廷表又走进三峰禅寺。他边看边思索边记录，又走进方丈室，向老和尚了解禅寺的历史、现状，征求意见。走出方丈室，步向大殿，又走进侧室时，忽见两人在桌上作画，一位年约五十、脸略长、体态清癯均称，头戴方布帽，身着朴素；另一位年纪与前者相仿，略胖、脸稍圆，头戴毡帽，面容慈祥。桌边站着一位年约十六七岁、透着几分英气的少年，还有几个小和尚，在静静地看两人画画，不时微微点头，时而发出啧啧赞叹声。

廷表低头一看，前者在画一幅水墨《游春图》，画技娴熟，粗细兼备，山水动静相宜，花草树木参差有度，人物惟妙惟肖。后者画的是《簪花仕女图》，人物面部丰硕大鬓，衣饰如花似锦，传神传情，见形见质。“这两位是谁呢？难道是宁波吕纪？还是……”

看了一会儿，廷表心想，应该认识认识这两位画师！想着，趁头戴方布帽者停笔审视画稿之机，轻声问：“敢问先生，尊姓大名？”

头戴方帽者抬起头来，见问话者身着官服，显出些不屑的样子，带几分傲气反问：“你是？”

“哦！真对不起！不先自我介绍，失礼了。”廷表带几分歉意说，“在下王廷表，在台州府当差。”

“哎哟！您就是王大人？”那人大吃一惊，赶忙施礼，“在下唐寅，唐伯虎，冒犯大人，还请大人恕罪！”

“先生就是六如居士？”廷表惊喜万分，“吴中四才子之一，江南第一才子，诗书画三绝，谁人不知，谁人不晓！久仰、久仰！”

“过奖了，过奖了！”唐伯虎笑道，“王大人为官廉洁刚正，断案神速准确，台州人无不敬呼青天，在下在吴县，大人之名已如雷贯耳！但耳听为虚，眼见为实。在下到台州半月，亲睹社会清平，百姓安居乐业，就更佩服大人了！”

“其实，这是台州府官员与百姓同心同德的结果。称赞下官，实不敢当。”廷表话锋一转，笑道，“今日能一仰先生尊容，乃下官三生有幸也！敢问先生，这二位是……”

“在下文徵明，这是犬子文嘉。”一直在画画的文璧抬起头来，笑道，“今日能与王大人谋面，幸甚至哉！”

“幸会幸会！”廷表笑道，“请到寒舍小坐，促膝畅谈，不知各位肯赏光否？”

“能与青天大老爷一叙，乃求之不得之美事，岂有不愿之理！”唐寅道。

“那就有烦大人了。”文璧笑道。

廷表一听，大喜过望，待二人完成作品，收拾妥当，即赶忙牵住二人之手，缓缓步入家中。伍氏见有贵客登门，喜笑颜开，立即端凳、泡茶，又走进厨房，忙活起来。廷表请各人坐定，边品茶边畅谈起来。

“各位先生大驾光临，寒舍蓬荜生辉！先谢了。”廷表道，“请问各位，年庚几何？”

“下官生于成化六年，即庚寅年，算来已虚度四十九。”伯虎道，“我看大人年轻俊秀、仪表堂堂，必定鹏程万里，这是大人的福气，也是黎元的福气呀！”

“在下与伯虎同庚，也是虚度年华。”徵明说。

“二位先生可不是虚度呀！”廷表感慨地说，“二位与祝允明、徐祯卿誉享‘吴中四才子’。唐先生筑屋桃花坞，自号六如居士，致力于绘画，自成一家，兼善书法，诗文不拘成格，情景交融，建树颇丰，实在佩服！文先生学文于吴宽，学书于李应桢，学画于沈周，又工书、草书于智永、黄庭坚，得力于赵孟頫、吴镇、王蒙，而自成一格，可喜可贺呀！而二位先生坚贞孤傲，不是那种‘见人说人话，见鬼会打卦’的人，不俗不媚，佳作惟不肯与藩王及中贵人，晚辈之敬慕，如仰高山也！”

“大人见笑了！”唐、文二人同时摇头笑道。

“非也！”廷表说到高兴处，眉飞色舞起来，“二位先生致力诗书画，笔墨灵秀，取景写物新意频翻，清新中饶有韵致，大作频仍，实在令晚辈羡慕。”

“王大人，先别说我等盛名之下，其实难副，伯虎在此多谢了！”唐寅说，“大人既看得起在下之劣品，今日所草《游春图》，另有一幅《瑞雪图》，一并送予大人，还望大人不吝赐教！”说着，取出画，双手呈到廷表面前。

廷表感谢着刚接画，文徵明又取出两幅书法递与廷表。文嘉看在眼里，想了一会儿，也从行囊里取出一本小册子献上，羞答答地说：“这是小人的几首小诗，请大人笑纳，并教正！”

廷表谦让着收好书画，又与三人高谈阔论起来。谈着，廷表似乎想到什么，突然问，“唐先生，廷表耳有所闻，先生当年乡试第一，会试时，因牵涉科举舞弊案而被革黜，是真的吗？”

伯虎长嘘一声，话语中充满怨恨：“那年，我中解元，会试也高居榜首。谁知，天有不测风云，人有旦夕祸福，有人告我与考官私通，先得试题。为此，我被无端诬陷，坐牢年余。真可谓哑巴吃官司，有口难辩呀！可悲可叹呀！”

“伯虎被诬陷，受此大辱，实在令人唏嘘不已。”文徵明接口叹道，“从此，伯虎对仕途心灰意冷，发誓不再涉足官场，而漫游名山大川，筑室桃花坞，潜心画技，甘受清贫，鬻画为生。悲剧呀！”

“知道是谁诬告吗？”廷表问。

“一个朋友，好朋友！”伯虎恨恨地说。

“其实，子畏兄，我觉得，君子不念旧恶，你也欠考虑了。”文徵明叹道，“朋友徐经后来既已悔悟，请求与兄和好，但你为什么要百般拒绝呢？和好如初，调整好心情，再去科举场上大显神威，不是一举两得吗？而且，你昭雪后，朝廷不是也命你到浙江某地任县令了吗？你为何不去？”

“二位，这是咋回事？弄得我丈二和尚，摸不着头脑了！到底发生什么事了？”廷表迷惑不解。

“子畏硬是不认徐经那个朋友，只要一见面，他就差将钢牙咬碎了。”徵明说，“我和几位朋友和稀泥，为让他俩和好如初，就想出一计，在吴中酒馆设一桌酒席，请伯虎上坐，酒过三巡，那位朋友突然进来，在伯虎面前‘扑通’跪下，边谢罪边叩头不止，求伯虎原谅。王大人，您知道伯虎做出什么事来了？”

“唐先生怎么啦？”廷表瞪着圆圆的眼睛问。

“他老兄打开窗子，一纵身，从二楼跳下！”

“摔伤了吗？”廷表急得目瞪口呆。

“摔不死我！”伯虎笑道，“吉人自有天相也！”

“可你为什么要跳楼呢？是玩命吗？”徵明鼻子一哼。

“衡山贤弟，尔等在门口拦住我不让我下楼梯，我不跳楼行吗？”唐伯虎哈哈大笑，“朋友害人，害得我入狱不说，还连累我的恩师程敏政大人也身陷囹圄，害得我妻徐氏离我而去，此等朋友能交吗？其实，我不涉科场、官场，正应了‘塞翁失马，焉知非福’。人生贵适志，何要名爵乎？我若钻头觅缝，去钻‘官眼’，在一棵树上吊死，还能成为‘江南第一才子’吗？今天还能云游到此，与王大人成为莫逆之交吗？朋友们，祝贺我吧！”

唐伯虎的话逗得大家哭笑不得。

三年一晃而过，三峰禅寺、广文祠等名胜古迹依照王廷表的修葺方案，经多方集资施工，已焕然一新。台州府城墙该加固的地方已加固，该增高的地方已增高，一支三千余人组成的抗倭敢死队已训练有素，并在顾璘、王廷表等人的指挥下、在台州百姓的支持下，将几次来犯的倭寇打得落花流水、抱头鼠窜。

在此期间，王廷表还断了几桩案子，并克己励志，在关心民瘼、大兴教育、发展商贸、发展生产、修中津浮桥、筑堤防洪等方面都充分展示了他有“两嘎子”、善理府政的才气，不愧知府的好助手，赢得了百姓的爱戴和赞扬。

“廷表，我们相处的时间不长，但我已看出你的才干非同一般。”顾知府由衷地说，“我已多次将你的功绩呈报给首辅杨大人，请他奏明圣上，给你嘉奖，并提升你的职位，能调到京城更好……”

“顾大人，您想撵我走？”

“不！贤弟别误会。我作为一府之长，干好本职工作之外，发现人才、举贤荐能也是我义不容辞的责任呀！”

“其实，能与兄在一起共事，我已心满意足了，哪有非分之想！”

“不！你在这里，是大材小用了！宝剑岂能不出鞘，大鹏必欲展翅飞呀！”顾璘意味深长、恋恋不舍地说。

诗曰：

台州执政亮高风，享誉青天百姓崇。
惩恶除凶扬善美，中都再现见精忠。

第十章
京都任职会老友　刑部上书弹奸贪

明嘉靖元年（1522）元宵节刚过，乍暖还寒，伍氏临产，又得弄瓦之喜，生了一个秀气的女儿，廷表高兴极了。“我的长女叫天礼，次女叫天仪吧！”正当王廷表全家沉浸在喜气之中时，京城皇差突然来到台州，宣读了皇上圣旨：王廷表调朝廷任刑部主事，诰封妻伍氏为安人，册封母杨氏为太安人，并恩准荣归阿迷三个月，以耀门庭，以荣故里。

“贤弟，正值新皇帝登基，弟即逢玉胜之祥，旋即又展骥之迁，可谓双喜临门也！祝弟从此大展鹏程，步步高升！”顾璘喜不自禁，前来祝贺。

闻王廷表即将离任回京，台州百姓依依不舍，一时间，门庭若市，百姓纷纷挥泪，齐呼：“青天大人，此去京都，何日得见呀！”有的则涕零而诉：“大人在台州八年，爱民如子，对民恩如东海，台州父老兄弟会世代铭记。”有的挥泪道喜：“愿大人此去京都，才堪廊庙之器，功成百世之业！祝大人鹏程万里，寿比南山，福如东海！”

此情此景，令王廷表激动不已，泪水纵横，最终，不得不安抚一番，依依惜别。

四月的北京，晴空湛蓝，烈日灼灼，热气蒸腾。

离开家乡，晓行夜宿，北京城终于到了。王廷表坐在轿中，思绪纷扬，浮想联翩。台州的一幕幕浮现在脑海中；回乡省亲时，家乡欢呼雀跃，鞭炮齐鸣，热烈欢迎自己的场景，历历在眼前。他情不自禁地自言自语：为官一任，须造福百姓呀！民心如铜镜，功过分明，一生能做个清官，再苦再累，在所不辞！

“廷表贤弟，该下轿了！”廷表正在沉思，耳畔一个声音响起。他轻轻掀开轿帘，不觉惊呼起来：“杨慎兄，是你呀！久违了，久违了！”

王廷表走下轿子，杨慎迎上前来，一番热烈的拥抱之后，廷表问：“我还未来得及给兄致书，兄怎会知道弟今日到来？”

“心有灵犀一点通嘛！”杨慎也不作解释，得意地说，“走走走！家父已在家等候多日了，他老人家叨念你，天天要我去半路等待，真是望眼欲穿呀！”

“谢谢伯父的关怀，也谢谢杨兄的牵挂，廷表知恩了！”

“钝庵，还认得我俩吗？”突然，身边有人说话。

廷表回头，定睛一看，忙不迭地惊呼：“啊！陈以相、戴鬐！二位一向可好？让廷表思念至极呀！”

“那年和仁兄同中进士，你为推官，弟也是推官，但天各一方，就难见面了。”戴鬐笑道，“如今，同在京城，又可常常谋面，岂非天意？”

“太好了！”廷表笑容满面道，“走！一起到升庵家坐坐吧！”

“欢迎二位贤弟！”杨慎也盛情相邀。

“廷表一路辛苦，今天就免了。”陈以相说，“就此道别！”

二人走后，杨慎、王廷表嬉笑着，手牵手走在前面，后面跟着二乘轿，直达杨府。

“贤侄，到了？真叫老夫魂牵梦萦呀！”杨廷和走下台阶，牵住王廷表，细细端详起来，片刻，惊讶着说：“你看你，消瘦许多了，可是公务繁忙，累瘦了？贤侄要注意保重身体呀！”

“恩伯对小侄关怀备至，侄儿感激不尽。”廷表说。

杨廷和将众人邀到客厅，立即呼唤奴婢端椅倒茶。众人坐定，指着一年轻美貌女子说：“这是慎儿之妻黄峨。”

黄峨听到公公介绍自己，立即微笑着给王廷表道了一个万福礼。

王廷表也向杨廷和全家介绍说：“这是拙荆伍氏，这是犬子天锡，这是小女天礼、天仪。瑶琴，快给老爷请安！天锡，快给老太爷行礼！”

伍瑶琴和王天锡很规矩地行了礼。

杨廷和说：“贤侄，你真是有福之人呀！年纪轻轻，就儿女绕膝，实在令人羡慕。可惜，我的两个乖孙……”说着，瞟杨慎一眼，改口道，“你的住所户部已安排妥当，今晚，就住我这里，阔别多年，当好好叙叙。”

“谨听恩公安排，侄儿感恩了。”

“黄峨，你带弟妹及侄儿们到后花园耍耍。”杨廷和说，“杨慎，你与廷表多年未见，就找个地方畅谈吧！我有事要与杨一清大人商谈，我走了，晚上见吧！”

王廷表随杨慎步入书房。书房简洁素雅，通明透亮，内墙正中悬北宋郭熙的《早春图》，两边挂一副对联，上联：翠柏苍松元自劲；下联：岁寒那肯变天真。对联系杨慎自撰自书，字体潇洒遒劲，气韵不凡，画下摆一张大方桌，桌上摆文房四宝。

廷表朝侧面墙看去，见一大书橱，橱中摆满书籍，有“四书”“五经”，还有《楚辞》《战国策》《左传》《史记》《汉书》《史籀》《仓颉》《尔雅》《方言》《释名》《唐书》《二十一史》《佛国记》《贞观公私画史》《历代名画记》《王子安集》《李太白集》《杜工部集》《范文正公集》《王颍川集》《东坡全集》《易安居士文集》《剑南诗稿》《说文解字》《广韵》《集韵》《平水韵》《洪武正韵》《中原音韵》等，琳琅满目，应有尽有。

王廷表心中不由得生出许多羡慕，啧啧赞叹着说："嗬！眤叽多呀！杨兄知识渊博，原来已饱览群书，真勤士也！"

"书到用时方恨少。"杨慎说，"论读书，我们应学学杜子美与陆放翁。杜公'读书破万卷，下笔如有神'的论断，可谓至理名言。放翁'灯前目力虽非昔，犹课绳头二万言'的刻苦精神，令我等不敢慵懒。放翁一生为何能有诗近万首呢？不就是读书多的结果吗？"

"兄言极是。"廷表说，"肯不肯读书，这与一个人的志向有关。有追求、有远大志向者，必定会自觉地多读书，只为吃饭穿衣者，必然是庸碌之辈。兄所言放翁之诗，前两句是'归老宁无五亩田，读书本意在元元'。宁可没有自己的田地，也要为解救穷苦百姓而读书求知，其志向何其高远！"

"妙！精辟！"杨慎赞道，"由此可见，贤弟读书不是一知半解，而在于真正读懂！"

"升庵兄，阔别多年，你还是讲讲京都的变化吧！"廷表转了个话题。

"说来话长呀！"杨慎说，"钝庵贤弟先坐着翻翻书，待我沏壶茶来，边品茶边慢慢聊。"

王廷表到台州上任后，第二年正月，杨慎祖父杨春病故，杨廷和回四川奔丧。十二月，杨慎为继母喻夫人丁忧服满，返回北京，为经筵展书官，专门研究古籍，校注《文献通考》。

明正德十一年（1516），太监钱宁，都督佥事江彬联手诋毁杨一清，杨一清一怒之下而去职，李东阳因伤病亡故。

次年，杨廷和回京。正值殿试之年，杨慎为阅卷官。正德皇帝在江彬的献媚怂恿、阴谋策划下，荒游废政，微服出京，并借征讨叛贼朱宸濠、犯疆蒙古小王子为名，化名“朱考”，到处奸污民女、嫖娼纳妓、草菅人命、滥杀无辜，而屠杀无数无辜平民，谎报“战果”，无恶不作。杨慎不是那种“吃纣王俸禄，不说纣王残暴”的龌龊小人，他直言进谏，劝皇上不要“轻举妄动，非事而游”。奏章呈上去，却被皇帝“留下不报”。杨慎一怒之下，告病回到四川新都，闲居三年。回新都之前，杨慎的爱子同京、同川相继夭折，夫人王氏悲痛万分，一病不起，卒于新都……

杨慎讲着讲着，禁不住连声哀叹，潸然泪下。

廷表也感到凄凉和悲怆，愤然道：“杨兄是新科状元，是皇帝的当然老师，你的话他为啥就听不进去呢？难道他没读过魏徵的《贞观政要》，不晓得‘兼听则明，偏听则暗’？”

想想自己正值华年，偏偏遇到这么一个风流皇帝、禽兽昏君，致使自己的抱负未能实现，让自己的人生“空白”了三年，杨慎忍不住泪诉：

“这正德可谓枉为天子！他尸位素餐，十天有九天不上朝，一天就念念不忘‘豹房’玩女人，宫里上千佳丽都成了他的猎物，就连钱宁、江彬都是他的‘钱娘娘’‘江娘娘’。这还不能满足，他竟然在钱宁、江彬这两个奸佞的诱惑、唆使下，常到宫外花样翻新，达到令人难以想象的地步。他玩民女、玩臣妻、玩妓女、玩孕妇，甚至玩自己的嫂子，真比禽兽还禽兽！”

“唉！这样的皇帝，真令人发指！如今，他跷脚了，可是苍天有眼呢！”廷表的眼睛也湿润了，他抹了抹眼睛，“听说，你做了根一人多高、碗口般粗细的大扫帚。有人问你：‘做这么大的扫帚怎么扫？’你回答：‘抱着扫（嫂）！搂着扫（嫂）！’确有此事吗？”

“我太愤怒了，不用这种方法讽刺那禽兽皇帝一番，气不平呀！”杨慎显出些得意。

“你将金銮殿前的两只白玉桶打烂，说什么‘玉桶不如铁桶’‘两桶江山不如一桶江山’，有此事吗？”廷表又问。

“这是没有的事！这只是与友人涮坛子（开玩笑），说说而已。谁知，就被人们以讹传讹，弄得满城风雨。”杨慎满脸涨得通红，急忙争辩，“杨慎岂有不知，玉桶是国宝，是艺人的心血，损坏了，是犯罪呀！贤弟若不信，你去看，白玉桶还在呢。”

“是呀！我也不相信。”廷表说，“说真话，正德不会活一万岁，玉桶终归要一代代传下去。终归到底，玉桶属于国家和黎民……”

正说者，门外传来“大公子，用膳！”的呼唤声。

吃过饭，杨慎领王廷表去参观他的状元府。状元府离杨府不远，仅一刻钟左右的时间就能走到。状元府很宽敞气派，但显得空落落的，十分萧条。

“杨兄，你没住状元府吗？为酿只见几个人在扫地浇花？”

“没住。父亲年迈，母亲去世，离不开呀！”

“兄在新都闲居的三年，可谓大喜大悲的三年，你说是吗？”

“此话怎讲？”

“俗话说，‘寒霜专打无根草，破船总遇顶头风’。俗话也说，‘疼处肯碰着，差债肯遇着’。那年，兄愤然告假，无所事事，是悲。兄的两个爱子不幸夭亡，原配夫人痛不欲生，一病不起，驾鹤西去，更是悲。”廷表说，“古诗又道，‘山重水复疑无路，柳暗花明又一村’。但第二年，兄续娶绝世佳人黄峨为妻，就要称为大喜了。”

“可以这样说。不过，失妻失子之痛，乃大悲之大悲！”杨慎道，“当然，令我稍感欣慰的是，娶了一位贤淑妻子。不是我自夸，黄峨确实是位了不起的女性。有人戏言，说我与她是‘男女两状元’，其实她的才气并不亚于我。我爱她也敬她。”

“你与嫂夫人成亲之事，你只在信中略提了提。”廷表说，“不过，嫂夫人的传说，我在台州就了如指掌了。”

“你咋个晓得的嘛？说，紧到说！我不嫌啰唆。”杨慎吃惊地说。

“先不说原因。”廷表嫣然一笑，如数家珍般地放起了连珠炮，“就说我晓得啥子吧！嫂夫人是令尊大人的好友、工部尚书黄珂次女，字秀眉，四川遂宁人，比兄小十岁。嫂夫人在其母聂氏的调教下，知书识礼，谨守闺训，好学上进，通经史、娴文辞、富才情，琴棋书画，无一不通。正德四年，黄珂擢升为右佥都御史，巡抚延绥。正德六年春，鞑靼首领亦不刺侵入河套地区，黄珂带兵一举击溃入侵者派人回京报捷时，正逢杨兄高中状元之时。当时，黄峨年仅十二岁，闻兄金榜题名，独占鳌头，倾慕不已，从而激励着她更加勤奋读书。后来，兄与王玉卿喜结良缘，黄峨却一直待嫁闺中。后来，兄之俩爱子夭折，夫人病故。黄峨尤其敬重兄之才气，多少达官贵人、倜傥子弟向她求婚，都被她拒绝了，并扬言：‘非杨慎不嫁！’也是天缘巧合，那时，兄长正在新都，无意中读到黄峨的《闺中即事》，让兄赞叹不已。更为奇巧的是，一天，兄竟然鬼使神差般地去了遂宁，在一大院门外听到优美的琴声。那是黄峨在弹奏散曲《玉堂客》：‘东风芳草竞芊绵，何处是王孙故园？梦断魂劳人又远，对花枝，空忆当年……’听着这优美的曲子，兄长醉了！终于，兄耐不住诱惑，恳请我杨伯父杨一清大人登黄府提亲。就这样，有情人终成眷属：‘尚书女儿知府妹，宰相媳妇状元妻’！婚后，你夫妇二人一唱一和，留下不少佳作妙句。嫂夫人的诗，我还能背上几句呢，你信吗？不会以为我喝哄你吧！”

“不可能、不可能！你肯定在扯把子。”杨慎频频摇头。

“请兄洗耳恭听！先背诵《庭榴》。”廷表诡秘地一笑，朗声念道：

移来西域种多奇，槛外绯花掩映时。
不为秋深能结实，肯于夏半烂生姿。
翻嫌桃李开何早，独秉灵根放故迟。
朵朵如霞明照眼，晚凉相对更相宜。

“贤弟，我和黄峨的事，简直被你编成神话了！”杨慎涨红着脸笑道，“这样的神话，真叫人百听不厌。弟还要编啥子？紧到说（尽管说、唠叨），愚兄还想大饱耳福呢！”

廷表也不答话，笑吟道：

金钗笑刺红窗纸，引入梅花一线香。
蝼蚁也怜春色早，倒拖花瓣上东墙。

“哎呀呀！奇了神了！”杨慎大吃一惊，连声道，“贤弟，你是顺风耳还是千里眼？不可思议，不可思议！”

“其实，若我抖出真相、道明来龙去脉，兄就恍然大悟了！”

“贤弟快快道来！我真要洗耳恭听了！”

“数年前开春之后，台州府有位官员带两衙役到四川调查一桩公案。”廷表慢腾腾，几乎是一字一顿地说，“调查完毕，这位官员曾到府上拜会仁兄。仁兄尚记得此事吗？”

“哦！记起来了——顾璘！”杨慎笑了，“那天，我正与黄峨在院子里吟诗，顾兄听了，赞叹之余，和我摆天门阵、侃大山两个多时辰，分手前，还将我俩的几首诗抄去……”

时间如白驹过隙，转眼又是明嘉靖二年（1523）季春。

王廷表调京才一年多，就在刑部接手了好几桩案子，并凭着他的聪明才智和深入调查的作风，将案子一一处理妥当。他还坚持，在任上禁止提监取梏断人手足，而且，断案准确，令案犯心服口服，更赢得百姓的一片赞扬声，称颂其为“仁慈清官”。为此，朝廷下圣旨，擢升廷表为员外郎、郎中，并获推恩返家，荣耀故里。同时，封认为“父凭子贵”，已于正德十年（1515）辞去官职，赋闲在家的王颖斌为承德郎刑部河南司主事，敕封王颖斌母李氏为安人。

王廷表欢喜不已，准备还乡。喜讯传出，杨慎、毛玉、戴鱀等十分高兴，一齐登门祝贺。一年多来，因王廷表与陈以相、戴鱀都生于庚戌年，父辈皆是儒官，所处环境极为相似，故亲密无间，胜似亲兄弟。戴鱀闻廷表、陈以相同时被推恩返乡，羡慕加遗恨之余，写诗《送王民望赍诏还云南》：“序曰：今以相与君皆得将使命便道归省，而走襄者行事，独不克谐，盖于是重有感焉，因又为古体一首以道区区，然以厕于朱君之后，则殊有愧焉耳。”诗曰：

西曾倚玉三秋强，同调更有陈元方。
从来气味最相似，共夸庭训皆儒庠。
蓬麻自觉多丽泽，忽焉弃我如遗忘。
陈君早持使节去，蜀江酿酒归称觞。
君今奉诏下滇海，锦衣白日生春光。
皇华岂足论负努，莱彩膹得怡高堂。
宫纱裁衣仙草碧，紫诰湿墨云鸾翔。
十年归来献亲寿，君恩浩荡惊遐乡。
寒风萧萧万里道，杨柳吹落蒹葭霜。

都门燕酒一倾倒，班尘日远离愁长。
我亦有亲归未得，江南渺渺云山苍。
烧灯感叹独徒倚，微吟未暇羞琳琅。

又诗曰：

手将丹诏下青霄，昼绣宁辞万里遥。
爱日喜看翻舞袖，使星还讶照题桥。
秋深湘水离愁阔，云冷燕台骏足骄。
明发公余相忆处，黄花惆怅对空寥。

王廷表读罢戴鱀诗，当即口占一绝：

异姓亲兄弟，有缘自聚魂。
因知离别痛，故把谊珍存。

明嘉靖二年癸未（1523）季夏十五，天空晴朗，明月高悬，杨慎邀刚从阿迷省亲归来的王廷表以及毛玉、戴鱀、陈以相、严嵩等人去承天门观夜景、赏明月，但王廷表心事重重，无心赏景，推托了。此时，他挑灯独坐，思绪纷繁，回乡省亲前，他在刑部阅读了不少来自全国各地的奏章，这些奏章的内容大部分为弹劾地方官员、朝廷官员损公肥私、贪赃枉法、收受贿赂和骄奢淫逸、坑害民众、霸占民田、抢夺民女的恶行，并已经将这些奏章及时整理归类，呈与皇帝。可是，奏章呈上去后，却石沉大海，杳无音信。

皇上为酿不理这些奏章呢？是因为奏章太多，无暇细看？是认为奏章来自朝廷之外，不愿看？是因忙于大礼议，将这些奏章视为鸡毛蒜皮？王廷表疑虑重重，忧心忡忡。

想着想着，他突然想到了不理朝政、淫乐一生的正德皇帝朱厚照，不由得在心中叩问：难道嘉靖皇帝朱厚熜也和正德一样，上行下效、兄行弟效，是彻头彻尾的昏君？将一腔热血洒与昏君，岂不是明珠暗投？“龙头要得好，才能抢到宝”，既为天子，不做华胥之梦，而只顾自身享乐、歌舞升平，这可是“亡国之音”呀！想到这里，王廷表只感到毛骨悚然！若果真如此，一百五十余年的大明江山那就岌岌可危了！九州百姓就不得安宁了！

咋个整？“树怕剥皮，人怕着急。”王廷表急得抓耳挠腮，急火攻心。他在屋里踱来踱去，总想不出一个好办法来。不知不觉间，又坐到孤灯前，打开了他的记事本。

王廷表是一个做事认真、一丝不苟的人，他每次收到边远送来的奏章，总要暗中将奏章的内容记在一个本子上。谁送来的奏章、送来的日期、奏章所述内容是什么、弹劾或嘉奖的是谁、何日将奏章呈给皇上、皇上何日阅章批答，等等，皆记得明明白白、清清楚楚。

王廷表翻着记事本，张佐、严嵩几个字突然跳到眼前。张佐是嘉靖从安陆带来的心腹太监，是货真价实的“中贵人”，有两份奏章弹劾他进京不久，就收受了宁夏总兵种勋的巨额贿赂。严嵩字惟中、介溪，江西袁州府分宜县人，出身贫寒，弘治十八年中二甲第二名进士。那年，主考官是杨廷和、张元贞，故按常例，杨、张二人是他的座师。严嵩赐进士出身后，在翰林院任编修，与编撰杨慎是挚友，因不满宦官刘谨弄权和正德终日淫乐，便借祖父病逝回乡守孝之机，隐居了八年。嘉靖刚登基，他又入朝为官。有多份奏章揭露他入朝不久，私下广收贿赂，又重贿张璁……

对了！用这两根人开刀！以振朝纲，以警奸佞！各地呈送的奏章皇上可以置之不理而“留中”，我当廷条陈的奏章，他还能不批答？

想着，王廷表将灯挑亮些，铺开了纸，一夜之间，拟就了“弹劾种勋贿赂张佐疏”和“弹劾严嵩受贿并贿张璁疏”两篇奏章，直到四更时分才拖着倦意和衣倒在床上，渐渐进入梦乡。

“夫君，天亮了，该上朝了。”伍氏站在床边轻声喊。

王廷表一骨碌爬起，边穿衣服边说：“娘子，你要督促天锡将昨天教的《论语·为政》前三篇及岳飞的《满江红》、诸葛亮的《出师表》认真复习几遍。务必背熟，然后，再默写两遍。”说完，匆匆而去。

文华殿外已聚了几十名文武官员，杨廷和及刚被召入内阁复职的杨一清和几位老臣以及杨慎、严嵩等都已到了。廷表目光扫视了一遍，却不见张璁和桂萼，就走到杨慎身旁悄悄说：

“杨兄，我昨夜拟了两份奏章，准备弹劾张璁和严嵩受贿，到时，你能否为我助助威、壮壮胆呢？”

杨慎一听，略显惊讶，摇了摇头又点了点头，说：“你参张璁？张璁这厮，贪污受贿，我也有所耳闻，但证据不足，未敢揭他，你有证据吗？”

“有，都是下面来的奏章所言。”廷表说，“那些奏章，我回乡前就呈皇上，但被皇上‘留中’了。我不甘心，故以我之名拟成奏章。到了龙潭不喝水，过了龙潭必后悔。我哪能占着茅坑不拉屎，既有其职，当负其责。”

“张璁最近因大礼议事倒向皇上一边，苦心为皇上出谋献策，很得皇上宠信，他有背膀子，而且，不是一般的硬，要参倒他很难。”杨慎说，“不过，我一定会支持你，戡弊除奸，乃我辈之职责也！”

“还有严嵩，我知道，他是兄之好友，当然也是我的朋友。”王廷表说，“但为了官员廉洁，朝野清平，他犯了法，我必须参他一本，促他警醒，防微杜渐，以儆效尤。”

“对！这是对朋友负责。”杨慎说。

百官早已到齐，但文华殿大门仍紧紧关闭着。又过了半个时辰，才见张佐手持拂尘，出现在殿门外，他将拂尘一挥，嘶声哑气地说：“皇上昨夜偶感风寒，龙体欠安，今日早朝取消，各位请回。”

文武百官一个个叹息着离去。王廷表未能将辛苦了一夜拟成的奏章呈上，未免心中怅惚。他心想，明日再说吧！可是，第二天的情景和头天几乎一模一样，皇上“龙体欠安，不能早朝”。

王廷表终于盼来了第三天、第四天……直到六月二十五，嘉靖终于上朝了。他寻了个机会，开了口：“臣王廷表有本奏。”

“钝庵卿，有话快说。”嘉靖显出些不耐烦。

“臣王廷表闻……”

“话就不必多说了。”嘉靖突然打断他的话，“呈上奏章吧！待朕阅后，自然批答。”

王廷表无奈，只得默默地将奏章呈上。

嘉靖将王廷表的奏章随手放于御案上，用龙头镇尺压住。突然抬起头来，面带笑容说：“朕登基后，闻有不少爱卿赤心朝廷，恪尽职守，朕应嘉奖！”说着，侧目太监张佐：“张卿，宣谕朕圣旨。”

张佐朝前迈两步，展开绘有龙凤图案的黄绫圣旨轴卷，高声诵道：

“张璁，擢升翰林学士，现到南京任知府半年后，再回京临朝辅朕……”

张璁一听，心中暗喜，自忖：我张璁原为六品官，现一举跃为正三品，连升三级！嗨！吾时来运转也！想着，“扑通”一声跪下，高呼：“谢主隆恩！吾皇万岁、万岁、万万岁！”

“桂萼，擢升翰林学士，佐张卿到南京……”

桂萼刚出班跪拜完毕，张佐又念：

“王廷表，擢升为四川按察司佥事，掌一省刑狱之事，饬即日赴任，不得延误，钦此！”

王廷表一听，喜忧参半。他知道，官职是升了，已由五品升为从四品，但远离朝廷，实为明升暗降，而且此一去，又要与好友杨慎等人分手，且不知何年何月才能相见。再说，两份奏章大概又要泥牛入海无消息了……有啥子办法呢？他唯有唯命是从，唯有不太情愿地高呼：“谢主隆恩！”

散朝了，杨慎走到他身边，笑道：“恭喜贤弟高升！”

廷表一声哀叹：“这是弟未料及之事。与兄重逢才一年零几个月，又要分手，不知何日才能相会，而且，我呈上的两份奏章，还没得出结果，实在令人愁肠纠结呀！”

“贤弟，伴君如伴虎。”杨慎轻声说，“山不转水转，后会自然有期！”

入夜，王廷表独伴孤灯，思绪纷繁。他感到自己胸中像揣着一团乱麻乱头发，抽不尽、理不清、剪不断、理还乱，越抽越多，越理越乱。弹劾张、严结果如何？此番入川，是凶是吉？让他愁肠百结。想着，他情不自禁地吟咏起杜牧的诗句：“千里长河初冻时，玉珂瑶珮响参差。浮生恰似冰底水，日夜东流人不知。”

正叹息着，伍氏走过来轻声说：“夫君，门外一人，自称严嵩，欲见夫君。”

“严嵩？他来干酿？”廷表略吃一惊。

“夫君，见，还是不见？”伍氏见丈夫面露惊骇和难色，用刚毅的口气问。

“这位严大人，平时见我如路人，不理不睬。今日刮的啥子风，为酿不请自来呢？”廷表疑虑重重，“黄鼠狼给鸡拜年，哪安好心？是否与奏章有关呢？看来，一番口角是躲不掉了。”

“钝庵，不管怎样说，来了就是客，我迎客去了。”伍氏说着，迈开了步子。

“钝庵贤弟，久仰！”严嵩一进门就嚷开了，“今日早朝，闻弟高升，可喜可贺呀！”

“介溪兄，给在下带东风来了？”廷表心中有些忐忑，却打起精神笑道，“小弟久闻兄之大名，但恨无机会聆听教诲，实在遗憾。”

“哪里、哪里！”严嵩似笑非笑道，“闻升庵盛赞弟才高八斗，两袖清风，满膛正气，佩服、佩服！”

廷表似乎听出了严嵩的弦外之音，决定来个先发制人，淡然笑道：“其实，兄才可谓之才高八斗。兄乃二甲第二名进士，只与状元擦肩而过，一步之遥呀！而兄贫贱不移，遇暗避之，逢明趋之，能伸能缩，真高人也！”

“贤弟言过其实，愚兄实难消受。”严嵩似乎也听出廷表话外有话，就来个指桑骂槐，“人无远虑，必有近忧，明知山有虎，偏向虎山行，蠢也！”

廷表正欲说话，伍氏端上茶来。廷表略一思索，借茶说话：“介溪兄，请茶！此茶乃云南普洱香茗，长于野山，喝之味苦，细品之回味无穷。本性不移者，就如此茶，让人难舍难分。对了，兄屈驾寒舍，有何见教？廷表洗耳恭听也！”

“俗话说，无事不登三宝殿。其实，嵩此番来，并非有何大事，与弟闲聊而已。”严嵩似乎听出廷表柔中带刺，绵里藏针，就装出无事的样子投石问路，“吾闻弟参张佐一本，未知可有此事？”

“兄如何知晓？”廷表反问。

“世上没有不透风之墙。”严嵩笑道，“当年，程婴、公孙杵臼藏匿庄姬之子赵氏孤儿，可谓密不透风，不亦被屠岸贾发现了吗！”

廷表一听，笑道：“可是，赵氏孤儿赵武最后不也安然无恙吗！这就应了那句老话：‘邪不胜正’。屠岸贾残害忠良后代，又有啥子好下场呢？”

严嵩见廷表反应敏捷，义正词严，知道不好对付，音量压低了些：“贤弟告张佐，有证据吗？”

“这也用得着那句老话：‘隔墙有耳’。”廷表也平缓地说，“俗话说，‘裤裆有个窟窿，难免遭人起哄。’劣迹虽然隐藏极深，也逃不过天眼地眼人眼。”

“贤弟是否能听愚兄一言？”严嵩脸上泛起一片灰白，却以严肃的口气说，“打人莫打脸，脸是面子呀！井水不犯河水，多好！贤弟弹劾张佐，且不说乃道听途说，即使有根有据，也只需当面提个醒足矣，又何必白纸黑字，让人难堪，又倒持太阿、授人以柄呢？”

“那是鬼擦胭脂，死要面子。说心里话，我这人喜欢扛着竹竿过窄街，直来直去。我嫉恶如仇，大概是禀性难移吧！”廷表义正词严，真诚道白，“窃以为，治病须用猛药，药量不足，病难治愈，若挨到病入膏肓，就没救了！”

“哈哈！”严嵩突然大笑起来，“这不是矫枉过正吗？要将竹竿扭直，用力过猛，竹竿断了，或手伤了，何益之有？贤弟告张璁、张佐、种勋，可知是‘竹竿’断，还是‘手’伤残？”

“魏徵曰：‘居安思危，戒奢以俭。’作为朝廷命官，自当忧国忧民，岂能贪赃枉法！”廷表慷慨陈词，“我知道，两张现时左右逢源，侯得很！廷表弹劾奸贪，后果难料，但为国为民，虽肝脑涂地，在所不辞！听天由命吧！”

“贤弟，水至清则无鱼呀！若这世间没有坏，好从何来？”严嵩冷笑道，“听升庵言，贤弟精通《周易》，怎么就将阴阳共存、柔弱胜刚强忘了呢！识时务者为俊杰。还请贤弟三思。”

“廷表没有傲气，但有傲骨！大家都摸着良心办事吧！”王廷表言简意赅，落地有声，“严大人，恕下官直言，白酒红人面，黄金黑人心，不忧国难，不忧民瘼，有意将水搅浑，以达到大饱私囊的目的，必将被汗青唾弃。俗话说，‘猫抓蓑衣，脱不了爪爪’。须知，皮囊塞得太满，难免破裂！”

“良心？良心多少一斤？是用戥子称吗？”严嵩猛地站起，将桌子一拍，凶相毕露，“既身在红尘，谁能一尘不染？我倒要睁眼看着，是塞满的口袋炸缝，还是空口袋破裂！是谁脱不了爪爪！告辞！青天大人好自为之！”嚷毕，扬长而去。

“唉！‘吃屎的狗，断不了吃屎的路’，这是至理名言吗？蠹众而木折，隙大而墙毁。可怕呀！”廷表无奈叹息。

诗曰：

一腔热血荐轩辕，岂许阴霾掩故园。
沥胆披肝弹丑类，梦中几度唤元元。

第十一章
四川上任掌刑狱　案件复查雪民冤

严嵩走后，王廷表陷入了沉思。他知道，严嵩此番来，明为闲聊，实际上，是醉翁之意不在酒，说白了，就是来警告自己，给自己一个下马威。从严嵩的话音里可以看出，他不但知道了自己弹劾种勋行贿、张佐受贿之事，也知道了自己弹劾他严嵩行贿、张璁受贿的事实。他咋会晓得呢？哼！肯定是那皇帝小儿将奏章让他们看了！这昏君，岂有此理！不当场批答，咋就让被告人了解内情呢？想到这里，廷表似乎感到凶多吉少。有酿办法呢？已授人以柄，悔之不及也！又一想，有些酿悔的？问心无愧就行！对了，还是请教《周易》吧！他想着，手又不由自主地伸向小书橱。

“夫君，夜深了，隔壁邻家的雄鸡都啼唱第二遍了，该歇歇了。”伍瑶琴突然出现在面前，含情脉脉地说，“近几日就要赶路了！”

“瑶琴，严嵩的话你大概听到了。他此番来，是何用意，你能揣摩到吗？”廷表忍不住问。

“听话听音，听琴听声，我觉得，他的用意很明白，就是警告夫君：不要一意孤行，与奸佞作对。”伍氏说。

“屁股上挂钥匙，所（锁）干何事？既在其位，必谋其政。子曰：‘乡愿，德之贼也’，要我装聋作哑，做和事佬、墙头草、老好人，那我绝对办不到呀！”廷表一声长叹。

“妾知道，夫君是正派人，遇事敢担当，绝不会被恐吓吓倒。”伍氏说，“不管怎样说，我支持夫君呢一切行动。若真因弹劾贪官而受委屈，此屈，妾愿与夫君共同承受，不管走到哪一步，妾都将与夫君比翼双飞。”

“贤妻，廷表南来北往，让妻吃尽苦头。此去巴蜀，不远千里，又要连累贤妻与我一起奔波了。若有那么一天，我真被奸佞陷害，累及贤妻，真过意不去呀！”廷表难过地说。

“自古以来，黄钟毁弃、瓦釜长鸣的事，已司空见惯。”伍氏笑道，“安之若素、问心无愧就行了。”

“贤妻如此理解我，难得呀！”廷表点了点头。

“夫君，如今你又升官，夫荣妻贵，谢谢夫君了。”伍氏突然笑道。

“瑶琴，此去四川，山险水恶，这且不说。突然被调离京，你不觉得有些蹊跷吗？”廷表话中透出几分凄凉、哀戚。

看到丈夫悲伤，伍氏心中极不好受，但她将悲痛隐于心中，笑道：“吉人自有天相！夫君高升，而且，四川与云南相连，离家乡更近了，值得庆贺！今晚，妾一定要好好犒劳夫君！”

“犒劳？”廷表有些不解：“妻犒劳我酿？”

伍氏跨前一步，突然抱住丈夫，在他脸上重重地亲了一口，随着“叭”的一声响亮，伍氏面带羞涩，跑进了卧室……

七月刚到，红叶满山，秋高气爽，爽风宜人。

王廷表从北京出发，取道山西、经陕西进入四川地界时，已是桂秋季节。在新都馆驿安顿完毕后，他立即到杨府拜见了老师杨廷宣。见廷表突然登门，杨廷宣喜不自禁，硬要在新都桂湖饭庄设宴为廷表全家接风洗尘。

“贤侄，十年不见，没想到，贤侄已官居四品，儿女成行了！可喜可贺呀！”杨廷宣高举酒杯，兴致勃勃地说，“来！贤侄，干一杯！”

“廷表有今日之成就，全仗恩师教诲。这杯酒，应该让我敬老师！”廷表真诚地说。

“贤侄，到我这里，我就是主人，客随主便，干！”

“谢谢老师！干！”

“贤侄媳，你也来干一杯呀！”

“叔叔，我不会喝酒，失礼了！”伍瑶琴说。

“好！不会喝酒就多吃菜，莫客气，莫拘束，到我这里，就是回到自己家了！”杨廷宣笑吟吟地说。

“爷爷，我也敬你一杯！”小天锡突然举起父亲的酒杯，天真地说。

“小孩子家，喝啥酒？”廷表嗔怪道。

“爹，你不是教孩儿‘李白斗酒诗百篇’吗？你要孩儿学写诗，不喝酒咋个写？”小天锡反驳道。

“天锡，你真会写诗吗？念首我听听。”杨廷宣满脸堆笑说，“你就以酒为题，写首诗好吗？”

“好！”天锡皱了一会儿眉，念道，“烈性壮天地，柔情系古今。诗仙传与我，痛饮过三巡。”

“好！有豪气。”杨廷宣一拍大腿，惊呼，“虎豹驹有食牛之气，有其父必有其子也！”

“老师，别抬举他。”廷表道，“小孩子家，晓得哪样烈性柔情，还痛饮过三巡呢？不晓得碜！吃菜吃菜，喝酿酒！”

杨廷宣哈哈大笑起来。

在新都住了一夜后，王廷表即告辞老师，向成都出发。到成都时，天色近晚。正寻行人打探馆驿住处，忽见一骑飞驰而来。一个役差模样的人飞身下马问：

“轿里可是按察司佥事王大人？”

廷表掀开轿帘，谦和着回答：“下官王廷表。”

“王大人，四川承宣布政使司总督大人及巡抚大人，请王大人随小人到天府馆驿安息。两位大人已在馆驿等候。”

“还烦总督大人费心，下官真是惭愧！”廷表说罢，又吃惊地问，“奇怪，总督大人怎么知道下官来了？”

“这是杨廷和杨大人数日前派人飞马来报，故总督知道。我们已奉命在此巡视多日了。”

“好、好、好！谢谢了！”

“我在前面引路，大人跟着我走就是了。”

看着役差那热情的样子，廷表只感到心里热乎乎的。离京时，他只感到失意和惆怅，此时，却深深感到，能重返第二故乡，真好！想着，他对轿夫轻轻说了声：“起轿！”就安详地闭上了眼睛。

王廷表处理公务的衙门是按察使司府，主要职责是管理全省刑狱。府衙后院即为其住所，与承宣布政使司、都指挥使司相距不太远。

明太祖朱元璋自洪武元年（1368）登基，继而统一全国后，逐步实现“改土归流”，使中央集权进一步巩固。又在实施羁縻政策，移民、屯田、戍边的举措中，使民族交融，文化发达，生产发展，出现了一个较安定的局面。

明朝初年，中央例行元制，设中书省，地方设行中书省，朝廷设丞相。不久，明太祖发现，丞相和行中书省权力过大，致使中央权力分散，决定加以改革。洪武九年（1376），他宣布废除行中书省，在全国陆续设置十三个承宣布政使司，置左右布政使各一人，主管一省民政和财政，另设提刑按察使司管刑法，都指挥使司管军队。三者合称地方“三司”，互不统属，分别归中央有关部门管辖。

明洪武年间，逐渐形成了“两京”，即北直隶京师北京，南直隶京师南京。地方行省北五省为：北京、陕西、山西、山东、河南；中五省为：南京、浙江、湖广、四川、江西；南五省为：广东、福建、贵州、云南、广西。明宣德（1426—1435）后，地方开始派吏、户、礼、兵、刑、工等部，统称六部，都察院大臣以总督和巡抚名义督抚地方行政。

明洪武十三年（1380），朱元璋以“谋不轨”罪名杀丞相胡惟庸，分权于六部，六部尚书执行皇帝命令，直接对皇帝负责。从此，秦汉以来一千余年的宰相制度宣告废除。后来，皇帝感到事无巨细自己都要过问，实在太累太忙，就设首辅处理一些事务。实际上，首辅相当于宰相。

王廷表按总督和巡抚吩咐，用三天时间安顿好家眷，于第四天到按察使司府就职。他像在台州府办事一样，将过去已定案的案宗调出来，细细地看了一遍，发现：有两桩似乎有些疑点，就从头一遍又一遍细看，越看疑点越多，越看越觉得结案不准确，冤了好人，放过了坏人！

于是，廷表将所发现的疑点细细记录下来，将自己分析的意见也记录下来，准备寻机会重新调查处理。

正在此时，有几个平民忽然闯入大堂，齐声嚷：“禀老爷，此女子烧死其丈夫，我等将她捆送归案，请老爷定夺！”说着，将一个五花大绑的年轻貌美妇女推上公堂。

“青天大老爷，小女子冤枉！请老爷为小女子做主！”妇女泪流满面大声喊冤。

“你等不必慌乱，将实情细细讲来。先给妇人松绑吧。”廷表说。

听差刚给妇人解去身上的绳索，一个年约二十五六岁的中年汉子说：“小人名叫刘明，死者刘富是我堂兄。今天一早，我和张六到刘富家，邀他一起到集市买菜秧、谷种。到了他家门口发现门未关闭。进家一看，发现刘富死在土屋里，是被烧死的。我们找其妻子何秀菊，却未找到。立即跑到她娘家，将她绑来了。”

话刚说完，一男子说：“是我和刘明到她娘家的，我姓余，名七，刘富是我家邻居，昨天晚上，我听到他们夫妻二人吵架。”

又一个老妇人补充道：“所以我们觉得，是他夫妇二人打架时，老婆失手打死了丈夫，并放火焚尸，以掩盖罪恶。”

“老爷，小女子冤枉！”那年约二十的妇人又哀号起来，“昨晚我们打架是真，但我没有打死丈夫，连手都未曾回。是丈夫痛打了我，还硬将我撵出家门，我没去处，就跑到娘家了。”说着，将脸上、脖子上、手上、脚上的伤痕展示给众人看。

王廷表走到堂下看了看何氏的伤痕，返回堂上坐定，问：“你何时离家出走？”

“我记得，我走出家门不久，亥时梆声敲响。”

“你丈夫的尸体现在何处？”

“小妇人不知。他们说烧死在家里，大概还在家里吧。”

“是在家里！我们未敢动，就扭着恶妇来见大人了！”

“好！先看看现场再说。”王廷表立即呼唤两个衙役随同众人到了刘富家里。

王廷表走进土屋，细细地观察起来。约半个时辰的工夫，他从土屋走出来，招呼众人回衙门。在公堂上，王廷表缓缓道：

“刘富死在家里，身上并无伤痕，烧伤也不严重。他的尸体下及四周有烧尽的稻草灰，但从稻草灰的数量来看，不至于将一个大活人烧死，而且，刘富身上没有烧伤的痕迹，身上衣裤完好。土屋很小，又无窗户，因此，可断定，刘富是被烟熏昏，窒息而死。刘富口里有不少稻草灰，说明他并非死后被人烧死。若是死了的人被烧，口里就不可能有灰了，因为人死后不会喘气。我还发现，他身边有一空酒瓶，可以断定，他喝了过量的酒，酒醉嘛哩回到家，自己在昏昏沉沉中，撞倒了油灯，而自己已烂醉如泥，不能避开火势，逃出土屋。再说，他身上没任何伤痕，说他被人打死不可能。而且，尸体尚未僵硬，其死亡时间是接近天亮时候，何秀菊昨夜亥时已离家，不可能杀死丈夫。因此，本官判定妇人无罪！”

“大人，你说得有理，但我还是怀疑，若不是妻子烧死丈夫，那她为什么要跑回娘家呢？再说，她说亥时离家，何人做证？”刘明说。

“我是被他撵打出家的。”何秀菊立即争辩，“昨晚，我丈夫到外赌博，输个精光，还欠了不少债。他喝醉了酒，回到家，就硬拉我去陪什么人过夜抵债。我不依，劝了他几句，他就打我。我没想到，他……竟然死了，一日夫妻百日恩，我也难过呀……”小妇人满脸羞惭，说着，又伤心地啜泣起来。

正在这时，何秀菊父母匆匆赶来，跪倒在地，为女儿申冤。

“二位老人，你女儿昨日是何时到你们哪里的？”廷表问。

“我们刚睡下不久。”何父说，“我女讲完她的事约莫两刻时辰工夫，子时梆声响了。”

“此案就这样定了，妇人无罪。”王廷表说着，招呼讼师，“取三十文大明宝钞票，二十文给小妇人治伤，料理丈夫后事。十文赏几个报案人买碗酒喝。本官鼓励见义勇为、关心社会安宁的举动。一方太平，全靠老百姓共同努力呀！”

“谢谢大老爷！”何秀菊及刘明等人同声跪拜。

王廷表到外面调查一个案子，刚回到府衙，伏在案桌上想休息一会儿。突然听到外面鼓响，有人击鼓喊冤了。他立即翻身下床。一个衙役跑过来，轻声说："老爷，有人喊冤。"王廷表未及多虑，命衙役："升堂！"

很快，当差衙役肃立两旁，大堂门也随着打开了。

"传喊冤人上堂！"王廷表话音刚落，三个壮汉扭着一个年约四十开外的男子走进来，外面站满了看热闹的百姓。

"发生了啥子事，你们慢慢讲来。"

"老爷，小人叫李甲，这是李乙，这是李丙，我们三人是兄弟。"一个满脸络腮胡子的壮汉走上前说，"我们是东营村良民，我老母今年七十多岁了，却被赵真杀死了！"

"你老母尸体现在何处？"王廷表问。

"还在赵真家门口。"李甲说。

"青天大老爷，小人赵真冤枉！"赵真大喊。

"你杀死李家老母，为何还喊冤？"廷表问。

"我家和李家几代有仇，我承认，但我并未杀其老母。"

"你未杀人，为何我老母死在你家门口？"李甲鬼喊辣叫起来。

"你们两家相距有多远？"王廷表沉静着问。

"只相隔两户人家。"

"好！我们去看看现场。"王廷表话音刚落，大堂之外又有人喊起冤来，"是什么人喊冤，叫他们进来！"

衙役立即喊："喊冤人，老爷命你们进来。"

"为何喊冤？"王廷表问。

"我到市上卖鸡蛋，刚才被这个车夫的马车撞倒，我的一百个鸡蛋全碎了。"一农民模样的人哭丧着脸说。

"他的鸡蛋只有三十枚，但他硬说是一百枚。"车夫模样的人分辩。

王廷表略一沉思，吩咐衙役："带上文房四宝及公印，还有一杆秤，跟我走。”又叫刀笔吏和几个衙役过来，分别吩咐几句，待衙役分头去后，大踏步走出公堂，两个案子的关系人及围观的群众蜂拥紧随其后。

到了马车撞碎鸡蛋的地方。廷表见撞碎的鸡蛋壳、碎末还在青石板地上，不由得大喜，他立即叫衙役小心地将鸡蛋碎片撸入一个盒中，称好重量记录下来。又叫衙役找来三十个鸡蛋，称其重量。结果，鸡蛋碎片的重量远远超过三十个鸡蛋的重量。

“马车夫，你叫什么名字？”王廷表问。

“小人周艺，请老爷为我做主！”

“周艺，你别诡辩了，鸡蛋是一百个，你就照市价赔偿吧！”

“小人冤枉！小人想不通！”周艺喊叫起来。

“你不冤！”王廷表说，“三十个鸡蛋的重量是二斤一两，鸡蛋碎片的重量是四斤一两，若将晾干的撸不起来的，变成气体飘走的算在内，你说应该是几斤几两？周艺，为人要正直、老实，你懂吗？本官只要你承认事实，赔了钱就不再追究，你知道吗？”

“好好！老爷明断，小人听命。”周艺说着，掏钱。

看着周艺赔了农夫鸡蛋钱，王廷表又率众人直奔东营村。赵真家门口，躺着一具老妇人的尸体，尸体上血虎沥啦，血已干涸，细细一看，老妇人的脖子上隐隐约约有绳印。

这时，刀笔吏走到王廷表身边，耳语了几句。过了一会儿，有个衙役又走过来，与王廷表耳语。

王廷表立即将讼师和几个衙役叫到一边。他口述，讼师记录。记录毕，王廷表当众宣布结案：

“李甲、李乙、李丙三人，平时好吃懒做，母亲教训，不知悔改，反嫌老母年迈多病，能吃不能干，故将老母用绳勒死，又捅几刀，半夜将尸体抬到赵真家门口，陷害赵真杀人，情节恶劣，不惩治难平民愤！立即将李甲、李乙、李丙拿下，投入死牢！”

“老爷，小的冤枉！”李甲、李乙两人“扑通”一声跪下，磕头乱喊。李丙则瘫倒在地，全身瑟瑟发抖。

“大胆恶人！鸭子死了嘴还硬！还敢狡辩！”王廷表大怒，“我问你兄弟三人，杀人者，还会将尸体置于自家门口？不要以为自己鬼得很，其实，这是自欺欺人！你兄弟三人，好逸恶劳，邻里皆知。衙役，将凶器拿来！”

一衙役立即将一把杀猪刀及一条草绳呈给王廷表，又耳语几句。

“这两件物品，是不是你家的？说！”

李甲、李乙看也不看，却急急忙忙矢口否认：“不，不是！”

“不见棺材不掉泪。这是从你家里搜出来的！这刀上还有血腥味，这绳子上还有几根雪白的长头发，都是你们的亲娘的！”王廷表怒喝道，“你等大逆不道，招也不招？回大堂，大刑伺候！”

李甲三兄弟吓得魂飞魄散，跪地求饶。

处理完案子回到家中，已过申时。廷表急急忙忙吃完饭，将儿子天锡喊到身边，问：“昨天布置你的功课做了吗？”

“爹，孩儿做完了。”天锡笑盈盈地回答，“屈原的《离骚》我读了三遍，还读了《论语集注》第一卷。又书写了一段智永的楷书《千字文》……”

“好好！要用功读书，只有读好书，才能学到知识，才懂得礼义廉耻，才有前途。跟着苍蝇进厕所，跟着蝴蝶摘花朵，要学好！晓得吗？”

“晓得！这些道理，爹讲过多遍了，我都可以背了。”

这时，伍氏走过来，将一封信递给廷表：“这是孩子他爷托人送来的。”

廷表将信轻轻撕开，看着看着，脸上泛起了笑容。

“爹说了些酿，让你这般高兴？”

“爹说，为了照看我多病的母亲，他又辞去承德郎刑部任河南司主事职，回乡一个多月了。又说，廷贵考取秀才后，因成绩优秀，五年前被选入京国子监读书，也是贡生，现回到阿迷后，一直在阿迷教书，培养了不少童生。进学童生，是步入仕途的第一关，只有称秀才，才能称‘老友’，也才能参加院试，若不进学为童生，即便年过八十，也只能称‘小友’，让人看不起。”王廷表侃侃而谈后问，“娘子，你说，这不值得高兴吗？”

“当然值得高兴，还要庆贺呢！”伍氏说。

“就是。不过，听父亲的口气，廷贵好像不想参加乡试了。我真想回家，去开导开导廷贵呀！再说，家乡是个美丽的地方，有我的父母，我多想回家孝养父母呀！但是……”

“爹，贡生是啥官？”天锡忽然打断父亲的话问。

“贡生不是官，但要当举人、进士，先得取贡生，也就是中个秀才。这些，以后我还要给你细细讲。你现在应做的事是好好读书。”

“哦！”天锡点了点头。

明嘉靖二年癸未（1523）季冬中旬的一天。

天又亮了。廷表像往常一样，坐在大堂上，将昨天所断之案重另看一遍。他生怕断案不准，出现什么纰漏，让好人蒙冤受屈，坏人逍遥法外。

咚、咚、咚……

“老爷，有人击鼓鸣冤！”一个听差从门外走进来禀报。

“知道了。升堂！”廷表话音刚落，几个皂隶即手握水火棍站立两旁。

“传喊冤人！”廷表喊。

“传喊冤人！”当差重复一遍。

两名壮汉扭着一名年约十四五岁的少年迈进大堂，后面跟着一中年妇女。两壮汉将少年按倒在地后，与中年妇女一齐跪下，妇女哭诉：“启禀老爷，我儿子杜孝彪被丁聪儿这龟儿子害死了！请老爷为小妇人做主！”

“谁是丁聪儿？”

“小人便是。”被按倒在地的少年从容答道。

“你如何害死杜孝彪？从实招来！”廷表一拍惊堂木，断喝。

“启禀老爷，我并非有意害死杜二，请老爷听小人道明原委。”

“你且实事实说，不得隐瞒真相。”廷表说，“你可知道，说谎罪加一等？”

“小人知道。”丁聪儿略一思索，讲了一个让人难以置信的“故事”。

昨天晚上天黑定后不久，丁聪儿正在灯下看唐代文人编造的“钟馗捉鬼”的故事，突然听到窗外有响动，就轻手轻脚挪到窗前，借着朦胧的月光一看，窗外一“鬼”青面獠牙，披头散发，十分可怕，正在爬窗子，嘴里还发出“呼哄、呼哄”的声音。丁聪儿心想：我正在看捉鬼的故事，怎么鬼就来了？这世间难道真有鬼？他忽然想到王充在《论死篇》中说的话：“竭而精气灭，灭而形体朽，朽而成灰土，何用为鬼？”不由得暗笑起来：“这是人装的！他一定是想吓昏我后，进屋当追娃子（入室盗窃者），偷我家东西！”咋办？他鼻子一哼：“你会装鬼，难道我不会装？”于是，丁聪儿悄悄走进厨房，抓一把锅底灰抹在脸上，悄悄走到窗前，对着窗外大吼一声，吼声未落，忽听到“噼啪”一声响亮，那“鬼”掉下去了。丁聪儿暗笑：“怎么样？你娃（你小子），装鬼吓我？反倒被我吓着了吧！”看了一会儿书，丁聪儿就去睡觉了，一觉睡到大天亮，才被敲门声吵醒，被人无缘无故扭住……

“老爷，小人说的句句属实。”丁聪儿讲完，申辩，“后来，听说杜二死了，我很伤心。他是我的好朋友，我咋个会有意伤害他呢？请老爷明察！”

廷表一听，点了点头，环顾众人一眼，问：“你们相信丁聪儿的话吗？”

“我不信！他在扯把子（说谎）。”杜孝彪的母亲边哭边嚷起来，“我儿绝不是被丁聪儿吓死的，而是被他杀害的！”

“杜孝彪的尸体现在何处？”廷表问。

“在丁聪儿家窗下，我们未敢动。”那两名壮汉说。

“好吧！看看现场再说。”

到了现场，廷表先认真验尸。他看明白了，杜孝彪披头散发，脸上抹着青灰，嘴里咬着几根竹签，竹签露于嘴外，这与丁聪儿描绘得丝毫不差。再检查全身，并没有被击打、被捏掐的痕迹。廷表再进丁聪儿家中检查，真的看到桌上放着一本《钟馗捉鬼》的书，而锅底确实有几条手指印。

真相大白，廷表回到公堂结案：

杜孝彪装神弄鬼，搞恶作剧，实在荒唐。玩笑弄出命案，后悔何及！丁聪儿不信鬼神，装“鬼”吓“鬼”，有胆有谋。窗外假鬼被吓死，乃咎由自取，不能怨天怨地怨人，只怨自己。窗外“鬼”可怜，窗内“鬼”无罪！鉴于杜孝彪已死，责成杜氏族长置棺安葬，丁家赔偿大明宝钞二贯作安葬费。丁聪儿自小喜爱读书，可圈可点；长大必成大器，请族人和里长、甲长多予方便，助其成功……

结案毕，全场欢呼雀跃。

廷表刚宣布退堂，忽然听到门口有人高喊：“圣旨到！王廷表接旨！”

突如其来的喊声，将王廷表惊得手足无措，他赶忙跪伏在地，颤声说：“臣王廷表接旨！”

京差是嘉靖宠幸的太监崔文，他不慌不忙，瞅王廷表一眼，展开圣旨，念道：

“奉天承运，皇帝诏曰：朝廷用才，意在恪尽职守，涵养无私，以抚朝纲，而王廷表在京期间，身为郎中、刑部主事，贪图虚誉，捏造事实，诬蔑忠臣，故夺其禄位，即日致仕。钦此！”

蓦然间，如晴天霹雳，震得王廷表头昏脑涨，面容失色，胆战心惊，失魂落魄，竟忘记了世间的一切，几乎瘫倒在地，唯有两道浊泪似断线的珍珠，纷纷滚落地上。

“王廷表，还不谢恩？”崔文喝道。

“谢主隆恩！”王廷表强压住胸中怒火，含泪道罢，却仍跪着，竟忘了站起来。

“大人，京差走了。”一位衙役走过来，哭丧着脸说。

王廷表双手拄着地，又缓缓支起一只脚，拄着膝盖，准备站起来，但挪了半天，也无法将沉重的身体支撑起来。衙役赶忙弯下腰，将他搀扶起来，坐在凳子上。

几个衙役见王廷表失魂落魄的样子，不觉伤心地饮泣起来。

诗曰：

两袖清风血一腔，无情未必好儿郎。
非非是是如明镜，留取丹心照万邦。

第十二章
辞别恩师归乡梓　路遇盗贼险脱身

寒风呼啸，如哭如诉，凄凄惨惨戚戚。

“贤妻，我已被勒令致仕了。”跌跌撞撞回到家，廷表哭丧着脸说完，有气无力地瘫倒在椅子上。

“你说些酿？致仕？这是咋回事？”伍氏被吓得面如土色。

“京差来宣读圣旨，说我贪图虚名，捏造事实，陷害忠良，要我永远退职回家。唉！‘便作春江都是泪，流不尽，许多愁’呀！”廷表吸了吸鼻子，泪水汩汩地涌出来。

见丈夫伤心，伍氏心如刀绞。她在心里为丈夫鸣不平，更为丈夫的身体担心。不当官事小，若丈夫因此急出病来，那就是大事了！怎么办呢？想了想，她突然破涕为笑，装出一副满不在乎的样子安慰道：“郎君，这是啥子大不了的事？不就是个回乡吗！不当官，图个清闲，无须一天伤精费神，担惊受怕，自由自在，闲云野鹤，与世无争，这不是巴不得的事吗？想当年陶渊明‘不为五斗米折腰’，隐居南山，何等悠闲自在！诸葛亮本是自在之人，只因被刘备三顾茅庐请出卧龙岗，南征北战，死在五丈原，那可是英年早逝呀！”

“话是这么说，但面子往哪里搁？我该做的事还没做完，将将开始呀！我又怎样面对父母、面对祖宗？被皇上勒令致仕，奇耻大辱呀！我不如死了算了！”廷表号啕大哭，大吼起来。

“夫君，从古到今，您可晓得有多少人被罢官？又有哪个被罢官后，因为顾及面子而寻死觅活？只有鬼擦胭脂，才死要面子。”伍氏仍面带笑容，谈笑风生，“夫君，您应知晓，当官者，毕竟是少数，千百人之中有一官，那就不得了了。当个平头百姓，‘日出而作，日落而息，逍遥于天地之间’，不是很好吗？身在官场，总见‘狗打架，争屎吃’，有酿意思？”

“瑶琴，你可晓得，我为酿会落到这地步吗？”

“奸臣当道，好人遭殃，这就是原因。”伍氏柳眉倒竖。

“那是哪个在整我呢？”廷表眉头紧锁。

“妾无事也到人群中走走，冲冲嗑子。”伍氏说，“我常听人们议论，说皇帝如今重用张璁、严嵩等一伙奸佞，总让他们升官发财、弹冠相庆。杨廷和、杨一清这些忠良已失去大权，朝廷之乱，胜于民间。离京之前，严嵩曾登门拜访夫君，我在内室偶尔听到你二人言论，我发现，那是针尖对针尖。严嵩临走前之语，就是夫君的今日。说白了，那是皇帝和严嵩之流在作祟！‘大梁不正二梁歪，三梁不正垮下来’。逗着这些七歪八扭的人，好人还有喘气的地方吗？”

“我也这样想。唉！芳兰生门，不得不锄呀！我既为大明官员，总不能‘癞蛤蟆爬花椒树，麻木不仁（人）’呀。”

“郎君，俗话说，‘出门看天色，进门看脸色’，既知局面不可挽回，就别想那么多了，垫高枕头，好好睡一觉，明日到衙门收收属于自个儿的东西，与总督、巡抚大人道个别，回乡享清福吧！鬼做暗事，明人不知，明枪易躲，暗箭难防，回到自个儿家中，明枪暗箭都不怕了！”伍氏说。

“好吧，我也累了，该好好睡上一觉了。”廷表倒在床上，一会儿闭目，一会儿睁眼，一会儿翻身，一会儿蹬腿，恰似热锅里翻烧饼，煎熬了整整一晚上。

第二天一早，廷表揣着一颗受伤的心，懒洋洋走进衙门，伍氏不放心，也跟在后面。廷表正在清理案卷准备移交，伍瑶琴正在收拾自家的物品，一个巡逻皂隶突然闯进门来，结巴着嚷：“大……大人，有几个人、推搡着一个人、直奔大堂、来了！”

话刚落音，咚、咚、咚……门外大鼓响起来。

“升堂！”王廷表立即端坐大堂，断喝。

“夫君，您这不是‘狗拿耗子，多管闲事’吗？您也不是按察使司了，无权断案了，就别操那份闲心了。”伍氏笑道。

“这不是有人喊冤吗？我……我……”廷表愣了愣，才想起来，自己已被撤职了，已没资格断案了。

“夫君，不在其位，不谋其政。东西都收好了，走吧！”伍氏催促。

“不！新官未到，旧官还得行使职责！不敢担当，成何体统！”廷表一声吼：“升堂！”

当差们又照例排列，等待廷表发令。

“传喊冤人进堂！”

很快，五个书生模样的人推搡着一个书生模样的青年涌进来。正在这时，总督和巡抚走进门来。廷表一见，赶忙让座，说：“不知二位大人驾到，有失远迎，请大人恕罪！”

“廷表何罪之有！办你的案吧。”总督说。

“二位大人，我已被罢官，还是由二位大人来审吧。”廷表嗫嚅着。

“还是你来审。”巡抚说，“关于致仕之事，容后再议。”

“在下听命！”廷表又坐回原位。少顷，定了定神，将惊堂木一拍，喝道，“尔等有何冤屈，照实道来！”

一个年约十七八岁、长得五短三粗的青年迈前一步说：“小人等都是义学同窗好友，昨日下午，我们在酒馆喝酒，大家都喝多了。当时讲起鬼的故事。布韦贵说：‘我不相信世间有鬼。’黄烫问：‘你说你不相信有鬼，敢不敢跟死人睡在一张床上？’布说：‘不怕鬼不等于跟死人睡。’黄冷笑道：‘不敢同死人睡，就是怕鬼！’二人为此争论起来，最后打赌：如果布韦贵跟死人睡一夜，黄烫付给布韦贵大明宝钞十贯，并让我等做证。”

“真是无独有偶，昨日才断‘鬼’案，今日又有‘鬼’来！”廷表显出些愤怒，喝道，“你们都是有知识的读书人，打这样的赌，不是太荒唐无聊了吗？后来呢？”

“说来也巧，昨天中午，我家隔壁无儿无女无亲人的鳏老头儿正好死了，族人还未来得及安葬。”一个面目清秀的青年说，“那晚，我们看着布韦贵潜入隔壁，钻入死人的房里，把门反扣起来后就走了。”

“没想到，第二天一早我们开门一看，布韦贵还趴在床边熟睡，而且发现，黄烫死在床下，地上还有一把尖刀。”一个身材修长的男子说，“我们认为，是布韦贵杀死黄烫，故意装睡，就将他扭来了。”

“布韦贵就是他吗？”廷表指着被按倒跪在地上的青年问。

“小人便是。”那青年答道。

“你是怎样害死黄烫的？”廷表问，“黄烫是啥时候进屋的？从实招来！”

布韦贵头一扬，大声说：“老爷，黄烫不是小人所害，他何时进屋，小人不知。”

“这就怪了！”廷表喝道，“屋里只有三人，一个死人，两个活人，最后只剩你一个活人，黄烫之死，你岂能不知？从实招来，免得皮肉受苦！”

“请大人听小人慢慢道来。”布韦贵镇定地说。说罢，讲了以下的故事：

那天说好打赌之后，晚上亥时刚过，布韦贵在几个学友的推搡下，潜入鳏老头儿家，步入死人房中。门当即就被反锁了。房内无凳子无椅子，地上尽是灰土，堆满废铁废纸旧瓶子，又脏又乱。死人床头，有一盏油灯，灯光在微风中轻轻摇晃，越显得阴森可怕，让胆小者毛骨悚然。布韦贵感到有些惶恐，也后悔显示自己胆大，又为了几个铜臭，与黄烫打赌，弄得自己能进不能出，要提心吊胆折磨一晚上。怎么办呢？只能赌到底了。于是，他壮起胆子，坐在床边，掏出本书，就着暗淡的灯光，漫不经心地看起来。挨到丑时梆声响，他感到全身乏力、双目发胀，打了几个喝孩（打哈欠），就躺在死人身边，闭上了眼睛。不知过了多少时间，几声响动将他惊醒。他定神一听，原来是床板在晃动。他大吃一惊，一骨碌爬起，喊出了声：“难道真有鬼！？”喊完静听，床板不动不响了。他又揣着一颗忐忑不安的心睡去。刚闭上眼睛，床板又响动起来了，而且整个床都摇晃不止，连床上的死人似乎都动起来了。布韦贵被吓得魂不附体，不知怎样是好。突然，他猛地翻身跃起，从身上拔出一把尖刀，号叫着：“老子捅死你！老子捅死你！”一刀又一刀猛插在床板上，插得床板“橐橐”乱响，因用力过猛，扇起一阵阵阴风，将床头的油灯扇灭了。直到他累得满身、满头大汗、筋疲力尽才停下手来。他喘着粗气坐在地上，好久好久，直到五更天梆声响后，才坐在地上，趴在床边，闭上困倦的眼睛……

“老爷，这就是小人经历的全过程。”布韦贵说，“黄烫是怎样死的，小人确实不知。请老爷明察！”

“黄烫何时进屋，你们知道吗？”廷表问。

“不知。”一个青年说，“那天决定让阿贵去和死人睡后，黄烫就说他要到乡下走亲戚，没跟我们一起送韦贵进鳏老头儿家。”

“黄裫的尸体现在哪里？”廷表问。

“还在鳏老头儿家。”几个青年异口同声答。

“好吧！先到现场验尸。”廷表说着，站起身来。

“王大人，验尸你就不必去了，让讼师和几个皂隶去就行了。”巡抚说，“咱们聊聊吧。百里幕友，你带仵作和几个人快去，验尸要认真、仔细，快去快回！”

仵作和皂隶匆匆而去。

“二位大人，此案太荒唐了！”廷表说，“想来，二位已悟出结果了。”

“结果等验完尸才能定论。”总督说。

伍氏一直站在旁边听审，此时，她突然见总督、巡抚杯子里的水已喝干，就主动走上前来倒水。总督见面前突然出现一美貌佳人，感到奇怪，问：“这位娘子，是来看审案的吗？”

廷表一听，赶忙介绍：“禀大人，她是内人。今天，来帮我收拾大堂。”

“哦！廷表，咋个不早说？”总督显出惊诧的样子，笑道，“早就听说弟妹貌美如仙，今日一见，果然名不虚传！”

“民望贤弟，下官久有耳闻，说弟妹琴棋书画，样样精通，聪明透顶。”巡抚笑道，“今日，愚兄想斗胆考考弟妹，不知可否？”

廷表正想开口，伍氏向总督、巡抚行了个万福礼，含羞笑道：“小妇人无才无德，让二位大人见笑，惭愧惭愧！”

“弟妹，依你看，今天此案结果会怎样？”巡抚不理会伍氏怎样回答，笑着问道。

“贱妾对政事、刑律一窍不通，但大人问及，不得不答。”伍氏说，“依我看，布韦贵没有杀人，黄是被吓死的。”

“何以见得？”

“布韦贵说话不慌不忙、所言毫无纰漏、言之凿凿，由此可见。”

“那么，弟妹认为，此案该如何处理？”总督问。

伍氏略一思索，款款道：“布既没杀人，就不能定罪。但他无意中吓死黄烫，也有过错，也就是过失。黄既与布打赌，他不该预先藏于床下，吓唬布，因此，他虽死，也有过失。那些甘愿做打赌证人的人，也有错，打这样的赌，实属荒唐，他们不制止，而支持，闹出如此荒诞的笑话，他们岂能不负一定责任？”

伍氏话未说完，总督拍案叫绝：“妙哉！”

巡抚则啧啧赞叹：“弟妹可谓女中豪杰，若是男儿，要取个状元当当，必定唾手可得！”

“二位大人笑话了，贱妾实不敢当！适才之言，就当一派胡言罢了。”伍氏含羞带愧退到一边。

半个时辰后，讼师百里一镖和几个皂隶回到大堂，将验尸、调查结果一说，总督、巡抚和廷表都惊呆了。原来，调查、验尸结果：布韦贵带去的尖刀上没有血迹，也无血腥味，而床板上有无数刀痕。黄烫身上没有任何伤痕，经仵作检验，黄烫是突然受到惊吓，一时喘不过气来，窒息而死。——与伍氏所言丝毫无差。

“廷表，该结案了。”总督说。

王廷表点了点头，宣布：

……布韦贵和几个打赌证人，负责黄烫的全部丧葬费，布负责全部费用的五成，其余由其他几人承担……每人罚宝钞十贯，作为黄烫之母的赡养费……

大堂上下欢声一片。

王廷表被勒令致仕，总督和巡抚两位地方最高长官也感到震惊。办事的效率，办事的成果，可检验一个官员的道德情操和能力大小。王廷表任四川按察使司佥事时间不长，算来还不足四个月，却复查了几桩早已定性的冤假错案，为含冤人平了反。同时，亲自办了好几桩现实案子，都准确无误，令百姓心悦诚服，也为四川百姓安居乐业、社会清平创建了不少功绩。所有这些，都展示了王廷表才气过人，品德高尚。这样一位“学成文武艺，货与帝王家”的忠臣，令百姓爱戴的清官，居然被剥夺了当官的权利，谁能不为之扼腕叹息呢？

“廷表，你不要忙走。”总督安慰说，“待我奏明皇上，嘉奖你之功劳。让皇上回心转意，收回成命。”

“没用。皇帝的脸面，要胜于廷表的生命千万倍！他能有怜惜之心？”廷表无奈地摇了摇头。

“民望，你到四川时间不长，功绩有目共睹，有口皆碑。”巡抚说，“我将以中央六部、都察院大臣的名义，实事求是地向皇上奏明你的功绩。圣上听后，自然会恢复你的名誉，你就等着听好消息吧！”

“没用。被剥去皮的鸟，不可能长毛了！”王廷表仍然摇头叹息。

“不过，据圣旨所述，你被勒令致仕的原因并非在四川有何过错，而是在京时被人抓了把柄。是什么事惹得皇帝做出这样的决定呢？”总督问。

“这说来话长。”廷表说，“我在京城做秋官，管刑狱时，戳宁夏总兵种勋贿赂中贵人张佐，弹劾严嵩贪污行贿的事实，都是从各地奏报中得来的，绝非我无中生有、捏造事实。廷表没想到的是，竟然会落得个‘人为刀俎，我为鱼肉’的下场。但事到如今，有口难辩呀！那些奏本，早已呈给皇上，别人谁能看到，即使能看到，皇上一言九鼎，谁能改变得了！”

“唉，是呀！”总督忍不住也摇起头来，“当年岳鹏举之功可谓大矣，最终还不是栽在秦桧‘莫须有’的罪名之下！可悲呀！”

“廷表，不管怎么说，你多留些日子，我和总督大人拟个奏折，看看结果如何再说。好不好？你做官多年，功绩历历，口碑载道，岂能以一眚掩大德？”巡抚说。

“二位大人之盛情及爱怜下官之心，廷表心领了。但请二位大人不必费心了，那是绝对无法更改的！譬如‘佛头着粪’，待洗干净之日，为时晚矣。”廷表说，“下官准备到新都我师父那里住几天，就回阿迷了。”廷表仿佛想到什么，又忐忑着说，“对了，二位大人，我有个弟弟王廷贵，已考取贡生，现在阿迷教书，他不想再参加乡试了。二位大人能不能依‘荐举制’之规定，在四川给他谋个一官半职，或者找桩差事呢？我去职了，心不甘呀！”

“我记住了。有机会再说吧。”总督说。

“我知道，廷贵并非有功之人，平民而已。凭关系走暗门不好，实在让二位大人为难。”廷表腼腆着说，“当然，若他任上不称职，随时可以免掉！”

“总督大人，巡抚大人，大事不好了！”忽然，一个狱卒气喘吁吁地闯进大堂，惊慌着说，“李甲、李乙、李丙三兄弟越狱逃跑了，四处搜寻，也找不到踪迹。”

总督、巡抚、廷表三人同时一惊，互相望望。片刻，总督开了口：“请各位镇静，不必惊慌！”随即喊道，“大捕快！”

“小人在！”站在总督身后的捕快大头目邓笑飞立即应声答道。

“我命你为总指挥，在半个时辰内，将城内所有捕快、皂隶、民壮集中起来，分头搜查，务必在两天内，将三个恶棍擒拿归案。注意，马快神速，可分头到郊外搜查、拦截、追捕。皂隶和捕快在各街道、路口搜查。民壮熟悉各户人家情况，可挨家挨户搜查。不得有误！”

“是！”捕快大头目匆匆离去。

天上乌云滚滚，地上寒气森森，似乎在哭诉："风萧萧兮易水寒，壮士一去兮不复还。"

王廷表一家五口坐着马车，拉着简单的行李、家具在通往新都的弯弯曲曲、坎坎坷坷的路上缓缓而行。

道路崎岖，时而还碰到巨石阻碍，行走艰难。

几只乌鸦在头顶盘旋，落在树梢上，几声凄厉，叫得阴风惨惨。

想到自己忠心耿耿，为朝廷效力，爱恨分明，揭露奸贪，竟落得如此下场，廷表心中甚是不平。此番被迫辞官，要想有出头之日，也是绝望。回到阿迷，怎样向父母交代，怎样面对家乡父老乡亲呢？想到这些，不觉深深地叹了口气，痛苦地吟出声来：

冬风寒刺骨，雾障路途穷。
谁道春归去，自知世不公。
台情思已远，蜀梦望而空。
开口难成句，清流湿眼瞳。

"爹，你在吟诗？"小天锡忽然问。

王廷表仿佛从梦中惊醒，揉了揉困倦的眼睛，轻声问："天锡，你说酿？"话刚落音，又不觉恍然大悟，"你说我吟诗？不是诗，是一个噩梦！"

"爹，我觉得你的诗好凄凉啊！"天锡带几分天真说，"其实，不当官也好，自由！你看天上那鸟，飞来飞去，多自由自在啊！还有，树上那斑鸠，'咕嘟嘟'，叫得多好听！"

"孩子，你现在还不太懂，哀莫大于心死呀！"廷表叹道。

"那么，若心不死呢？"

"心不死，就没有悲哀了。"

"爹，那你为酿悲哀？你还能吟诗说话，不就证明你的心还在跳动吗？”

王廷表暗中一惊一喜：我的好儿子长大了！

“夫君，天锡说得对呀！”一直在颠簸的马车上闭目养神的伍氏开了口，“陆放翁有诗曰：‘山重水复疑无路，柳暗花明又一村。’郎君今日弃官，说不定是‘塞翁失马，焉知非福’呢！人生路漫漫，走着瞧吧！”

“夫人，索子尽往细处断。我王廷表竟然成了昙花一现的人物，心不甘呀！是我无能，让你担惊受怕了！”廷表叹道。

“郎君别这么说。”伍氏轻轻一笑，“你看，田里那对夫妇，在冷冰冰的水里‘玩泥巴’，他们脸上不是也挂着笑容吗？还时而打打闹闹呢！如今回到自己家里，我不必再六神无主，担惊受怕，而只管开门七件事：柴米油盐酱醋茶，真是逍遥复逍遥。夫君，《易·系辞上》曰：‘二人同心，其利断金；同心之言，其臭如兰。’妾一定助夫君另辟蹊径，创另一番事业。让烦恼烟消云散吧！”

一股感激之情涌上心头，廷表没再吭声，轻轻闭上了眼睛。

“站住！留下买路钱来！”突然，旷野里一声断喝。

王廷表从睡梦中惊醒过来。他睁开惺忪的睡眼一看，两个蒙面大盗立在马车前面。他立即镇定下来，厉声问：“你们是什么人？”

“是什么人你心里应该明白！留下银钱，走人！不然老子不客气！刀是白的，血是红的，不想见到白刀变红，就知趣点！快点！钱！还有那个木箱！快！”穿一身黑衣服的蒙面人狂吼。

“大哥，看！你看他是谁？”穿蓝衣服的蒙面人突然惊呼道，“他就是弄得我们蹲监狱、无家可归的狗官！”

黑衣人定睛一看，狂吼：“对，是他！仇人相见，哪能留情，砍了他的脑壳！兄弟，动手！快！”

“别！别杀他。”在不远处站着的一个肩扛褡裢的蒙面人突然跑过来，央求，“哥，我们不能再瓜兮兮（傻傻地）打滥仗了，拿了钱就走，不要再害一条人命了。”

“这是报仇的时机，杀！全家人都砍脑壳！一个也不留！”黑衣人狂吼，“弟兄们动手！”说着，举起大刀，向王廷表劈去，廷表头一缩，躲开。大刀劈在马车护栏上，发出“咣啷啷”一声巨响。

黑衣人和蓝衣人又同时举起刀，王廷表自知今日必死无疑，安然地闭上眼睛。

“当啷”一声响亮，王廷表大吃一惊，猛地睁开双眼，一人骑在马上，手舞大刀，与黑衣人、蓝衣人格斗。那人刀法十分娴熟，左避右拦，上砍下劈，杀得两贼招架不住，节节败退。肩扛褡裢的蒙面人见情势不妙，赶忙双膝下跪，一动不动，全身颤抖不止。

黑衣人见大势已去，想夺路而逃。骑马人手一扬，一支飞镖早已飞出，狠狠地扎在黑衣人的大腿上，只听“扑通”一声，栽倒在地，嗷嗷直叫。

蓝衣人见状，抽身想逃。骑马人手一扬，一条绳子早已飞去，绳套套住了他的脖子。骑马人用劲一拖，将他提上半空，又抛在地上，晕死过去。骑马人立即用绳子将三人捆绑了。

王廷表惊魂未定，却已渐渐喘过气来。他摇晃着挪下马车，走到骑马人面前，感激着说：“多谢壮士救命之恩！敢问壮士尊姓大名，让廷表终身铭记！若有机会，定当报答。”

“恩公，我是郝杰呀！恩公没认出来？”骑马人说。

王廷表定睛一看，惊喜交加：“郝杰，你咋会跑到这里来？”

“总督命令缉拿三名逃犯，我们马快队员到郊外。”郝杰说，“我正在北门外巡查，忽见你坐在马车上，缓慢而行，我生怕你路上遇到不测，就暗暗跟来了。没想到，还真的遇上了强盗。”

“哦！是这样。”

“恩公，我快成亲了！”郝杰粲然一笑。

“是哪家闺秀？”

“恩公，数月前，你断了个案，救了一个妇人，还记得吗？”

王廷表想了想，说：“是不是那个被村民误认为用火烧死其丈夫的年轻女子？”

“正是！她名叫秀菊。”郝杰笑眯眯地说，“小人家贫，老母长期卧床不起，我年过三旬，却娶不了亲。后来，经人介绍，我和秀菊认识了。你为她洗清了冤案，是她的恩人，也就是我的恩人了！”

“恭喜！恭喜！可惜，我不能喝你们的喜酒了。”廷表显出些悲戚。

“恩公，你要到哪里去？”

“回故乡阿迷。”廷表说，“先到新都，向恩师辞别。”

“我护送你到新都。”

“不必了！你公务在身，就将这三个恶人押回总督府吧！”

郝杰听罢，立即走到三个强盗身边，将蒙面黑布一一揭去。

“啊！老爷，这三人就是被通缉的罪犯李氏三兄弟！”郝杰惊呼起来。

王廷表走过去，注目一看，也认出来了，便怒喝道：“尔等三人，不遵孝道，杀母暴尸，猪狗不如，罪不可赦！郝杰，将他们押回去吧！”沉思一会儿，又说，“带回后，你转告知府大人，要好好审问，查出杀母、越狱主谋。我们执法，要善恶分明，明察秋毫，决不能滥用刑法，滥杀无辜。以我观之，那李丙胆子较小，听其言语，还有些人性。你们就细细审问吧！我走了。”

新都杨氏义学堂到了。

杨廷宣正在专心致志圈阅学生交来的字帖，忽听到脚步声，猛抬头，见廷表立在案前，不觉大吃一惊，忙将字帖推放一边，惊问：“贤侄！你从何而来？怎么不先告知一声！”

“恩师！”廷表亲切地叫了一声，几行泪水忍不住夺眶而出，哽咽着道，“恩师栽培多年，令侄儿感激不尽，但我辜负恩师了……”

“你不是已经高中进士，在台州，在京都，又在成都建功立业了吗？”杨廷宣仿佛悟出些不妙，急促地问，“到底发生啥子事情了？”

“我被勒令致仕了。”王廷表怯怯地说。

“啥子？啥子？”杨廷宣惊得目瞪口呆。

“我在京都时，弹劾总兵种勋贿赂中贵人张佐，又勘严嵩既贪污、受贿，又行贿张璁。唉，我没有料到的是，我公然成了‘耗子拉秤砣，自塞门路’……”

“这哪是‘耗子拉秤砣’，而是‘一片冰心在玉壶’！明知山有虎，偏向虎山行，敢于揭露奸贪，壮士矣！几个国贼！他们贪污受贿，大饱私囊，已是路人皆知，你告得对呀！为啥子还要处罚你？”杨廷宣愤愤然，“张璁、张佐、严嵩等人贪贿之事，我兄和杨慎早已告诉我了。而且，弹劾他们的奏章还不少呢……”

“唉！”王廷表打断杨廷宣的话，一声哀叹，“有酿办法呢？脖子再长，也高不过头顶呀！人家是皇帝的新贵、新宠，放个屁，皇帝都说香嘛！”

“唉！”杨廷宣也叹道，“这世道，坏人得意，好人受辱呀！”说着，又改口，“贤侄，别管他！伴君如伴虎，无官一身轻嘛！在如今官场做事，犹如在大槐安国做梦，那毕竟是蚁穴，不值得留恋。《庄子》曰：‘安危相易，祸福相生。’致仕就致仕，回到故乡，好好研究学问，同样可以做出惊天动地的事。杜牧之有诗云：‘莫谓霜台愁岁暮，潜龙须待一声雷。’贤侄谨记。”

“谨听恩师教诲。”廷表说，“魏文帝曹丕《典论·论文》说：‘文章，经国之大业，不朽之盛事。’文以气为主。我定会另辟蹊径，钻研学问，做出成绩，决不让人生留下不该留的空白。请恩师放心！”

“好！有志气！风再大，也吹不倒大山。我相信，钝庵就是一座与天地同在的大山。”杨廷宣脸上泛上些喜色，“贤侄就在寒舍多住些日子，最好过完春节再走，离甲申春节只有十多天了。今天我设宴为贤侄压惊、消愁、壮胆！”

“谢叔父！但春节就不过了，侄儿归心似箭呀！”廷表道。

第二天，杨廷宣给学生放了一天假，带廷表全家到桂湖游览，意在让廷表放松放松，以消除胸中闷气。看着桂湖那美丽的风光，想到当年与杨慎巧对惊县令的事，想到阿迷滚滚流淌的泸江水，廷表心情好了许多，游着游着，他突然想到儿子天锡的前程，就请求杨廷宣收儿子为弟子。杨廷宣当即表示同意。天锡听说要他在新都读书，犹豫着说：

“爹，你刚被罢官，心情不好，就让我多陪你几天吧！”

“既知我心情不好，就要听话。”廷表冷冰冰地说。

“好！我听话就是了。”天锡难过地点了点头。

王廷表在新都住了一夜后，拜别恩师，和伍氏携带两个女儿，一路晓行夜宿，向阿迷进发。

时值残冬将尽，凄风凛冽，寒气森森。几丝凉风吹来，廷表突然打了个寒战，又连打了几个响亮的喷嚏。见丈夫突然寒战、喷嚏，伍氏关切地问：

“夫君，冷吗？别受风寒了。来，添件衣服。”

“娘子，不冷。”廷表揉了揉流淌着清鼻涕的鼻子轻声说。说着，深情地盯住妻子，几多伤感不觉掠上心头。想想自己，苦读诗书，步入仕途，数年辛苦，一朝遭贬，未给妻儿带来幸福，却让他们几次随自己奔波劳累，心中不忍。想着，泪水竟模糊了双眼。

“夫君，别想那些不称心的事了。”伍氏见丈夫流下眼泪，知他还没有从被迫致仕的痛苦中解脱出来，就安慰道，“当官未必是好事，做百姓未必是坏事。俗话说，有一利，必有一弊。人的一生，能自由自在，才是最值得庆幸的。你知道吗？你在任上时，妾常常为你提心吊胆呀！你不当官了，我反而觉得心中平静了。你在任上，我想练练书法、画幅画，都没心思，往后，我可以抽时间放心地书画了！大难不死，必有后福，想夫君在危难之时，竟有郝杰相救，这岂非天意？夫乃大福大贵之人，妾欣慰也！”

“不！贤妻，为夫拖累你了。”廷表伤心地说。

“拖累些酿？今生能事郎君，妻唯有幸福之感。”伍氏深情地说，“即使千辛万苦，也无怨无悔！”

“谢谢夫人了。”廷表言罢，又吟出声来：

都言春可爱，谁料暖还寒。
回首人生路，霜吞雪又餐。

“夫君太伤感了，让妾也和一首吧！”伍氏略一沉思，念道：

人生万里春，诗意满红尘。
苦难随它去，自由最可亲。

自成都始、穿西昌、入大理、赴昆明、到宜良、进路南、奔弥勒，饥餐渴饮，一路兼程，终于进入了阿迷州地界。

阿迷州城区海拔一千零五十一米，平均气温十九点八摄氏度，日照二千二百小时，无霜期三百四十天，属南亚热带低纬高原季风气候，年均降雨量八百四十毫米，雨季集中于五至十月，雨热同期而无酷暑，有“天然温泉”之美誉。

“娘，我热！”天礼忸怩着身子说。

“那就脱件外衣吧。阿迷气候偏热，不比四川，但脱衣服要慢慢脱，不能一下就脱几件，脱多了会冷着。”伍氏边说边为女儿脱去上衣。

“爹，我们要客哪儿呢？”女儿又问。

“回我们自个儿的家，已经进入楷甸了。”王廷表说，“楷甸是我们老家的北大门，是一个美丽的地方，有着美丽的传说，要不要爹讲给你听听？”

“爹，你好久没给我和妹妹讲故事了，你就讲讲楷甸的故事吧！”天礼高兴得几乎要蹦跳起来。

“好！我讲。”廷表叹一声，讲述了楷甸的故事。

楷甸位于阿迷北郊三十余里处。楷甸有不少龙潭，较出名的有楷甸龙潭、美女龙潭、锈水龙潭、龙潭箐、洪龙潭、锅底龙潭、中沟龙潭、弯腰龙潭、洗马龙潭等。这些龙潭，几乎都有美妙传说，有的还有其特殊功能。如美女龙潭，相传，此潭泉水清冽温柔，月朗星稀的夜晚，常有仙女到潭中洗澡，若有人起得早、有福气，可捡到绣花鞋。锈水龙潭实为清水龙潭，只是人们感到锈气太重而已。洪龙潭水浑浊，雨季色如洪水，特别冰凉，可治多种疾病，用于止鼻血立竿见影。锅底龙潭原先水特别大，村里人怕村子被淹，用两口锅堵住水口，水突然小了，故取名锅底龙潭。

在九大龙潭中，最负盛名的是楷甸龙潭。此潭二千余平方尺，自然生成八个角，有宝瑶池之美称。泉水从潭底及龙王庙底多处汩汩溢出，出水最大的地方称为“正眼”，其右上方为“偏眼”。许多年前水最大，有时可喷离地面两三米高，极为壮观。泉水一年四季清澈见底、水泡点点、涟漪轻漾、静影沉碧。天气越热，泉水越冰凉，天气越冷，泉水越温暖。各种水草摇曳于泉水中，在阳光照耀下，五光十色、绚烂斑斓、多姿多彩。游鱼漫游水中，一会儿浮出水面，一会儿沉入水底，一会儿隐于草间，自由自在，其乐融融。龙潭四周树木环绕，浓荫蔽潭，整个龙潭几乎见不到阳光。树中有老来红树、酒苹果树、柏树、万年青树等多种树种，有两三人才能围抱的参天古木。在靠近龙潭最深处的几棵大树，老干虬枝，犹如龙爪般伸入潭里，每逢夏季，孩子们会拴上自做的吊床，挂在树上，人睡在吊床上，轻轻摇荡，和潭里一尺来长的大白鱼一起享受悠闲自在……

楷甸龙潭与洪龙潭只相距约一两里，但奇怪的是，潭水一清一浊，“泾渭分明”，这是什么原因？谁也说不清。欣赏两潭泉水，谁能不为大自然鬼斧神工，造就人间奇迹而叹不绝口呢？更令人百思不得其解的是，楷甸龙潭里全是鲤鱼，有白色、红色、黑色三种，而任何一条鱼的眼睛都有一只如金鱼眼一般鼓起来，有的如鸡蛋般大小，当地人称其为瞎眼鱼或独眼鱼。而更为稀奇的是，若将其他鱼种放入潭中，十多天后也变成了“独眼”，变成了鲤鱼模样。为酿会如此神奇古怪呢？

相传，很久很久以前，阿得邑一个无儿无女的老倌到村外地里拾玉梅（包谷）秆做柴火。突然，狂风大作、飞沙走石，有一朵黑云从远处飘舞而来。老倌正惊奇间，忽然看见一个长得美丽动人的姑娘跑过来，哭着哀求道：“大爹，后面有强盗追我。求你到南洞给我家报个信。你将这只玉镯丢进南洞龙潭，我家里人就知道了。”说着，急忙将玉镯和一封信塞给老倌，老倌刚接住，那朵黑云猛然砸下来，又腾起直上长空，姑娘却无影无踪了。老倌未来得及多想，立即匆匆忙忙赶往南洞。天擦黑时，他来到南洞，立即将玉镯扔入南洞龙潭。蓦地，龙潭水向两边分开，形成一条大路，路边站着两个虾兵。

“死老倌，你好大胆！敢惊扰龙宫？”两个虾兵厉声喝道。老倌说明来意后，两个虾兵将他领进水底龙宫，见到了龙王。龙王看着老倌递过来的信，流着泪说：“那姑娘是我的爱女，嫁绿茵塘小玉龙为妻不久。没想到，她因羡慕人间春光妩媚，今天早上出去玩耍，却被楷甸龙潭的小龙王抢进龙宫了。”

龙王立即调兵遣将，当晚拥兵杀向楷甸，在楷甸龙潭掀起了一场惊心动魄的战斗，战得天昏地暗，星月无光。结果，楷甸龙潭小龙王被一箭射中眼睛，大叫一声，变成一尾鲤鱼，负痛躲进了一个只有他才知道的秘密藏身之处。自告奋勇跑来为楷甸小龙王助战的龙潭箐黄鳝精，也被绿茵塘小玉龙砍断尾巴，抱头鼠窜而逃。见小龙王、黄鳝精逃离，南洞龙王也不追赶，大骂一声“两个孽种，今天且留你们一条生路，以后再行凶作恶，决不轻饶！”随后救出小龙女，踏平楷甸龙宫，胜利班师回南洞。

楷甸小龙王虽捡回了一条性命，却瞎了一只眼睛，丧失了神力，再也变不回龙形，从此成了一尾独眼瞎鱼。而经过这次血的教训，也不敢再为非作歹，整天深潜于龙潭底虔心修炼，以求平平安安，并尽所能为楷甸人造福。而龙潭箐的黄鳝精，尾巴被砍断后，再也长不出来，它的子子孙孙也就成了秃尾巴了。

唐代大诗人刘禹锡在其《陋室铭》中写道：“山不在高，有仙则名，水不在深，有龙则灵。”其实，神仙是人们想象中的超人，龙则是人们以多种动物的特征杂凑的神物，宇宙间没有神仙，没有龙王，人类要安居乐业，幸福安康，生存发展，全凭自己用双手和聪明才智去创造。然而，那许多关于神仙、神龙的美好动人的传说，却深深地感染着人们的心灵，表达着人类追求真善美、鞭笞假丑恶的心声……

廷表话音刚落，天礼嚷起来：“爹，真呢太奇怪了，让我们去龙潭睒睒（看看）瞎子鱼吧！”

“今天来不及了。”廷表说，“爷爷、奶奶还等我们早早回家呢！以后，我再找机会带你们来玩，好吗？”

“爹，小龙王和黄鳝精太坏了，应该把他们杀死！”王天礼的小柳眉突然倒竖起来，杏目圆睁，愤怒地吼。

“乖女儿，小小年纪，就是非善恶分明，很好！”王廷表意味深长地说，“不过，小龙王和黄鳝精受到那样的严厉惩罚，已足够了。而且，小龙王经过这次血的教训，也不敢再为非作歹，整天深潜龙潭底，虔心修炼，以求平平安安，还为凡间做好事，就不错了。而且惩罚更为严重的是，他们的子子孙孙，都成了独眼和秃尾巴，这就更让人难免生出些怜惜……”

“子孙后代一起遭殃，也实在太残酷了。”伍氏叹道。

“爹，那小龙王和黄鳝精现在还在吗？”天礼天真地问。

“实际上，这故事只是编写的传说、神话，并非真事。”王廷表解释道，“我不是说了，美丽动人的传说，只是人们追求真善美，鞭打假丑恶的良好愿望的反映吗？”

“爹，我晓得了。”天礼天真地说，“我长大后，也要编故事，编好多好多呢故事，打假丑恶，追真善美。”

“女孩儿家，首先要贤惠，要会料理家务，要学会缝缝补……”

王廷表话音未落，王天礼娇嗔着反驳道，“爹爹所言差矣！你不是常常教导我们，要我们像娘、峨婶和李清照一样要多读诗书，能说会道、能诗会画吗？你不是还给我们讲过花木兰从军、穆桂英挂帅、梁红玉击鼓退金兵呢故事吗？你这是在耍麻人（欺骗、愚弄人）……”

“是是是！爹讲错了、讲错了！对不起！”廷表赶忙道歉。

“这还差不多！”小天礼得意地笑了。

王廷表和伍氏一听，四目相视，脸上晴空朗朗。

诗曰：

一曲悲歌泣仕途，白天夜晚暗乎乎。

是功是过谁评判？自有达人秉笔书。

第十三章
苦研诗书做学问　教授士子育人才

王廷表携妻女回到家时，已是黄昏时分。辞去官职回到阿迷年余的王颖斌见儿子儿媳带着天礼、天仪突然出现在自己的面前，又是惊又是喜。杨氏见儿子回来了，更是高兴得泪水直流，赶忙叫丁兰去生火做饭，还交代要杀只鸡，要炒肉，要炖鸡蛋，到街上打斤好酒“迷你香”来，要让爷儿俩喝得尽兴。一切安排妥当，全家人才围坐在堂屋里，兴高采烈地畅谈起来。

“爹！廷贵呢？”廷表问。

“廷贵很忙，今天被仁者尚家请去辅导小儿读书，今晚不回来了。你弟媳邹氏带着儿子回娘家了。廷表，我孙子天锡呢？”王颖斌问。

“我将他留在新都，拜杨叔叔为师，准备过生员一关。”廷表回答。

“好！你想得很周到！”王颖斌高兴地说。

“我儿，你有几年未回家了，让娘想得好苦呀！”杨母边说边抹眼泪。

“娘，爹！”王廷表悲戚的声调，“恕孩儿不孝！长时间未回家给爹娘请安，孩儿也常常愁肠百结呀！”

“孩子，不必自责。”王颖斌说，“自古忠孝不能两全，孩儿一心扑在事业上，没空回家，为父想得通。”

“我的两个孙女多大了？”杨母问

“爹，娘！”伍氏亲热地唤一声，“这是天礼，八岁了。这是天仪，五岁了。天礼、天仪，快叫爷爷、奶奶！”

“爷爷好！奶奶好！”天礼、天仪甜甜地喊着，一齐扑进奶奶的怀抱里。

“我的乖宝宝！”奶奶眼里泪花闪闪，将俩孙女搂入怀中，仿佛生怕她们会飞了一样，搂得很紧很紧。

“廷表，这次回来，能多住些日子吗？”王颖斌突然问。

王廷表“扑通”一声跪在地上，泪流满面，泣不成声。

王颖斌和杨氏不知发生了什么事，瞬间惊得目瞪口呆，同声问：“发生哪样事了？快说！”

“孩儿已被皇上勒令致仕……我……我给父母脸上……抹……抹……抹黑了……我……”廷表悲痛万分，眼泪像断线的珍珠，噼噼啪啪砸在地上。

“啊？！”王颖斌顿时吓得面如死灰，几乎晕倒，缓口气后，哭丧着脸愤然喝道，“你这个不争气的东西！净给我扯渣筋（找麻烦）。你不认得王法如天吗？为酿要犯……犯法？有辱家风的不孝之子，还有面目见人？你给我滚！”骂着，一跃而起，一脚将王廷表踹倒在地。

见父亲被爷爷踢翻地上，天礼、天仪吓得哇哇直哭。杨氏见儿子被丈夫踢倒，边流着泪去扶儿子，边指责丈夫：“你整些酿？有话你不会好好说，慢慢说！动手动脚干酿？”伍氏见丈夫被踢倒，不由得心中一酸，“扑通”一声跪倒在地，哭诉：“公公，是儿媳不孝，还请公公严处！”一时间，整个王家大院乱作一团。

正在这时，厨娘丁兰将饭菜端上桌来。

“吃酿饭？不忠不孝的人，比死人多口气而已！柴头柴脑的，还肿脖子、揣肠子？抬走！”王颖斌怒犹不息。

“老爷息怒。”杨氏赶忙打圆场，“犯人也得吃饭嘛！你不问青红皂白就踢儿子，还不给饭吃，有人情味吗？再说，媳妇、孙女们，还有马车师傅，饿了一天，总得吃嘛！”

“好，吃吧！肿吧！肿饱了，老子再收拾你。”王颖斌一声断喝，拂袖而起，怒冲冲地走进书房里，“哐”的一声，把门甩上。

子夜的钟声已经敲响，孩子们早已进入梦乡。

王颖斌、杨氏、王廷表和伍氏还坐在堂屋里，但各人各揣心事，都有话要说，又不知从何说起，整个堂屋里没有一点生息，唯有那盏孤灯在微风中一跳一跳，一闪一闪。终于，王颖斌忍不住开了口：

“民望儿，为父错怪你了，还望你别放心上。”

王廷表伸手摸摸被父亲踢得隐隐作痛的腰部，想到自己官场不得志，还被父亲误解的现实，泪水又禁不住奔涌出来。现在，父亲公然给儿子认错了，这使他万分感动，急忙说：

“爹，都怪儿子不争气，做事莽撞，不知天高地厚，让爹娘操心了。”

“民望儿，你做得对！”王颖斌感慨陈词，“你奉公廉洁，无畏无私，敢于弹劾贪官污吏，为朝廷而忧，为黎民而忧，爹要说一声：佩服！”

“儿子不谙世事，闹出乱子，有负父母，有负祖宗，孩儿知罪了！”王廷表心如刀绞，泪流满面。

“不，孩子，你没辱没祖宗，而是我王氏的骄傲！为人就该如此：‘泰山崩于前而色不变’！敢作敢为敢担当！”王颖斌朗声道，“我要说，你虽被勒令致仕，却是揣一身正气，衣锦还乡，你不必自责，要挺起腰来，我也会仰起面来，为你而自豪！”

“老爷，我多次说过你，请你遇事要冷静，不要急躁，可你不听，这回可把自家儿子踢伤了，你于心何忍呀！虎毒不食子，你忘了？”杨氏又伤心地抽泣起来。

“娘，不碍事，不碍事！这点小伤算些酿，睡一觉起来就好了！”廷表见母亲伤心，赶忙站起身来，拍了拍自己的腰，笑道，“爹、娘，你们看，我不是好好的吗？”刚说完，脚一软，又摔倒在地。

伍氏赶忙将丈夫扶起，为丈夫轻轻搓揉起来。沉默，长时间的沉默。

“廷表，你致仕回家，让我又想到一件事。”王颖斌终于开了口，“你周岁那年，你娘给你搞了个抓周仪式，地上摆满物品，你都不抓，专抓你爷爷的印章，这实在让我大喜过望，似乎看到你是当官的命。谁知，你将印章把玩一会儿，却将它扔了。此事，让我时时不安，意识到你可能仕途不长。如今果然应验了。这是命吗？梦吗？”

“爹，这只是凑巧。”廷表摇了摇头。

“廷表，你今后打算干哪样？”王颖斌又开了口。

“我在回家的路上就想好了。”王廷表说，“从今往后，我当尽心孝奉父母，培育子女，不涉公堂，潜心学问，著书立说，开办学堂，教授士子，遍历阿迷山水，为编纂《阿迷州志》做准备，并继赵老祖公之志，续修水利，又在东门外白鸡坡一带，卜块空地，建一人工湖，使之能与新都桂湖媲美，以富邑民而强我州。还有，学宫建于郊外，不好，我准备待时迁于城内……”

“好！古人云：‘失之东隅，收之桑榆。’只要有心做事，天道酬勤、地道酬善、人道酬勤。听你刚才说的话，爹心里华刷多了。爹支持你，若有酿困难，爹能帮助的一定帮助。”王颖斌果断地说，“西晋傅玄说：‘志士惜日短，愁人知夜长。’孩儿就放开手脚，迈开大步，做出一番事业吧！”

“对了，爹，我想在屋后结庐二间，能有个钻研学问的好环境。”

“一间就够了，为啷要建两间？”

“我想，一间我用，另一间做廷贵或天锡的书房。我打算用心培植弟弟和天锡，让他们能跻身仕途，继我之志，干一番事业，耀我祖宗。再说，多建间草庐，来个朋友也有个安置处。”

“好！明天我就请人建盖。”

“我想将草庐取名‘桃川’‘乐耘’，父亲以为如何？”

“好！有新意，意在桃川，乐于勤奋耕耘。乐耘，也可读落云，或乐云，蕴藏着一段奇巧的故事。很好！”王颖斌说完，陷入沉思中。

“爹，两草庐应有对联。请爹撰一副，好吗？”

“好！我题乐耘，你咏桃川。”

“我的桃川联是：三月花香远；千年果寿长。”

“很好。‘三月花’是桃花，暗嵌桃川，桃子是寿桃，称‘千年果’，此联与草庐名遥相呼应，很贴切。”廷表说完，颖斌道，“乐耘联也有了，就题：勤耕紫砚三分地；藻绘蓝天七彩图。”

“爹的对联太妙了！与乐耘相配，真是天衣无缝。谢谢爹了。”

正说着，伍氏走过来，将一个小碗和一小瓶酒递给廷表，说：“夫君，这是一枝蒿粉末，专治跌打损伤，可用棉花蘸少许搓揉，也可内服，每服小半勺，用酒度服。此药有毒，不可喝多了。”

“好！谢谢夫人。”廷表接药在手，谢道。

“还痛吗？”伍氏柔声说，“我准备再用党参、延胡索、木香、肉桂、杜仲、丑牛、小茴香各一斤二两制成止痛消肿散，服一段时间就会痊愈了。”

“谢谢夫人关切！更相信夫人能妙手回春！”廷表笑道。

“对了，夫君。”伍氏又说，“近几年，我又看了一些关于针灸、按摩穴位治病的一些书籍。平时，你感觉身上哪里疼痛，就轻轻按摩哪里。有闲空时间，就按摩百会、神庭、太阳、商阳、水泉、合谷（虎口）、太冲、中冲、劳宫、内关、外关、鱼际、神门、命门、期门、关元、足三里、三阴交、太溪、涌泉、养老穴等穴位。这些穴位，连通人体五脏六腑各个部位，经常按摩，可疏通经络、打通血脉、强身健体。是药三分毒，药不要过量，要少吃，按摩穴位，一般不会有后遗症。每日拍打人体弯曲的部位，即‘八窝’，八窝即手上尺泽、曲泽、少海一带，还有胳肢窝、腹股沟、腿肚子弯曲处，可除湿气。还有，若晚上小便多，常起夜三五次，甚至六七次，那是肾虚的表现，睡觉前，用双手握拳拍打腿肚子，小便就会减少了。好了，待我晚上将这些穴位画图给你，也将按摩某个穴位有酿作用写给你。”

“先谢谢娘子了。”廷表笑道，“瑶琴，还记得吗？许多年前，你教我治痔疮的方法，我用了，而且，至今痔疮未犯了。娘子，你可以当真正的郎中了。”

春流到夏，夏趋向秋，秋季来临，爽风轻拂，硕果飘香……

半年多时间里，王廷表很少出门，在说服弟弟找机会求取功名、教弟弟怎样参加乡试，怎样成名的同时，将自己封闭于书房中，遍历诗书，苦心钻研学问。阿迷知州王一麟慕名送来帖子，欲聘他到州衙任职，被他婉言谢绝了。有亲戚多次欲设宴款待他，有朋友无数次邀他游山玩水，都被他推托了。

其间，即桃川、乐耘建成的当天，王颖斌在家办了个家宴，将部分亲戚请来相聚。席间，廷表作《自蜀归偕内外昆弟集桃川》：

桂树花开亲伴稀，南天风冷雁鸿飞。

歌临竹坞矜元发，醉向乡桥洗苎衣。
执手看云山欲暮，穿林嘶马客初归。
欢娱有会便开口，懊恼相将易落晖。

其间，王廷表将《十七史》粗略翻了一遍，其中《汉史》及宋代史料反复读了多遍。又认真读了《左传》《国语》《战国策》《周易》《老子》《庄子》的一些文章，更将《荀子》研读了一遍又一遍。他边读书边在书眉上写批语，又写下了数万言的读书笔记，抒发了自己对一些历史事件，历史人物，山川名胜及人生的见解和感悟。他将“至乐在读书，至要在教子”“吾爱荀子之为人也”等语书为壁贴，悬于书房，以勉励自己。他谈经不以一家为主，而参汉人注疏、宋人议论，博采各家之长，纂成多卷草稿，都有自己的真知灼见。在他的著述草稿中，《皇统》《钝庵读史删后诗集》《读史管见》，见解独特，堪称文宝。王廷表准备再增加些篇目，将所有稿子精心修改后，刊印成书。

一天中午，王廷表正在书房凝眉沉思，欲写一篇《阿迷城垣纪事》，父亲突然走到身旁。见儿子消瘦了许多，几多怜意不觉泛上心头，忍不住满怀深情地说：“廷表，半年多来，除了吃饭、睡觉，你总将自己困在书房里。该出去散散心了。整天将自己关在家里，会闷出病来呀！”

“是呀！公公，您老该说说他了。”伍瑶琴面带怒色，插进嘴来，“天锡爹天天五更爬起，晚上挨近丑时才入睡，吃一顿饭花不了一刻钟时间，整天埋头书斋。这是勤奋求知吗？简直是玩命！我劝他多次，他都当耳旁风。他不想想，他不心疼，别人心痛！”

“我想写篇《城垣纪事》，以壮阿迷。”廷表说。

“你媳妇说得在理，读书，也要注意身体。以后不许这样了！”王颖斌呵斥完，又改口道，“你虽生在阿迷，但居住时间不长，不翻翻历史典籍，不亲自去看看阿迷城池，获得第一手资料，怎能写好文章呢？出去到处走走吧。待感性知识积累多了，理性增加了，再来写，就必然轻车熟马，事半功倍。”

“好！我正闷得慌，就出去松口气吧！”王廷表说着，起身朝门外走去。

王廷表毫无目的，漫不经心地在街上闲逛，走着走着，不知不觉走到文庙街，步入文庙。阿迷文庙，即孔庙，位于州治东门外，主要供奉儒家创始人孔子神位。明洪武二十二年（1389），在毅然归附明朝的土官普宁和的主持下，将文庙兴建为学宫，办教育，开民智，敦教化。明正统十四年（1451）后，知府徐文正、通判彭书道、首任汉官知州张安继续修葺，使学官更具规模，教育质量、数量都有所提高。

王廷表正在欣赏孔子雕像，耳畔忽然传来琅琅读书声。他循声走去，站立教室门外，情不自禁地跟着小声念起来：“子不学，非所宜；幼不学，老何为；玉不琢，不成器；人不学，不知义……”

正念着，突然看见学宫内走出一人，此人年约三十，长得白白净净，他先向廷表作了个揖，极有礼貌地说：

“王大人，广西府人、学正韦经邦这厢有礼了！”

王廷表大吃一惊，赶忙还礼：“在下王廷表，君如何知我？”

韦经邦笑道：“台州府推官、朝廷郎中、刑部主事、四川按察使司佥事，刚正廉洁，办案神速，阿迷谁人不知、谁人不晓！”

“学正大人过奖了！”廷表笑道。

“王大人回府的第三天，我就登门拜访，可被您拒绝了。”韦经邦说，“后来，我又去了几次，却见府门上贴着大人不在家的告示。一拖半年就过去了，遗憾呀！”

“啊！真对不起。”廷表抱歉说，“那时，我致仕还乡，心中不快，就谢绝了所有来访亲朋，如今想起来，后悔莫及，学正大人欲见廷表，不知有何事？”

“王大人，论年纪，大人比我年长，我应称大人兄长。”韦经邦说，“论才气，大人乃当今进士，我只是个贡生。大人学识渊博，当时，我就想拜大人为师，就登门请教了！”

“不敢不敢！我……”

廷表话未说完，韦经邦就急切地说：“今天，算是天赐良机，就收在下为学生吧！”说着，倒地便拜。

廷表赶忙弯腰将韦经邦扶起，婉言道：“这使不得、使不得！廷表我才疏学浅……”

“不，老师，今天算是拜定师父了！”韦经邦说，“我有好几个朋友及弟子都想拜大人为师，改日，弟子将他们一起叫来，登门聆听老师教诲。”

“唉！”王廷表一声叹，苦笑着说，“廷表何德何能，敢令学正大人及贵弟子屈尊呀！”

“老师，就这样说定了！我过两天登门拜访。”韦经邦说，“我现在正在上课，告辞了。”

第三天早上，王廷表正在书房伏案构思《城坦纪事》，突然听到敲门声。伍氏将门打开，韦经邦就边施礼边说：

“师母，请禀告师父，就说弟子韦经邦等人求见！”

未等伍氏通报，王廷表早已走到门口，请韦经邦等人进屋，又叫伍氏赶快上茶。王廷表刚招呼众人走上堂屋，韦经邦等几人立即“扑通”一声跪下，齐声说：

“弟子拜见师父！”

“外甥伍承佑，请舅父收我为徒！”

“侄儿杨番，请姑父收我为徒！”

“各位请起，不必多礼！”廷表显出些无奈的样子，说，“既然各位看得起，恭敬不如从命，我等就作为学友，共同探讨学问吧！承佑、杨番我知道。不知各位尊姓大名？”

“弟子李廷玠！”

“弟子杨绍庵！”

“弟子赵文明！”

“弟子张羽！”

“弟子钱嘉良！”

“弟子吴道隆！”

“弟子王清！”

“弟子伍一颜！”

“弟子马龙图！”

“弟子伍承佑！”

“弟子杨番！”

“好好好！请各位坐下喝茶吧！”廷表和颜悦色说。

众人坐定后，韦经邦向王廷表介绍了李廷玠等人的情况，又介绍了学宫的情况，请王廷表常到学宫讲学。王廷表满口答应说：“培养人才，是我等之职责，我尽力就是了。”大家漫谈一番之后，韦经邦等人告辞而去。王廷表又静下心来构思《城垣纪事》。经半个时辰的忙碌，文章终于草就。他将文章放入抽屉，站起身，打了个哈欠，伸了伸懒腰，向门外走去。刚要跨出门槛，伍瑶琴在后面喊：

“廷表，你要到哪里去？饭都快熟了。”

“我感到有些疲倦，出去走走，很快就回来。”

廷表毫无目的地走在大街上，在城隍庙转了转，又向文庙走去。刚到门口，突然有一人蹿到身边，拍了拍他的肩膀，轻声喊：“钝庵。”

廷表回头看去："你是？"

"多年不见，认不出来了？"

"哦！李仪！我几次回家，只匆忙中见过姜贵、万玉元一面，其他童时的好友一根也没逗着，不知为哪样。你要去哪里？走，到我家去，该好好聊聊了！"

"这不是冲嗑子的时候，家里就不去了。"李仪说着，将廷表拉到僻静处，未等廷表发问，哽咽着讲述了他和张嘉彦、邹渊等童时小伙伴近十年来的遭遇：

廷表进京赶考的第二年，李仪、张嘉彦、邹渊、姜贵等人到昆明参加会试。到了门口，因要搜身方能进去，张嘉彦和邹渊感到很戳气，一怒之下，不考了。两人走后，李仪、姜贵才闷闷不乐走进考场。考试时，李仪心中一直想着罢考的朋友，根本无心审题、答卷，最终榜上无名。姜贵也不知啥原因，落榜了。

几年后，张嘉彦、邹渊逗钱、借款在布沼坝开了一个小煤矿，生意十分红火。当地乡绅看在眼里，妒意顿生，则以占了他们的地盘为名，狮子大张口，要张、邹付白金三千两作为地皮费，并每年交人情费白银两千两。这么大的款子，张、邹两家苦八辈子也找不回来，根本付不起，就被赶出了小煤矿。张、邹据理力争，告到官府。结果，乡绅以重金贿赂，与官府勾结，致使张、邹败诉。两人不服，闹起来，最终，"猫扳甑子，白帮狗有益"，乡绅饱餐"泡饮食"，张、邹弄得倾家荡产、妻离子散……

"他俩现在哪里？在干酿？"廷表打断了李仪的话。

"从此以后，两人就失踪了，我到处找，都无法找到。"李仪泪流满面。顿了顿，又说，"对了，五年前的一天傍晚，闲极无聊，我从亲戚家走出来，想找个朋友冲嗑子，突然在文昌宫门外见到一根人，东山仆喇族打扮。那人在前面走，离我二三十步。我定睛看去，那人的体形、身材、走路的样子，都极像邹渊。我赶忙跑去看，谁知，那人回头看了一眼，却加快脚步，脚板底搽香油，小跑着转入通往布沼坝的小路，眨眼的工夫，就消失在夜幕中……”

“你没追上？”廷表急了。

“没撵上。”李仪压低音量，悄声说，“廷表兄，说来也怪，第二天早上，听人们在街头巷尾议论，说布沼坝有两个乡绅被割去了脑袋。我怀疑，那是邹渊和张嘉彦干的！”

“这事确实有些蹊跷！”廷表说，“说说你和姜贵，以及万玉元几人的事吧。”

“我和小姜……”李仪叹一声，泪水汩汩而出，哽咽着说，“我俩也遭难了。”

“遭啥子难？快说！”廷表急得直跺脚。

明正德十三年（1518）八月十五夜，天空晴朗，满月刚爬上东山顶半个时辰。突然，山摇地动，房屋乱晃，接着，房屋倒塌的声音相继传来，凄厉的呼喊声随之此起彼伏。李仪和几个朋友正在西山脚一片青草地上看月亮，发生地震，赶忙往家里跑去。李仪跑到报恩寺旁，却发现自己的家几乎成了平地。他急忙跑进家，却发现父母双双躺在堂屋里，身上压着横梁、木块。他边搬木梁边叫喊，喊了半天，没有回应，才发现父母早已断气。他哭喊着找妻子、儿女，突然听到耳房里有哭声，循声搬开木板进屋一看，发现妻子身上压着木板，跪伏在墙角，怀里抱着他的一双儿女。他赶紧搬去木块，将儿女抱到身边，去摇晃妻子。妻子终于醒来……

“弟妹怎么啦？”廷表万痛钻心，浊泪横抛。

“她捡回了条命，但身上的伤，治了三个月才痊愈。”李仪擤了泡鼻涕，哭诉，“家没有了，我只有跑到乡下投靠姑妈，最后在白土墙定居了。”

“我几次回乡省亲，都没遇着你们几位，原来发生了这许多事。”廷表摇头叹道，“姜贵和万玉元，他们的情况怎样？”

“姜贵已到田心上门，张吉仍住东山庄，都没事，他们两家都有良田七八亩，日子过得去。”李仪双目又红了，几滴眼泪流下了，难过地说，“玉元已在正德皇帝驾崩那年，被开刀问斩了。”

“嗯？为酿？”廷表大吃一惊。

李仪又伤心地讲述了万玉元的事：

万玉元家与隔壁吴家因争宅基地结下了世仇。那天，身体一直不太好、痨病滴夺的、吴家六十多岁的吴老头儿突然闯进万家寻衅闹事。当时，只有万玉元在家。吴老头儿几次打万玉元，有意惹万生气。玉元几番退让，没承想，吴竟用头去砸他。万玉元忍无可忍，就将吴老头儿推贴到墙上。突然，吴老头儿头一歪，梭倒在地，再没睁开眼睛。就这样，玉元成了杀人犯……

“只推贴在墙上，咋就死了？”廷表又一惊。

“听装棺殓尸人私下说，吴老头儿死后，全身无伤，但全身都变黑了，而且，七窍流血。”李仪恨恨地说，“很明显，我以为，吴在死前，为骗棺材钱，吃过啥子毒药。”

“官府验尸了吗？”

“没有！当年的知州是李夔，玉元死后不久，李就调走了。”

“嗯！我看，这又是一桩冤案！草菅人命！”

一日，廷表、廷贵正与父亲议论朝中变故频繁事，知州王一麟差衙役来报：四川发来公文，调王廷贵任泸州通判，令即日启程。父子三人正高高兴兴议论间，四川飞马来报，说师父杨廷宣病重，梦中几度呼唤廷表的名字，廷表听罢，潸然泪下，就对父亲说：“爹，我明日到新都看望师父，待师父病愈，就将天锡领回来，做好院试的准备，顺便送廷贵到泸州上任。”

“爹！哥！我想了想，还是不去任职了，我要留在家中，侍奉二老。泸州与阿迷千里迢迢，去了，就不能孝敬双亲了。再说，我已三十有余，还当酿官？”

“胡说！”王颖斌怒吼，“古人云：‘三十而立。’这正是男儿建功立业之时，岂可畏缩不前！男儿志在四方，岂可英雄气短，儿女情长！在这个家里，哪由得你自作主张？我的话你都不听？要鼓着，是不是？”

廷贵没敢再吭声。廷表说：“弟弟，别扯渣筋了。听爹的话，没错！此番到泸州，将你的妻儿也带去，身在异乡，也有个照应。孝亲之事，兄自担当，贤弟尽可放心。”

廷贵点了点头。廷表又说：“爹！我们明日出发，先到新都看望师父，回头再安置廷贵。好吗？”

“一日为师，终身为父。”王颖斌说，“探望师父，乃人之常情。看望师父后，你送廷贵到泸州，安置妥当再回来。”

第二天一早，廷表即唤醒车夫冯玉良，与廷贵、邹氏坐上马车，赶往新都。杨廷宣见弟子突然来到身边，不觉笑逐颜开，病情似乎好了许多。廷表扶师父坐在床上，自己坐在床边，边给师父喂药边问：

“恩师，您一向身体硬朗，可谓百病不侵，此次为何病得如此之重？”

突然，杨廷宣眼里的泪水潸然而下，哽咽着说：“贤侄，我杨氏如今遭大难了！”

“遭哪样难了？”廷表大惊失色，忙问。

“贤侄，树欲静而风不止呀！大礼议复起，张璁、桂萼奴颜婢膝，尊兴献王为皇考。”杨廷宣叹道，“我兄廷和坚决反对，激怒皇帝，无奈之下，自乞致仕。继我兄为首辅的蒋冕、毛纪亦因不顺帝意，相继辞官。我侄杨慎因上议大礼疏，惨遭廷杖之后，已被投入狱中，生死难料。”

王廷表听罢，瞬间心率加快，肝肠寸断，忍不住咬牙切齿，痛骂："昏君！奸佞！吃人饭、拉狗粪的一群混蛋！大明江山，大明忠臣，难道就让尔等任意蹂躏吗？"凝眉片刻，又带几分忧虑喃喃道，"关于大礼议，我在京时就开始了，但闹得不很激烈。后来，我到四川，又回阿迷后，曾收到杨慎兄函，说大礼议又起。对了，我曾给杨兄去过一信，嘱他大是大非面前不能让步。唉！我真后悔，悔不该……"

"你晓得张璁是啥子人吗？"廷宣问。

"当然认得！沐猴而冠，不就是个兽着人衣的跳梁小丑吗？"

张璁是浙江举人，多次进京会试，但次次落榜。明正德六年（1511），他又进京碰运气，但仍是噩梦一场。在江彬的威逼利诱下，他串通三十余落榜者，刁难诬陷状元杨慎串通主考官作弊，结果偷鸡不得，倒蚀一把米，被百官赶出宫外。

明正德十六年（1521），好逸恶劳、贪图享乐、年纪已近四十的张璁步入仕途、升官发财的心未死，终于在辛巳科中考中二甲第七十七名进士。当年，杨升庵是殿试受卷官，尽管张璁曾诋毁、诬陷自己，但他仍坚持用人不疑、以试卷成绩取士，不挟私怨，才使张璁得以了却官愿。

明正德武宗皇帝朱厚照于当年三月驾崩于豹房前，给司礼太监留下遗谕，命其转给太后，再传给首辅杨廷和。杨廷和跪接太后递来的黄表，展开一看，正德的手迹跃然眼前：

朕疾至此，已入膏肓，将不久于人世。汝可将朕意转达太后，此后国事，当请太后与阁臣共审处之。从前之政事，多有不当之处，都因朕一人所误，与尔等无干，朕悔之但为时已晚，惟愿尔等日后谨慎行事，恪尽职守。国不可一日无君，汝当与邃庵密议，参照兄终弟及之祖训，速立新君，不得延误……

杨廷和阅罢黄表，悲怆不已，感慨万端，不觉自言自语：“鸟之将死，其鸣也哀；人之将死，其言也善呀！”经一番细心调查、精心策划，至五月底，他与杨一清同往后宫，奏明太后：“朝廷不可一日无君，但先帝无后，我与一清再三考虑，惟有立兴献王之子朱厚熜为君，较为妥当。但有一紧要事，须当机立断处理，不可延误。臣有证据证明，手握军政大权的江彬早有不轨之心，实乃‘司马昭之心，路人皆知’。若闻皇上晏驾，大权在握的江彬必定先发制人，迎立藩王，挟主兴兵，最终夺取皇位。因此，决不能手软，拖延时日，应当尽快设计擒杀，以绝后患。”

太后听杨廷和言罢，欣然应允，当即下一道懿旨：“立捕江彬，以正国法。”

在此之前，江彬早已趁武宗重病之时，勾结太监钱宁，矫传圣旨，逼走杨一清，逼死李东阳，拉拢权奸、培植党羽，将京城禁军兵权全掌握在自己手中。他亲自出马，在五军、三千、神机三大营里，挑选精兵十万，分十营集中团练，组成“威武团营”，由心腹许泰任总指挥，张忠任副总指挥，日夜操练，伺机造反，分庭抗礼，最终夺取政权，称孤道寡。

不知魂已断，空有梦相随。江彬万万没想到，恶马自有人骑，路石自有人搬，道高一尺，魔高一丈，天网恢恢，疏而不漏。他的一切言行举止早已在杨廷和、杨一清、蒋冕等人的监控之中。杨廷和当即设下一妙计，请太后传旨，让司礼太监魏彬和内监张永将自恃骁勇无敌、不可一世的江提督及钱宁、许泰、张忠等人赚入后宫用御膳，酒过三巡，廷和掷酒杯为号，武士一齐动手，将几个奸佞活活生擒，于第二日在午门凌迟处死……

当日，正德皇帝驾崩。

“贤侄，那张璁为何不在处死之列？”杨廷宣问。

“张璁是一个善于对着先生说书、对着屠夫讲猪的人。那时张璁似乎已知江彬欲图谋造反，但他善于阳奉阴违，表面奉承江彬，百般邀宠，但遇事总推故躲避，未曾露面参与江彬之行动，加之刚入仕途，地位卑微，且在南京，难以跻身江氏叛党，才躲过一劫。”廷表说，“这些都是杨慎兄及在京好友来书所叙。我在朝中见过张璁，此人善于心计，善弄阴招，善于见风使舵。但我想，机关算尽，最终要算尽自己！就等着瞧吧！”

“唉！只可惜，我兄长及贤侄，公然都栽在张璁的手里！真是姑息养奸，遗患无穷呀。”杨廷宣叹道，“我兄已为侄儿的事返京，不知会是啥子结果，只能听天由命、等着瞧了。”

诗曰：

致仕休言万事空，红尘有路且从容。
苦研学问培才子，不信凡人不建功。

第十四章
世宗登基议大礼　杨慎痛哭撼天庭

“议大礼”又称“大礼案”，也称“大礼议”。

明正德十五年（1520）九月，武宗猎渔覆舟落水，虽然被救起，但受风寒，自此疾病缠身。明正德十六年三月，年仅三十一岁的武宗朱厚照突然暴死于“豹房”，亟须另立新君。可是，武宗短短的一生尽管“御幸”了难以胜数的美女、嫔妃，却没有播下一个“龙种”，留下一点“龙脉”。

怎么办？首辅杨廷和为此伤透了脑筋，思来想去，最后不得不与四朝元老杨一清及蒋冕私议，违心做出决定，比照“兄终弟及”之祖训，让其从弟、兴献王朱祐杬之子朱厚熜继位。经奏明太后批准，遂让朱厚熜承袭皇位，是为世宗，年号嘉靖。年仅十三岁的嘉靖是一个聪明绝顶，又十分霸道的人，于四月即位的第六天，就下令礼官，集议其父兴献王的封号，并软硬兼施，拉拢朝臣，定下框框，令群臣务必遵命而行。

浮云初起日沉阁，山雨欲来风满楼。大礼议之争从此拉开帷幕。

嘉靖欲尊其父为“皇考”，以首辅杨廷和、礼部尚书毛澄为首的朝臣认为，这有悖祖训，又悖于理，坚决反对。于是，为承祖训，维持朱姓大宗不绝，援引汉定陶王和宋濮王故事，据理力争，认为厚熜应过继给武宗之父、弘治帝朱祐樘，弘治帝称皇考，而其生父祐杬只能称皇叔父，这才顺理成章。厚熜对此极为不满，怒下口谕：“重议！”

明嘉靖二年（1523）七月，刚到南京不久的观政进士张璁为实现自己飞黄腾达的梦想，就抓住新皇帝登基，亟待理顺种种关系的机会，与桂萼沆瀣一气，置“祖训”和“过继说”而不顾，千方百计献媚讨好新皇帝，迫不及待自南京上《正典礼疏》，反驳杨廷和、杨一清、毛澄之说，极力主张“继统不继嗣”，声言嘉靖皇帝应尊崇所生，为兴献王立庙堂于京师。嘉靖得疏，为自己又添新宠而喜出望外，马上严令杨廷和等大臣：必须尊己父为兴献皇帝，母为兴献皇后，不得有异议。嘉靖忘乎所以、得寸进尺，惹得群臣议论纷纷，结果遭到杨廷和、杨一清等坚决拒绝。从此，开始形成了以首辅杨廷和、杨一清、毛澄等为一方，以皇帝和宠臣张璁、桂萼等为一方的“大礼议”之争，将个朝廷闹得乌烟瘴气。

人心不足蛇吞象。明嘉靖二年十一月（1523），张璁、桂萼看自己“一飞冲天”的目的未达到，再次反扑，上疏《大礼或问》，抨驳杨廷和等人思想保守，不顾现实，礼仪失误，请正大礼之仪，务必尊嘉靖生父为“皇考”。杨廷和又据理力辩，毫不退让。双方争斗激烈，愈演愈烈。结果，杨廷和终因不改初衷、屡持异议而引起世宗极度不满，处处刁难，事事设碍，首辅权力几乎殆尽。杨廷和自知大势不可挽回，但又不肯违心献媚，不得不于三年二月辞职，带着一身困倦和满腹愤懑，甚至牢骚回归故里。首辅引退，群龙无首，树倒猢狲散，致使张璁、桂萼一派的人越来越多，就连杨廷和的门生、一向赞同杨廷和主张的严嵩也顺风扛旗、顺水推舟，摇身一变，投进嘉靖一派的队伍里，成了杨廷和一派的死对头。情势直转而下，张、桂派占了上风，扬扬得意，占尽风光。世宗目睹现状，兴奋异常，立即下诏，召张、桂速速进京，共议大礼。

嘉靖急召张、桂进京，坚定地党附杨廷和的蒋冕、毛纪等阁臣大吃一惊，为阻止张、桂从南京来北京，继续搅乱朝廷，迫于形势，不得不同意世宗，加称其母为“本生圣母章圣皇太后”。可是，嘉靖并未因此而满足，又下圣旨，令张、桂飞速进京。张璁、桂萼阅旨喜不自禁，为讨得皇上宠幸，快快高升，又投嘉靖所好，于赴京途中驰疏奏请，大讲“名不正言不顺”，力主去掉“本生”之称。至京后，两人又连夜密谋，条列《欺罔十三事》，向反对派步步紧逼，历数众廷臣之罪。这无异于火上浇油，又引起了对立派的极端不满，于是，朝中参事、翰林、给事、御史及六部诸司、行人、大理诸臣各具疏力辩，反对张、桂，陈述其谬。面对雪片般飞来的奏疏，嘉靖竟嗤之以鼻，一笑置之，统统“留中”不用，结果，引起满朝文武大哗，群情激愤。

一幕惨绝人寰、空前绝后的悲剧，只待开场锣鼓敲响，帷幕拉开，立即上演！

明嘉靖三年（1524）七月，夏日昏暗，秋风渐凉，落叶萧萧，秋虫哀鸣。山雨欲来风满楼，一轮苍白冷涩的月亮，时隐时现于乌云翻滚的夜空，洒向人间的不是光亮，而是阴森森的可怕，是暴雨倾盆的先兆。

状元府宽敞的客厅里，摆着两盆兰草，虽不是花期，却翠羽苍苍，清香馥馥。不过，那苍翠清香似乎也预感到世态苍凉、人命如蚁，流淌着令人窒息的血色泪痕。墙上正中悬当代名画家、文学家唐伯虎盖有“江南第一才子”印鉴的“瑞雪图”，图两边挂着苏东坡笔力遒劲的对联：溯雪飞空，农舍齐吟普天乐；晚霞映水，渔人争唱满江红。但名画名联仿佛也感到世事不妙，显得黯然失色。

杨升庵坐在案前，注目墙上字画，只觉得心里酸酸的、涩涩的，不觉叹出声来：“唉！‘普天乐’‘满江红’？乐在何处？朝廷都如此乱，百姓还能乐吗？”叹罢，漫不经心地翻着南朝宋临川王刘义庆的《世说新语》，显得面容憔悴，愁眉难展。妻子黄峨坐在对面，默默地缝补着衣服，同样心事重重，忧心忡忡。

冷风一阵一阵，孤灯一闪一闪，似乎在诉说世态炎凉，劫难将临。

“夫君，父亲临回新都时的嘱告，你记下了吗？”黄峨打破了沉默。

“‘常守三缄口，常守一寸丹。’记下了。”杨慎回答。

“记住就好。”黄峨说，“俗话说，‘枪打出头鸟’‘出头的椽子先烂’。我看如今皇上立生父为皇考之大局已定，任何人都难以改变。若执意反对，后果不堪设想，必定是碰得头破血流。立皇考尽管不合理、不合法，有悖大明祖训，但威镇三山、富有四海的皇帝说出的话，犹如铁板上钉钉，谁又能扳得倒！硬要去扳，岂非以卵击石？是非曲直，就让后人去评说吧！”

“贤妻所言极是，但天理纲常，横遭亵渎，于心不忍呀！我身为朝廷命官，能不为朝廷担忧吗？”升庵叹道。

“《论语·卫灵公》曰：‘小不忍则乱大谋。’忍则天地宽，不忍则祸当头。夫君还是从长计议，忍了吧！”黄峨又劝。

“《论语·八佾》不亦说：‘是可忍、孰不可忍’吗？朝纲被废，谁又能忍得了？面对张璁、桂萼此类无耻、龌龊小人又如何忍？既当官，总得有股正气呀！”升庵愤然道，“我父既要我‘三缄口’，又嘱我‘常守一寸丹’，我这一寸丹心，又怎能安静呢？我咋能咽得下这口气呢？我总不能晃壳儿（没脑子、瞎混）吧！”升庵说着，掏出一封信递给黄峨，“你看看这信吧。这是廷表从阿迷寄来的。”

黄峨打开信笺一看，上面写道：

用修兄，久未接到来信，不知兄与嫂夫人一切可好。前日有朋自京来阿迷。言朝廷大礼议又骤然升级。关于兴献王为皇考一说，弟认为不妥，《皇明祖训》明文规定：“凡朝廷无皇子，必兄终弟及，须立嫡母所生者。庶母所生，虽长不得立，若奸臣弃嫡立庶，庶者必当守分勿动，遣信报嫡之当立者，务以临君位。朝廷应立斩奸臣。其三年朝觐，并如前代。”此段文字一目了然，明显地指同母所生兄弟，而不是指异母兄弟，更不是堂兄弟。嘉靖乃堂兄弟，能一步登极，该满足了，岂可人心不足蛇吞象乎！不思为百姓谋福利，只将心思放在立生父为皇考上，岂不是“既得陇，又望蜀”，贪得无厌吗？若弟仍在京都，仍在任上，必当舍生取义，决不退缩……

黄峨阅罢王廷表的信，不觉大惊失色，心中不觉叫起苦来，叹道：“廷表所言，名正言顺，但如今皇帝已铁了心，若要硬搬道理，岂不是鸡蛋碰石头、光个脑壳钻刺棵、背着黄豆找锅炒吗？”凝眉片刻，又说，“廷表被皇上勒令致仕，心怀不满，情有可原。但夫君切不可固执！若不顾后果，偏执于‘礼仪之说’，难免‘倒持太阿，授人以柄’。‘凡事预则立，不预则废’。你看，继父亲任首辅的蒋冕、毛纪不都因不顺帝意相继致仕了吗？廷表不亦因弹劾皇帝的亲信而罢官吗？这可是前车之鉴呀！夫君，不要对着和尚骂秃子，睁只眼、闭只眼吧！”

“贤妻所言极是，走着瞧吧。”升庵无奈地闭上了眼睛。

黑云压城城欲摧，甲光向日金鳞开。

议礼之争在风平浪静的掩盖下，酝酿着狂飙巨澜。

连日来，嘉靖接二连三地接到奏报：清宁宫失火！西北大旱！南畿洪灾！京城尘沙蔽空！……

翻阅着奏报，嘉靖心惊肉跳，惶惶不安，不知如何是好。沉思良久，终于慌忙传旨，让群臣献上消灾祛祸计策。这时，贴身太监崔文突然奏称："天旱、洪水、烈火、沙尘皆上天降祸，欲惩罚逆天行事者，只有请来真人，设坛修醮，求天神庇佑，才可以纳福消灾，天下太平。"

一向崇尚道法仙术，梦想长生不老的嘉靖听罢，顿时喜形于色，喜笑颜开，频频点头，不顾群臣异议，当即朱笔一挥，恩准崔文所奏，并命其立即查访道法高深的道士，务必在三五日内，将道法高深的道士请来，进京回旨。皇帝所命，正中崔文下怀，他唯唯诺诺、立即动身，很快就将龙虎山上清宫道士邵元节请进皇宫。"蚂蚁在洞里磕头，天知道"，从此，太监和道士互相勾结，狼狈为奸，干起了令人发指的勾当，国库里的金银珠宝，源源不断地流进了崔、邵无底的腰包。那留着山羊胡、身背酒葫芦、手持拂尘、看去道貌岸然的邵元节常常摇摆或跪伏在嘉靖面前，舞剑画符、念念有词、摇唇鼓舌、信口雌黄："皇上诚心向道，自有天神相助。祭坛一设，天眼顿开，贫道作法，自然百灾可消，社稷福寿齐天，皇上寿齐日月。天灵灵，地灵灵，神灵灵，心诚则灵……"

从此，嘉靖帝不再临朝理朝政，终日在崔文及邵元节的陪同下，出没祭坛，祀奉神灵，口中常常絮絮叨叨、念念有词："八转金丹，服之十日得仙；九转金丹，服之三日得仙。欲长生不老，心诚则灵，心不诚则不灵……"弄得朝野阴风森森、惶惶不安。明嘉靖三年（1524）七月十五中元节那天，天还没亮，嘉靖就将廷议规矩置之不理，急急忙忙在祭坛直接敕谕礼部：追尊兴献王为"皇考恭穆献皇帝"，上兴国王后尊号为"圣母章圣皇太后"，尊孝宗朱祐樘为"皇伯考"。

追封完毕，嘉靖得意扬扬，却兴犹未尽，急忙传旨："朕本生父母，已有尊称，当立即在奉先殿之侧，再建庙堂，以奉安皇考神主，聊尽孝思。"

圣旨传出，满朝文武面面相觑，愕然、哗然。

“这不乱套了吗？才尊父母为皇考，又要大兴土木，百姓不是又要遭殃了吗？”礼部尚书汪俊吼罢，立即会同吏部尚书乔宇、吏部侍郎何孟春，率二百余名大臣，纷纷呈奏章，弹劾张璁、桂萼、崔文等人，要求皇帝收回成命，并严惩乱臣贼子、赶走妖道邵元节！嘉靖一听，顿时气歪了脖子、急红了眼睛，气得七窍生烟，暴跳如雷，拍案而起，怒斥群臣朋言乱党，聚众胡闹，混淆视听，当即诏令：夺去各人一个月的俸禄，并下旨：张璁、桂萼官升二级。

天子昏聩，不虑民生，不思社稷，惩忠褒奸！

朝政日非，国运艰危，朝野悲愤，天地昏暗！

悲愤和泪水，往往浇铸成一股力量！

一场更大规模的抗旨运动终于爆发！

超前绝后的惨案也随之钉在历史的耻辱柱上！

嘉靖恶掐恶估、肆无忌惮敕谕完毕，终于于明嘉靖三年七月十五那天，笑眯啰呵、屁颠屁颠地上朝了。文武百官终于盼来皇帝临朝，各揣心事及多日未能上呈的奏章，准备启奏，让皇帝批答。然而，嘉靖只收下张璁和桂萼的奏章，其他的一律不收。皇帝的偏心和无理，引起了文武百官的愤慨和极度不满，纷纷簇拥着欲重呈奏章时，嘉靖却宣布：“退朝！”话音未落，即昂首挺胸，扬长而去。百官唯有你望望我、我望望你，摇头叹息，毫无办法，唯有含着泪水，极不情愿地怏怏而退。目睹此情此景，杨升庵感到十分愤怒，立即和编修王元正耳语几句，转身将文武百官拦堵在金水桥南。杨升庵挥袖振臂高呼：

“国家养士百五十年，仗节死义，正在今日！”

“万世瞻仰，在此一举！今日如有不去者，即视为佞臣，当与众共击之！”王元正接着喊。

真个是一呼百应，一时间，金水桥畔人流涌动，似江水沸腾，丰熙、乔宇、舒芬、毛玉、王相、何孟春、张翀等纷纷响应，高喊着往回走，然后一齐跪伏在左顺门外，强烈要求嘉靖皇帝批答所有奏章、论疏，齐声扬言："帝若不批答，将长跪不起！"

见到如此阵状，怏怏退去的文武百官异常感动，立即蜂拥而来，齐聚一起，跪伏在地，请求皇帝批答奏章的喊声如暴雨倾盆、霹雳回响。所跪人中，有九卿二十三人，翰林二十二人，给事二十人，御史三十人，诸司郎官及吏部十二人，户部三十六人，兵部二十人，礼部十二人，工部十五人，刑部二十七人，大理寺属十二人，共计二百二十六人。黑压压的人群中，群情激昂，呼喊先帝太祖、惠帝、孝宗之声，撼天动地。

在左顺门当值的太监们见此阵势，一个个吓得心慌意乱，目瞪口呆，不知所措，唯有龟缩殿后，屏气息声。听到喊声，面对此阵仗，嘉靖皇帝不但不生出半丝怜惜之心，反而恼羞成怒，怒不可遏，涨红着脸对太监高喊：

"快遣司礼监传谕，让这些无法无天者速速退去！"

太监鹦鹉学舌般大喊："圣上命尔等速速退去！"

可是，此时皇帝的话犹如耳旁风，一吹即逝。跪在方砖上的二百多名朝臣，谁也不理会司礼监传来的口谕，唯有一个信念：不达目的，决不罢休，不收回成命，就长跪不起！

烈日如火，天气沉闷，方砖滚烫，难抑众怒。汗水，在冠带锦裹的百官肤体上流淌！怒火，在百官胸中燃烧！热血，在百官全身沸腾！一个时辰过去了，两个时辰过去了，皇帝的面却仍然看不到，就连值班太监也不知藏到哪里去了。

几个年迈体弱的大臣支撑不住，轰然倒下，倒下的刚强撑着身子爬起来，人群中又响起了人体倒地的声音，又见爬起来的身影。天顺门外，皇城中心，飘动着一阵阵惨烈的阴风，蠕动着一个个脆弱的生命。

杨升庵两手捏着蓝绫蟒袍的下摆，又正了正官帽，紧闭双目，喘着粗气，忍受着口干舌燥、腰酸背痛、脚手麻木的煎熬，始终将身子挺得笔直，将无声胜有声的泪水强咽入肚子里。

时间似老牛爬坡，一分一秒慢腾腾地过去，终于熬到第三个时辰将过，群臣仍然纹丝不动，爬起的倒下，倒下的又爬起，毫无退却退让之意。

文武百官大闹朝廷的消息不胫而走，左顺门外，闻讯赶来观看热闹的百姓越聚越多，似蚂蚁聚会，黑压压一片，喧哗声、哽咽声、号啕声连续不断，汇如江涛海浪。

突然，一阵“嘚、嘚、嘚”的响声由远而近，震得人心烦意乱、魂飞魄散。说时迟，那时快，马蹄声刚停，数十手持刀枪剑戟、威风凛凛、如狼似虎的锦衣卫已飞身下马、蜂拥而至，将左顺门外喧哗的人群团团围住。围观的百姓见是杀人不眨眼的锦衣卫来了，一个个唬得魂不附体，立即呼喊着乱窜乱逃，逃得快的从鬼门关旁擦肩而过，逃慢的则被马撞倒、踏死，而死无伸冤之处。嘉靖的心腹、张璁的爪牙、“北镇抚司”头目李继先骑在高头大马上，挥舞着寒光闪闪的宝剑，一声狂吼：“抓人！”锦衣卫立即像饿虎恶狼冲入羊群般，左冲右撞，将丰熙、张翀、余翔、余宽、黄待显、相世芳、毋德纯等八人掀翻在地，摘去乌纱帽，扭打着全部收押进了诏狱。

“你……你们，要干啥子唉……”被撞倒在地的杨升庵猛地站起来，摸了摸撞得生疼的腰部和膝盖，指着李继先的鼻子喝问。

“本镇奉旨行事，逮捕不知天高地厚、以身试法之徒！”李继先鼻子一哼，一声冷笑，日鼓鼓瞪杨升庵一眼，得意地说，“杨状元，这不是当初你独占鳌头、春风得意的时候了！你也该尝尝牢狱的滋味了！凭你几个，还想扭转乾坤？做死梦去吧！”说罢，一挥手，吼一声“拿下！”锦衣卫立即蜂拥而上，又将杨升庵，王元正、王相等一百三十四人，拳打脚踢着推入诏狱。

被逮捕的入狱，被撵走的逃离，被勒令退归待罪的退去。左顺门很快被夜幕吞噬得干干净净，只留下阴森森的、死一般的沉寂，只能借着堵不住的几丝自然光，看到地上一片片汗水、泪水和血水，在无力无声地闪着凄凉的寒光……

诗曰：

无礼无知是帝王，当惊狼狈演荒唐。
天庭痛哭真豪士，正气凛然谱烈章。

第十五章
惨遭廷杖生如死　充军永昌苦更艰

牢房，阴森森臭烘烘的牢房，霉气馊气弥漫的牢房，臊味腥味熏天的牢房，暗无天日的牢房，令阎罗王也叹为观止的牢房。高高厚厚的围墙，低低矮矮的“号子”，几乎透不进一丝自然光，听不到半声外界音，若在这“号子”里杀人，犹如在阎罗殿里杀鸡，人世间决不会听到半点消息乃至响声。若问这“号子”里有多少冤魂枉鬼，天不知地不知，就连杀人不眨眼的刽子手们也不知！

这牢房，就是令人闻之心惊胆战的诏狱。

诏狱，顾名思义，是皇帝专门关人、整人、杀人的人间地狱。

皇帝如何整人？两字以蔽之曰：酷刑！

什么酷刑？——廷杖！廷杖之惨烈，阎王爷也望尘莫及！

无论多大的官，无论多强硬的英雄好汉，即便是铁打的金刚，一旦投入诏狱，就与阎王殿仅隔一线之遥，便有理无处伸，有脚无法走，有眼不能瞪，犹如案板上的鸡鸭，任人宰杀。廷杖后生与死的选择更由不得你，全在皇帝和他的爪牙的嘴上和手上！俗话说，“阎王叫你三更死，岂能留得到四更”，这里是：廷杖之下生与死，死得容易生更难！

廷杖是什么？顾名思义，是皇帝命令打手在朝廷当场杖责不听话，敢于以下犯上的臣子。这种酷刑始于唐玄宗李隆基，至明世宗朱厚熜已八百余年历史。明太祖朱元璋时，这种酷刑一分为二为明杖和暗杖。明杖是在众目睽睽之下进行，暗杖则只有狱中犯人才能看见或听见。

廷杖无法典规定，也无须法典规定，只要官员违反皇帝意愿，言语不合皇帝胃口，惹得皇帝老儿生气，他就可以凭借至高无上的权力，为所欲为，一声令下，旗杖就会将受杖人拖出，掀翻在地，杖责到皇上开口“免打”为止。这在八百余年廷杖的历史上，被当场打死者已难胜数。朱元璋有个亲侄儿叫朱文正，作战英勇，屡建奇功，曾在南昌坚守孤城，苦战八十五天，但也被朱元璋“吹灰找裂缝”，以“亲近儒生，胸怀怨望”的罪名用廷杖送上了西天。

明宪宗朱见深，即成化年以前，廷杖似乎还有点人情味，被廷杖者不去衣，用厚绵底衣，重毡叠帕，因有数层，被打者疼痛会少些。正德初年，宦官刘瑾当权，心狠手辣，便指令受杖者几乎一律脱个精光，不仅侮辱了人格，还使棍棒直接打在皮肉上，一棒一个血印，甚至一棒断几根肋骨，痛苦难当，求生不得求死难。这时的廷杖，别说人情味，那简直是野蛮的兽性了。

廷杖行刑的地点一般在午门前的御路东侧。行刑时，众官员陪着皇帝到午门外西墀下，左边站立太监，右边排列锦衣卫官校，下列旗校数十人。旗校都是满脸横肉、虎背熊腰的彪形大汉，一个个臂戴红色袖套，手持木棍，神气十足，令人见则生畏。俗话说，“台上放个屁，台下演场戏”，监杖官宣读完皇帝口谕后，旗校就用麻布口袋将犯人的肩脊以下束起来，剥去衣裤，再用绳子捆住双脚，然后将犯人推翻俯卧。当听到监杖官高喊“搁棍”时，就有一名旗校将棍横于犯人的大腿上。监杖官大喊一声“打！”棍棒就会高高举起，重重落下，在噼噼啪啪的响声中，受杖人往往会随着棍棒起落而发出声声频临死亡时的惨号，叫得人心惊肉跳、毛骨悚然。每打数棒后就换一个打手。如果要置犯人于死地，监杖官就会喝令："用心打！"此令一出，受杖人就没有生还的余地了，有的则一棍就结束了性命。锦衣旗校行刑时，要知犯人是要打死还是留活口，只要听监杖官的脚步声，若听到监杖官脚一跺，受杖人就休想活命，一头栽进地狱了。

杨升庵等一百四十余名朝廷命官，何时会遭廷杖呢？先别急，让他们先饱尝任何宴席上都没有的滋味、饱受几种廷杖之外的罪再说！

夜幕像魔鬼一般张牙舞爪，悄悄逼近。七月十五圆圆的、亮堂堂的月亮不知躲到哪里去了，总不肯将一丝光亮恩赐狱中"犯人"。只有一盏豆油灯闪着微弱的光，但闪了几闪，却被阴冷的风吹灭了。

诏狱一片漆黑，仿佛日月星宿已死般的黑暗。

"嗡嗡嗡……"聚集在阴暗潮湿的阴沟里的蚊子族，看着嘴边的一堆堆肥肉，馋涎欲滴，时机岂能错过？于是，三五成群，百十结党，唱着欢快的吸血小夜曲飞来了。瞬间，犯人们的脸上、手上，落满了蠕动着的小黑点。"噼噼啪啪"，打击小黑点的声音也随之响起来，此起彼伏。未到一刻钟时间，犯人们的脸上、手上、脖子上，凡是衣裤遮不到的地方，就落满了蚊子粉碎的尸体和自己殷红的鲜血。

杨升庵坐在潮湿、霉臭的地上，正伸手搓揉着脸上被蚊子叮得又疼又痒、鼓胀胀的大小疙瘩，却突然发现有什么东西顺着裤管爬进了自己的裤裆里，抓得股臀部下部生疼。他急忙蹦跳着乱打乱拍乱抖，终于抖掉出一只大蟑螂。他以为自己侵占了蟑螂的窝，致使蟑螂愤怒报复，就悄悄地换了个地方，但手和屁股刚刚落地，却按到一个毛茸茸的东西，那东西"吱吱"叫了几声，跑了。"哎呀！是耗子！"他惊叫着，忙起身躲避，走了两步，却被身边的人绊倒了。

“你是谁！”

“我，杨慎，你是……”

“我是毛玉，这个‘号子’里到底有几个人？”

“不清楚，现在只晓得有你我二人。”杨升庵说着，轻轻呼唤起来，“请问，这里面还有人吗？”

“我是舒芬。”一个微弱的声音在背后响起。

“舒芬兄，毛玉兄，你们后悔吗？”升庵关切地问。

“世间没有后悔药，为维护礼仪，死而无憾！”舒芬说。

“悔？有啥子可悔的！志士仁人，无求生以害仁，只有杀身以成仁！”毛玉语气坚定地说。喘息两声，又叹道，“我死不足惜，心中最牵挂的只有儿子毛沂。他今年十九岁，功名未就，事业未成，我虽为官多年，却清风两袖，孑然一身，未能给儿子留下什么积蓄，又担心他不成器……”

“毛玉兄，记得你是昆明人吧？”

“是，我儿子……”

“不准说话！当心用刑！”两名狱卒提着灯笼走过来，大声狂吼。

“你们还要用啥子刑？来吧！”杨升庵也怒吼。

“用啥子刑？哼！你是不见棺材不掉泪吗？你是背着黄豆找锅炒吗？”一个狱卒狂喝，“用哪样刑，老子现在就把你捆起来，让你尝尝械、镣、夹棍、断脊、剁指、刺心、剥皮的滋味！你信不信？想尝尝吗？”

升庵、舒芬和毛玉深知这群人面兽心的家伙什么伤天害理的事都做得出来，只得缄默下来。

诏狱里并非一片寂静，除了被扭断了胳膊或腿的官员的微弱的呻吟外，还有自由自在的老鼠、蟑螂、蚊子和不知名的昆虫的奔跑声、歌唱声……

明嘉靖三年（1524）七月十五日，是杨升庵永远铭记的最屈辱、最痛苦、最难熬的一天。

这一天的子夜似乎来得特别早，去得特别晚，一言以蔽之：漫长。子夜伊始，杨升庵、舒芬、王相、毛玉、王相、王思、相世芳、余宽等一百四十余名几乎被蚊虫吸干了鲜血的官员，被数不清的如狼似虎的彪形大汉悄悄拖到午门外，在忽明忽暗的月光的掩映下，超前绝后、惨不忍睹的廷杖开始了。

嘉靖皇帝的忠实走狗李继先，亲率五十多名头戴圆帽、身着淡青色隶役制服、脚蹬白皮靴的高大粗壮旗尉，挥舞着坚硬的木棍，如狼似虎般咆哮喝喊着，轮番上阵，向“犯人”们下黑手、毒手了！

这次廷杖虽是明杖，但嘉靖皇帝没下圣旨，也没露面，就连太监的影子也没看见。监杖官是张璁的心腹李继先。他戎装佩剑，昂首挺胸，抖动着矮矬矬的身躯，眨着一双斗鸡眼环视四周一遍，晃到杨升庵身边，冷笑一声，狂喝：“打！给我狠狠地打！”

瞬间，二十多个“犯人”被剥去衣裤，掀翻在地，几十条木棍在空中翻腾、呼啸，随着“呼呼”风声响，一声声撕心裂肺的惨叫在大地回荡，一股股血腥味在空中漫延。

杨升庵瞪着眼、咬着牙，任棍棒飞起飞落，任疼痛锥心裂骨，没有哼一声。他憋得通红的脸瞬间变得惨白，舌头和嘴皮已咬出了鲜血。他的屁股和双腿已皮开肉绽，鲜血已将内衣裤染红，洇红了一大片石砖，如水泼似的汗水和着血水，已湿透了他的全身，他疼痛难忍……“不！我要爆发、要呐喊、要控诉、要痛斥祸国殃民的奸佞！”他狂喊着，然而，喊声只能在自己沸腾的心里，只能在自己焦干得难以张开的口中，天不知，地不知，人不知，鬼不知，只有他自己“哑巴吃黄连，有苦诉不出”。

“嘿嘿！状元公，廷杖的滋味如何？是香、是甜，还是五味俱全？”李继先拖着又矮又肥的身躯，摇晃着猪头般大小的肥脑袋，晃到杨慎面前，扬扬得意地问。

杨升庵真想站起来，张开口喷他一脸鲜血，但身体却沉重得好像压着一座大山。无奈，只得将愤怒的目光化作两柄利剑，刺向凶残的刽子手。

李继先正扬扬得意间，忽见杨升庵的双目似两柄利剑般地刺向他，他的目光刚与杨升庵轻蔑的眼光碰上，不觉浑身一颤，突然胆怯起来，忙将头扭向一边。他惊魂未定，一个罪恶的念头却已酝酿成熟，正想狠狠跺一脚，喊“用心打”，置杨升庵于死地，刚张口喊出“用心”两字，却听到身后有人大声怒吼：

“大丈夫生以礼全，死以义合！李氏恶棍，你别狐假虎威、狗仗人势，有本事，就朝我来吧！多行不义必自毙，你这群豺狼冠缨的蠢猪，决不得好死！总有一天，你将以你治人之道，还治你身！”

李继先猛回头，见毛玉望着他，露出挑衅般的冷笑，不由得恶从心头起，怒向胆边生，气急败坏地狂吠：

“死到临头，还嘴硬！你睁开眼睛看着，到底谁不得好死？”说罢，恶狠狠一声断喝：“给我用心打！打！”

话音未落，两个刽子手跑过来，一阵乱棍落下，随着清脆的响声，两根硬棍折断。只见一口浓烈紫黑的鲜血从毛玉嘴里喷涌出来，张开的口没能再合上，瞪得圆圆的、流着殷红的鲜血的双眼也定了形，直愣愣地盯着苍天。

杨升庵见毛玉为救自己，有意“引火烧身”而毙命，顿时泪水奔涌、悲痛欲绝，他真想尽力高喊，像毛玉一样激怒李继先，好跟上毛玉结伴同行。然而，他费尽了全身所有的力气，却喊不出声来。正在这时，打手们纷纷跑来，向李继先报功：

“禀告大人，王相归西了！”

“禀告大人，王思没命了！”

“禀告大人，张翀呜呼了！”

“禀告大人，毛玉死了！”

“禀告大人，共有十六人被打死了！”

“启禀大人，一百余犯人也全部用刑！”

“好！停杖。你等快到营房找主管，每人领取十文宝钞，一醉方休！”杨继先狞笑着，扬长而去。

杨升庵忍着全身的剧痛，慢慢爬到毛玉身边，将他的头紧紧搂进怀里，用自己带血的手去擦他脸上的血迹，去抹他的眼皮，好让他瞑目，可是，眼皮也无法抹下。杨慎不由得痛苦万分，嘤嘤哭诉：“用成兄，我的、云南的好兄长，你死得好惨呀！什么是死不瞑目？杨慎今日算是明白了！毛玉兄，你先走一步，升庵随后赶来。啊、啊，天哪、天哪……但我怎甘心此时撒手人寰呢？毛玉兄，若我尚能苟延残喘，令公子……我……我一定……”哭着诉着，眼前一黑，头一歪，晃倒在地，失去知觉。

七月十五日一百多位朝臣惨遭廷杖，毙命多人，余者全部卧床不起，饮食难咽。杨升庵跪门哭谏被狠狠杖责昏死的消息很快传到了新都。杨廷和心如刀绞，当即病倒。他心里清楚，儿子虽侥幸捡回了条命，但绝对躲不过另一浩劫，充军到荒蛮边远地区的惩罚即将来临！他为儿子置生死于度外、敢于坚持正义、维护礼仪的精神和壮举而自豪，但又为儿子再也无法跻身仕途、大展宏图、报效家国而伤心，更为儿子今后的生活而忧虑。儿子遭贬谪是免不了了，但嘉靖会将他流放何处呢？是关外？是新疆？是雁门关？还是故乡？若是塞外、关外或大漠，那些地方渺无人烟，一片荒沙，艰苦异常，儿子一介书生，受得了吗？若是流放故乡，可谓幸运，四川乃天府之国，物阜民丰，条件优越，但儿子是一个极其爱面子的人，堂堂状元公，一朝变为布衣、犯人，他有何面目面对家乡父老！流放到哪里好呢？又怎样才能让那皇帝的意愿与我们的意愿相吻合呢？杨廷和忧思忡忡、肝肠寸断。突然，他强忍痛苦，一拍大腿，惊呼：

“对！找杨一清杨大人！杨兄乃四朝元老，德高望重，聪明过人，他一定能想出好办法！”

主意打定，杨廷和自觉病情好了许多，猛地翻身而起，大声喊：“杨怀，快来！”

“老爷呼唤小人，有何吩咐？”杨怀立即跑过来。

“你现在马上备马，进京！”杨廷和果断地说。

“老爷，此时已入戌时，天都黑了……”杨怀说。

“别多嘴，备马就是。快！”杨廷和喝道。

一辆马车披着夜幕，在四川通往北京的路上奔跑。

夜已深沉，杨廷和仍不肯停车就宿，命杨怀继续前进，直到子夜过后，才找了家农户安顿下来。第二天天刚蒙蒙亮，又早早赶路。就这样，日夜兼程，终于于七月二十七日酉时赶到了北京郊外。这时，杨廷和睁开惺忪的睡眼，命杨怀停车，待戌时再进京。

“老爷，再过半个时辰就到府上了，继续赶路吧！”

“叫你停就停，别多嘴！”

终于等到戌时，马车又缓缓向京城进发。大约到了亥时时分，车已进入孝顺胡同，这时，杨廷和突然说：“拐弯，直达杨一清大人府上。”

杨怀未敢多话，马车很快消逝在夜色中。

杨一清，字应宁，号邃庵，又号石淙。明景泰五年（1454）生于云南安宁杨阁村。出生不久，被在化州府任同知的父亲带到化州。七岁能文，以奇童蜚声四乡。十一岁随致仕的父亲杨景迁居巴陵，不久，被湖南教育官员破例推荐入翰林院读书深造。入学的第一天，他的老师、湖南籍状元黎淳想考考他是否有真才实学，出对曰：“杨花乱落，眼花错认雪花飞。”一清立即答道：“竹影徐摇，心影误疑云影过。”惊得老师叫好不迭。入京觐见时，成化皇帝朱见深听说杨一清以“神童”驰誉乡里，有意试其才华，亲自试诗赋五篇，一清不假思索，挥毫而就。皇帝赞誉一番，又即兴口出一联：“半间茅屋两先生，聚六七童稚，教百家、千字。”皇上话音刚落，一清脱口而出：“九重金銮一天子，会十八学士，读四书、五经。”惊得皇帝赞叹之间，信服地说：“滇人善联也！”一清未经院试而自成童生，十四岁乡试中解元，十八岁中进士，历侍成化、弘治、正德、嘉靖四朝，官至兵部、户部、吏部尚书；武英殿、谨身殿、华盖殿大学士、左柱国、太子太傅、太子太师。两次入阁预机务，后为首辅，官居一品，位极人臣。弘治年间督理陕西马政，力矫积弊。禁止不法商人垄断茶马交易，改由官方专管，确保军需民用，称为善政。巡抚陕西，选卒练兵，加强边防，在陕八年，实地考察山川形势，悉心研究边防，向朝廷奏陈边防方略，建议在延绥、宁夏、甘肃三镇设一指挥机构，总制三镇军务，沿边筑城墙、墩台，设卫所、募守军。明武宗正德元年（1506），命一清总制三镇军务，建设边防。明正德五年，安化王朱寘鐇反叛，一清平定叛乱。在平叛中，他密告众将领：“庆父不死，鲁难未已。”劝宦官、监军张永剪除了大权奸刘瑾这个庆父式的人物，并为不少官员平反昭雪。正德十四年，宁王朱宸濠在江西叛乱。当时，杨一清因遭钱宁、江彬等诋毁攻讦，被迫辞去首辅要职，致仕居丹徒已三年。驻军赣南的王守仁，久仰一清多谋善变，为平定叛乱，特密访丹徒，请一清授兵法。一清虽赋闲在家，但卫国爱民之心依旧，为不让生灵涂炭，他当即向王守仁面授平叛机宜。王守仁则依照一清锦囊妙计，仅短短两个月，就打败叛军，平定江西，生擒朱宸濠，胜利归来。杨一清为官清廉，不贪不贿，刚正不阿，文韬武略，建树颇丰，曾三次总制军务，主管三边防务，史载：“故相行边，自一清始……”

杨廷和很快就敲开了杨一清府大门。

“贤弟，你终于来了！”杨一清大喜过望。

“兄台如何知弟会来？”杨廷和惊疑着问。

“杨慎遭此大难，你不会不来。”杨一清说，“我听说，李继先刚才又调集人马，直奔诏狱，看来，侄儿等又要大难临头了。”

“有啥子办法呢？只有听天由命了。”杨廷和叹道。

“我飞马传给你的信收到了吗？”杨一清问。

“正因为收到仁兄及弟之儿媳黄峨的信，我才知道慎儿遭难，马不停蹄，日夜兼程，赶来了。谢谢仁兄了！”

“你我弟兄，何言谢字。”杨一清开门见山问道，“若侄儿今夜命不该绝，可谓幸运，但贤侄被贬谪，已是意料中事。你说，该如何应对？”

杨廷和将自己的打算和担心一股脑儿道出后，说：“就请杨天官杨大人给出个主意了。”

杨一清沉思片刻，说：“据我私下打听，皇上欲将贤侄充军雁门关外，那里地处荒原，十分艰苦，贤侄又无亲无故，如何生存？”稍顿，又说，“我想，促成嘉靖将贤侄充于云南，最好是永昌。”

“对！永昌有我的莫逆之交张志淳及慎儿的拜把兄长张含照应，并有好友云南巡抚郭楠庇护，安宁有你我的学生安宁太守王白庵关照，阿迷州有王颖斌、王廷表父子照顾，慎儿定能满意，便可渡过难关，从此平安。”杨廷和脸上露出几分很难看到的笑容。

“那就这样定了。”杨一清说，“明天一早我就去求见皇上。不能拖了，夜长梦多呀！”

“唉！我尊敬的杨天官大人，你说，有把握吗？嘉靖会听你的、乖乖地将慎儿送到云南吗？”杨廷和又忧虑起来。

“贤弟放心。”杨一清一声冷笑，“嘉靖的脾气我摸得一清二楚，怎样对付他，我胸有成竹。你等着听好消息吧！”

“那就拜托仁兄了！”

新鬼烦冤旧鬼哭，天阴雨湿声啾啾。

百余朝臣被打得死的死、伤的伤、残的残，这个消息很快传到嘉靖耳朵里，但他并未解心头之恨，还笑吟吟地恩赐李继先等刽子手御膳，让刽子手们吃饱喝足之后，又暗下一道“密旨”。于是，十二天后的七月二十七日，杨升庵、王元正、刘济、安磐等七名领头撼门痛哭的官员又被按倒在暗无天日的诏狱里，吃了一顿狠狠的暗杖。

这一顿暗杖，又有一人被打死。杨升庵被打死一个时辰后，突然奇迹般地苏醒过来，与死神擦肩而过。

老创未愈又加新伤，死去时什么都不知道，醒来后却感到全身钻心的痛，有的地方一片麻木，有的地方则完全失去了知觉，杨升庵轻抚着滴血的伤口，忍不住在心里说：“死去元知万事空，死去多好呀！我为啥子不死呢？……毛玉……毛沂……廷表……张含……”

正在这时，嘉靖皇帝在李继先和崔文的搀扶下，神不知鬼不觉地走进诏狱。看着满地血虎沥啦，一群群苍蝇围着杨升庵乱飞乱撞，纷纷落在杨升庵皮开肉绽、血肉模糊的伤口上吮血，嘉靖皇帝用手帕捂着嘴，转动着双眼，好像在欣赏一件绝版艺术品，暗自发笑，他知道，此时的杨慎只想静静地死去，绝不肯受辱。

“哼！想一死了之、忘却痛苦？别做梦！我要让你活着比死了更痛苦！要让你尝尝生不如死的滋味！要让你明白以下犯上吞咽的苦果！”嘉靖咬牙切齿，不知不觉间念出声来，“杨慎杨慎你莫恼，挨棍好比蛇蚤咬。攀龙附凤你不愿，偏叫屁股发牢骚！”

清晨，凉风习习。

嘉靖起得比往日早，但他没去上朝，而在宠信太监崔文为他建造的醮宫中，听上清宫道士邵元节讲述长生之道、吞丹之妙。正讲着，太监崔文觐见，说：“杨一清求见陛下。”

听说杨一清来了，嘉靖慌忙说：“快，快请石淙卿进来！”

“微臣给皇上请安！”杨一清行过朝拜礼。

“邃庵卿，清早来此，有何事禀报寡人？”

“启禀皇上，臣下此来，不为别事，就想知道皇上怎样处置那伙大闹朝廷的罪犯。”杨一清装出愤怒的样子，单刀直入，“特别是那杨慎，自高自大，藐视朝廷，带头闹事，不重重惩罚，难以泄恨！”

嘉靖见杨一清怒骂杨慎，以为杨已服软，站在自己一边，不由得心中大喜，笑着说：“那杨慎，自以为是仙才鬼才，不把朕放眼里，总是一意孤行。我想将他发配塞外，让他吃尽苦头，以儆效尤。又想将他贬谪四川，看他如何面对家乡父老。杨卿，你说，谪他哪里好？”

杨一清见嘉靖已落入自己的圈套，喜出望外，却装出满不在乎的样子说：“若充军到塞北关外，便宜杨慎了，那些地方虽苦，但毕竟是北方，生产、文化都较南方发达，苦就因此而大减了，而且离京师近，便于与中原沟通，苦头似乎就谈不上了。因此，我想，将他发配到塞外、大漠、新疆、雁门关那些地方，便宜他杨慎了！而且，起不到让他吃尽苦头、幡然悔悟、痛改前非的作用，也起不到杀鸡吓猴、惩前毖后的作用。”

“朕想羞辱他一番。你看四川如何？”嘉靖急切地问罢，加上一句，“我要看凤凰变成鸡、状元变囚犯的他，有何脸面面对家乡父老。”

“四川乃天府之国，富庶一方，若充到四川，就是送他去享清福，安度晚年了。”杨一清摇摇头，哼一声，笑道，“至于说要羞辱他，那就更令人好笑了。杨慎的脸皮会那么薄吗？若厚颜无耻起来，脸还会红吗？在四川，亲朋好友天天相会，喝个烂醉，还会记得什么耻辱、什么羞愧吗？”

“杨卿，你说，哪里可让杨慎尝尽苦头？”

“臣听说，杨慎在带头闹事之前，曾对毛玉、王相等人说：‘若闹出事来，大不了充军。’”杨一清顿了顿，又说，“杨慎又说，‘如充军任充四川成都府，莫充云南碧鸡关。好个碧鸡关，离天三尺三，人过要侧脸，马过要下鞍；初一山上石头滚，十五才到高峣村；三十里长坡，四十里板桥，这头踩着那头摇；那个鬼地方，蛇蚤有半斤，蚊子有八两，天天割草喂，叫得嗡嗡响。那种地方，我想都不敢想，想起来就头痛！’”

“杨慎怎么知道云南蛇蚤有半斤、蚊子有八两？”嘉靖皱眉问。

“是云南一个叫张含的人告诉他的。而且，为编《云南通志》，他曾去过昆明、永昌，到永昌没几天，就吓得屁滚尿流，逃回北京了。”

嘉靖一听，心想：你个鬼才杨升庵，正因你平日恃才倔傲，目中无人，不把朕放在眼里，才落得今日之下场。哼！你睡在棺材里还不知死活，想得还怪美哩！你想回到老家天府之国？朕偏不同意！就是要你到云南那“蛮野之地，瘴疠之邦”，吃尽苦头，受尽恶罪！于是，他当即当着杨一清的面，下圣旨：“杨升庵，充军到云南永昌卫（今保山市）！即日押解，不得延误！”

杨一清心中大喜，但脸上仍显出十分尴尬、痛苦，又显得欢愉、舒心的、让人猜不透、摸不着的表情。

明嘉靖三年（1524）七月的最后一天，背上、腿上都已溃烂流脓、疼痛难忍的杨升庵携带黄峨及杨怀，在两名解差的押送下，向永昌进发。一路上，饥餐渴饮，夜住晓行，翻山越岭，涉水渡江，尝尽了千辛万苦。更令人闻之胆战心惊的是“咬人的狗不露牙”，张璁、桂萼为报私仇，以绝后患，密令李继先派两个武士乔装打扮，正暗中尾随跟踪，伺机袭杀杨升庵。

那天，杨慎一行乘船渡过大运河，刚穿过临清州境内一偏僻山坳，进入一片密林，突然两个蒙面人从天而降，一柄钢刀、一副三节鞭直逼杨升庵和黄峨。两个解差见状，惊得魂不附体，龟缩一边。杨怀见蒙面人欲伤主子，奋起反抗，欲与两恶人拼骚命，却被钢鞭打倒在地。说时迟、那时快，两恶人立即挥舞凶器，扑向杨升庵，在这千钧一发之际，密林中突然飞出一位道姑，手舞双股剑，挡开了罪恶的钢刀、钢鞭，三人就在密林里打斗起来，一时间，刀剑翻飞，寒光闪闪，舞动旋风，呼呼作响。道姑腾挪敏捷，剑法精湛，几个回合之后，两个蒙面人渐渐招架不住。只见道姑飞身一纵，双脚凌空一蹬，两个恶人双双倒地。道姑就势宝剑一挥，“三节鞭”的左臂应声折断。“钢刀”见势不妙，正想逃遁，道姑左手一扬，一柄利剑早已飞去，直插“钢刀”腰部。两恶棍痛得“嗷嗷”直叫，趴在地上，连声直叫“饶命！”经一番生与死的较量，两个恶人束手就擒……

杨慎得救，忙不迭地倒地便拜：“仙姑救了杨慎一命，此恩此德，杨慎没齿不忘！敢问仙姑，观居何处？日后杨慎当亲临仙府报答！”

“恩人，认不出我来了？我是郭芳颖呀！”

杨慎定睛一看，终于认出来了，道姑就是当年在京城巧遇的郭姑娘，不觉又惊又喜，问道：“姑娘为啥这般打扮？”

郭芳颖说：“说来话长。那年，我到京城投靠亲戚，没想到会碰到江彬、张璁那两个恶贼。他俩见我年轻貌美，就将我送进豹房，差点受到凌辱。当我逃出豹房，逃到状元府附近时，又被江、张两贼抓到。也是老天垂爱，巧遇恩公，幸得恩公认我为义妹，我才得以逃出虎口，免遭一劫。但是，那两个恶贼仍不甘心，又到处追我。没办法，我只得女扮男装，连夜逃出京城，在山东临清州泰山行宫碧霞元君祠拜无极真人为师，道号丝竹，学得这一身武艺。没想到，能在这里巧遇恩公，真是老天有眼呀！”

“姑娘如今要去哪里？”

“进京找江彬、张璁和那昏君报仇！”

“仙姑，京城万万去不得！你一个姑娘家，虽武艺高强，但势薄力单，只能是去送命！如今，正德昏君已死多年，江彬已被我父设计斩杀，就剩个张璁了。算了，就忍了吧！我如今已因得罪嘉靖被充军永昌。”

郭姑娘略一沉思，说：“既如此，我就听恩公的。”转而仗剑对两个刺客喝道，“你二人为何要追杀我恩公？说！”

“是……是李大人。不，是……李继先。”

“李继先是什么人？”

“恩姑，不必追问了。李继先是锦衣卫的头目，是无耻小人张璁的心腹狗腿，嘉靖皇帝的爪牙。”杨慎说，“冤有头，债有主，就饶了他们吧。”

道姑一听，对两刺客喝道：“状元公饶你二人，还不滚！”待两人抱头鼠窜溜走后，又说：“恩公，我不放心，就送你们到永昌吧。”

“郭姑娘，这就不必了，想那两贼已不敢再来。”

郭芳颖想了想，说：“那我就告辞了。”转对两个解差，“你二人务必好好照顾我恩公，尽力保护我恩公。听见没有？”

“仙姑，你放心，我们只是奉命行事，决不会害杨状元。”

“恩公，那就告辞了，后会有期！”

“姑娘如今打算去哪里？”

“出家人四海为家。”道姑一转身，眨眼工夫就无影无踪了。

杨升庵一行又日夜兼程，终于于第二年的正月间到达昆明。到昆明后，杨升庵按毛玉所说地址多方打探，在一间简陋的农舍里找到了毛玉的儿子毛沂。在毛家住下，疗了几天伤后，又向永昌进发。

杨升庵起程时，杨一清也立即派人飞马赶往永昌，告知致仕在家的张志淳和永昌知州，说杨升庵充军永昌的消息。杨升庵到了永昌，张志淳、张含父子立即将他们迎进家中，好酒好菜款待两个解差，接着，请来知州，好言打发解差回京复命，说罪臣杨升庵已由永昌州知州接手结案。

杨升庵在永昌住了近两个月，基本治好了伤后，在云南巡抚郭楠的庇护下，于三月移居安宁，又在安宁州太守王白庵和名士张素的照顾下，寓居云峰书院。

诗曰：

两番廷杖辱身心，人世何来兽与禽？
泪洒南疆悲欲诉，天公掩耳不听音。

第十六章
廷表安宁迎杨慎　好友决计纂志书

杨廷宣病体有所康复后，王廷表泪别师父，带儿子天锡送廷贵到泸州上任。一路上，廷贵一直闷闷不乐，愁眉不展。廷表问他为酿愁眉苦脸。廷贵嗫嚅着说：“我不想到泸州当官了。”

廷表一听，气不打一处来，厉声问：“纵说？”

廷贵愤怒地说：“哥！我觉得，当官实在没意思，整天担惊受怕！你看，你被勒令辞官，心中的伤痛未愈，如今杨慎兄又惨遭磨难，生死难料。这正应了三国·魏·李康《运命论》所言，‘木秀于林，风必摧之；堆出于岸，流必湍之；行高于人，众必非之’。高处不胜寒，何如做个平头百姓，全家团圆，儿女绕膝，尽享天伦之乐！”

“弟弟，当官有另一好处，你应该知道。”廷表叹一声，耐住性子，意味深长地说，“人生在世，莫学阿斗‘乐不思蜀’。有一官半职，总有几分权力，有权在手，就能为百姓多做些好事。能为百姓做好事，是人生多大的荣耀呀！你这个通判，可是一个很实在的官啊！”

“爹！通判是酿官？”天锡突然问。

“通判为八品官，但仅次于州府长官。”廷表说，“通判权力不小，握有连接署州府公事和监察官吏的实权，号称‘监州’。”

“哦！有意思。但……”天锡欲言又止。

“弟弟，爹曾责令我俩，都务必熟读古文《触詟说赵太后》。还记得吗？”

“记得。不过……”

“读书务必读懂弄通。”廷表意味深长地说，“儿子如果能在外建功立业，即使一生无法回家，孝敬双亲，父母都会感到欣慰。这是为酿？左师触詟与赵太后的对话，耐人寻味啊！”廷表说着，吸了吸鼻子，清流直下，和泪沉吟，“太后笑曰：‘妇人异甚。’对曰：‘老臣窃以为媪之爱燕后贤于长安君。’曰：‘君过矣，不若长安君之甚。’左师公曰：‘父母之爱子，则为之计深远。媪之送燕后也，持其踵为之泣，念悲其远也，亦哀之矣。已行，非弗思也，祭祀必祝之，祝曰：‘必勿使反！’岂非计久长，有子孙相继为王也哉？……”

“哥！拜……拜说了，小弟谨听父兄教诲就是了。我一定不会辜负父兄的期望，若当不好官，无功而返，誓不为人！”廷贵说着，眼里的泪水哗哗地涌出来。

送弟弟廷贵到泸州，安排妥当，住了几天。廷表一直没听到升庵的消息，他急得像热锅上的蚂蚁，坐立不安，就告辞弟弟返回阿迷。回到家半年后的一天，父亲告诉他，杨一清、张含先后派人来阿迷，说杨慎已被永远充军永昌。并命廷表：“你去永昌，将杨慎接到阿迷住些日子，让他散散心吧！”

“我估计，升庵兄刚到永昌，志淳大伯和张含兄不会让他走。”廷表说，“等他安顿好后再说。升庵若安顿好后，他会及时告知，到时再接他不迟。天锡久未在身边，我担心他的学业是否长进，想用数月时间检查一下，为他考取生员做准备。”

“也好，那就等消息吧！”颖斌说。

屈指算来，王天锡已经十三岁，在新都时间不长，但他在师父的教诲下，懂得了许多道理，学到了不少知识，听父亲说要检查他的学业，他并未露出丝毫胆怯的样子，而将几年来所做的作业全都翻出来，笑眯啰呵地对父亲说："爹，你不是说要考考我吗？是先看我的作业，还是当面问答？"

"你说呢？"王廷表也回报一个笑脸，安详地问。

"爹，我不喝哄你，这几年，《三字经》《千字文》我都背熟了，可以一字不漏地默写出来了。"王天锡得意地说，"杨老师教我的唐诗，我都能背了。"

"你随便背一首我听听。"

"好。"天锡沉默一会儿，朗声诵道：

北阙休上书，南山归敝庐。
不才明主弃，多病古人疏。
白发催年老，青阳逼岁除。
永怀愁不寐，松月夜窗虚。

"这是谁的诗？"廷表面带几分愠色和忧伤问。

"这是唐代孟浩然的《岁暮归南山》。"

"你晓得孟浩然的身世吗？"

"略知一二。"天锡说，"孟浩然是山水诗人。他的诗风格清旷冲淡，自然天成，以五言诗最工。唐代的诗人，不论官大官小，几乎都当过官，只有孟浩然虽中举人，但一生不得志，不但没当过官，还被唐玄宗嘲笑冷落……"

"其实，孟浩然一生没当官，就怪他将你刚才念的这首诗，无意中诵给皇帝听。"廷表叹息着说，"你听，'不才明主弃，多病故人疏。'什么'不才明主弃'？就因这句诗，惹得唐玄宗生气地说：‘卿不求仕，而朕未弃卿，为何诬我？’……”

“爹，我觉得，这不能怪孟浩然，只能怪皇帝太小气！”天锡怒目圆睁，道，“孟浩然的诗并非责怪皇帝，而表达了一种真实的社会现象。就因一句诗，埋没了一个才子，可悲可叹呀！”

“天锡，此诗读过也就算了，不必想那么多。”廷表伤感着改口道，“你以后要认真读好‘四书’‘五经’，学会做八股文，这是求取功名的必由之路，也是捷径，知道吗？”

“爹，我不想当官！”天锡悲愤地说，“当官就像瓮中之鳖，任人摆布。”

“胡说，不当官，怎能出人头地？”廷表有些生气了。

“爹，当官就要当好官。你说是吗？”天锡鼻子一吹，“爹在台州，被百姓喊‘青天’；在四川，百姓送你‘明镜高悬’匾；但结果怎样，到头来还不是被迫致仕？杨伯伯是状元公，到头来又怎样，还不是被打个半死后，永远充军？这正应了苏东坡的断言：‘我欲乘风归去，又恐琼楼玉宇，高处不胜寒。起舞弄清影，何似在人间？’”

“致仕归致仕，充军归充军，这是你一个小孩儿考虑的吗？”廷表怒喝道，“别管它高处寒不寒！你眼下的事是读好书，学到知识，长大后做一个有用人才？懂吗？”

“晓得！但人才不一定要当官。”天锡满不在乎地说，“杨老师告诉我，说春秋战国时期，范蠡佐勾践灭吴后，隐姓埋名、治产经商，成为巨富，十几年中曾三致千金，让百姓得到好处；春秋时郑国的弦高，一世从商，不也凭机智救了郑国？我朝沈万三，不也经商致富，富可敌国？这都是最好的例子。”

正说着，家院王纪来报：“老爷，知州大人王一麟求见，说有事要与老爷商量，他在门外等候。”

“还等些酿？快请王大人！”廷表吼着，急忙起身相迎。

廷表还未到门口，王一麟就快步跨进门来，嘴里嚷着："钝庵兄，久违了！久违了！令尊大人、我的恩师呢？"

廷表道："我父到乡下帮一家佃户料理丧事去了。王大人公务缠身，怎有时间光临寒舍？快快快，屋里请！"说完牵住王一麟的手，朝书房走去。屁股还未落座，又喊，"瑶琴、瑶琴！你快来呀，看看是谁来了！丁兰、丁兰，快倒茶！上等普洱茶！"

王一麟忍不住笑起来："廷表，你将我当啥子人了？不就是多年未见的普通兄弟吗？兄如此盛情，真叫小弟难为情哩！"

"哪里哪里！"廷表认真地笑道，"你我哪里是一般兄弟，只是相见恨晚呀！再说，阿迷的父母官屈驾光临，能不诚惶诚恐？能怠慢得了吗？"

"钝庵兄真会开玩笑！哈哈哈！"

王一麟大笑之间，伍氏早已走进书房，正问好寒暄，丁兰已将茶端来，倒好盖碗茶，廷表忙不迭地问："贤弟，多年不见，一向可好？"

"唉！"王一麟叹一声，喃喃道，"说来话长呀！"接着，讲述了他多年来的欢乐、得意和惆怅、失意：

明正德三年（1508）十月，王一麟闻新都杨廷宣知识渊博、教学颇精，为尽快中举，争取来日殿试金榜题名，就离开青神义学，到新都拜杨廷宣为师。当时王颖斌、王廷表在场，同时称王颖斌为师，并与王廷表兄弟相称。两年后，王颖斌请长假归故里，一麟与廷表依依惜别。三年后，一麟中举，接着，于正德十二年（1517）高中进士，留京任户部主事。两年后，因弹劾广搜民女充后宫而得罪钱宁、江彬，惹怒正德皇帝，被贬到金州任同知。两年后的明嘉靖元年（1522），又因揭发金州知府受贿，被贬到阿迷任知州……

听王一麟说完，廷表感叹道："没想到贤弟与我是同样的命运！那年我在台州，曾于函中向升庵兄打听弟之下落，杨兄告诉我，弟已被免去户部主事职，贬到金州了……”

“唉！往事不堪回首，就别提了吧！”王一麟打断廷表的话，转个话题说，“兄致仕回家后，弟曾登门拜访，并致函欲请兄出山，兄为何推故不见我？是忘了兄弟之情了吗？”

“真对不起！”廷表笑道，“那时心情不好，也怪我误认为王一麟是另一个王一麟，不是老弟。”

“世间有如此巧的事吗？胡扯！而且，我曾有书一封，命差役转兄，欲请兄到州衙办事。我晓得，信你看了，但不想涉足官场罢了。兄咋就不回话，泡也不冒一个呢？哼，萨皮（耍赖）！”一麟道罢，两人相视大笑。笑毕，王一麟说：“钝庵兄，别扯把子了，我有件事，想请兄参谋参谋。”

“哪样事？”

“弟到阿迷不久，但将过去的结案复查了一遍，发现有个案子定性可能不准，冤枉了人。但被冤之人已被问斩，即使查明无罪，已无可奈何了。”

“既怀疑是冤案，就该查。”廷表说，“其一，查出真凶，绳之以法；其二，为死者雪冤；其三，给冤者家属一个安慰，给后人、世人一个交代。”

“钝庵兄所言极是，过些天就开棺验尸吧！”

“请问贤弟，那被问斩的人是谁？”

“万玉元。”

“啊？他是我童年时的伙伴。”廷表说，“此人一向胆小怕事，老实巴交的，说他杀人，绝不可能。其实，我回到阿迷后，我的童伴已告知我万玉元的死讯，并且认为那是冤死的。”

“冤不冤，待我禀明知府批示、准予开棺验尸后，自见分晓。”王一麟说，“对了，廷表，到时和我一起去验尸，行吗？”

“一定去！若能为童伴雪冤，也是一桩善事。”廷表爽快地答应。

十天后，王一麟、王廷表和法官令人挖开吴老头儿的坟墓。经仵作认真检查，发现死者全身的骨头都是黑的，而且骷髅体内还残留些许毒物，认定死者生前曾服下大量大草乌和砒霜……最终，王一麟重新结案：

吴老头儿年迈多病，痛苦难忍，思忖不久于人世，为不拖累儿孙，并报与万家的世仇，自服大草乌、砒霜后，到万家寻事，企图惹怒万玉元，让万打死他，这明显是企图报私怨和“骗棺材钱”。吴身上无伤，其突然死亡，实则毒性发作而死。万玉元实未行凶，含冤而死。为此，解除万之杀人罪，由吴老头儿家出银五十两，以安慰万玉元家人……

阿迷人听说王廷表帮知州重断旧案，为死去的万玉元平了冤屈，欢呼不已。

明嘉靖四年（1525）腊月，下了几场毛毛细雨加雪，入春后，就滴雨不见了。进入栽种季节直到初秋，一直干旱，泸江水几乎断流，南洞水也比往年大减。天不下雨，被誉为旱涝保收的农田也只有浅浅一层薄水，秧苗虽勉强插下，但危机四伏。山区的雷响田就不值一提了，别说稻苗无法插下，就是种下的包谷、红薯、苦荞、甜蕌头之类，大部分不能发芽，发芽的都也枯黄过半。也是祸不单行，水田干裂、禾苗枯黄也令人愁肠百结，偏偏又遇麻蚱（蝗虫）成阵，蜂拥而来，将所剩无几的庄稼吞噬得遍体鳞伤。绿色几乎殆尽，田园在呻吟，花草在呻吟，畜禽在呻吟，百姓在呻吟……

秋收时节终于到来，但能收到什么呢？唯有几堆枯草！农民盼望收成的愿望完全破灭，等待他们的只有啃草根、食树叶，餐马蹄叶，只有流干了还要硬挤的泪水。于是，一个又一个催人泪下的噩耗不断传进州衙门里：

“王大人，东山庄、雨洒饿死五人了！”

“王老爷，土锅寨、乍黑甸饿死多人，渴死耕牛两头！”

“王老爷，街上卖儿卖女的人越来越多，至少有二十起了！”

“王大人，乐白道又抬死人了，东山、西山都死人了，又有几条耕牛倒下了！”

……

知州王一麟翻阅着一份份快报，心如刀绞，无计可施，唯有叹息：“唉！我咋就这般背时倒霉呢？来到阿迷州才两三年，竟碰到干旱岁月。我一个小小芝麻官，有啥子办法扭转旱情呢？宋代刘过《襄阳歌》说：‘土风沉浑士奇杰，乌乌酒后歌声发。歌曰人定兮胜天，半壁久无胡日月。’啥子人定胜天？依我看，那是胡话、昏话！在天灾面前，人只有叫天不灵、叫地不应，束手待毙！……”

王一麟正在发呆、发牢骚，王颖斌、王廷表和几位乡贤突然破门而入。

“王大人，阿迷死人、死禽、死畜的事，你知道吗？”王颖斌急切地问。

“恩师，下官怎能不知，但有啥子办法呢？”王一麟哭丧着脸说。

“大人，当务之急，是怎样抗旱抗荒救灾民。”王廷表说，“大人准备怎样对付天灾人祸呢？”

“怎么对付？”王一麟叹道，“官府没钱、没粮、没水。我也急呀！心有余而力不足呀！谁说‘人定胜天’？胡扯！”

“大人，我看，只要发动群众，团结互助，办法是会有的，灾难是会减少到最小程度的。”王廷表说。

“廷表说得对，还是大家开动脑筋，想想办法吧！”伍车书、杨应登、李士英等乡贤同声道。

“大难面前，谁不是各人自扫门前雪，谁顾得了谁？”王一麟哀叹，“人人都是泥菩萨过河，自身难保，讲团结互助，只能是扯混脑儿！”

“大人此言差矣！这咋是做梦呢？”王廷表有些怒形于色，辩道，“当下的关键是，官府怎样起带头作用，为民做主。百姓的父母官，就得为百姓排忧解难。一句话，占着茅坑，就得拉屎！”

王一麟一听，有些生气了：“我说廷表老兄，你这是啥子话？理智些好不好？你也当过官，碰到这样的事，你抓石头打天？你能将死人救活？总不能画饼充饥吧！”

“大人。”李士英道，“我认为，廷表所言有道理。干旱伊始，颖斌、廷表父子就蹲在旧寨、仁者、核桃寨一带，发动百姓抗旱，他家拿出白银一千多两，买水车五十余张送给村里，组织一百多强劳力一天十二个时辰从南洞河车水，保住了近千亩良田，又请兽医配药剿灭蝗虫，让几个寨子取得了好收成，而租种他家东南门外田地的十几家佃户，因得到王家的援助，庄稼都长得很好，损失很小。这就是团结协力的结果。”

“其实，这是大家共同努力的结果。”王颖斌说，“在抗旱救灾中，李老爷、杨老爷、伍老爷，还有赵老祖公的后代、东山仆喇王爷都出了不少财力物力。现在，干旱还在继续，大家不能松劲，一定要同心协力，将灾害减到最低程度。”

“但现在的问题，是钱和粮的问题。”廷表说，“我建议，由官府牵头，组织个班子，指挥救灾。先题个布告，号召大家有力出力、有钱出钱。再在城四门摆几个捐款箱。收到的钱和物，立即发给受灾最严重的人家。我建议，凡是死人的人家，每人发给一百文宝钞，死耕牛的人家，每家发五十文。我们再组织一批人马，到没受灾的州县收购粮食。再动员富裕人家捐粮，官府也出些粮食，开展赈灾，在城里设赈灾棚，熬粥济困……”

“我表个态。”王颖斌接口道，“我家捐银三百两。”

“我们不能‘瘫子捉贼，光喊不动’。我也捐。”伍车书说。

“是呀，我们不能‘冷水烫猪，一毛不拔’。我捐百两。”李士英道。

“好！就这样。我代表阿迷民众，预先感谢各位老爷。”知州王一麟一听，忍不住叫起好来。接着，他自掏腰包，在阿迷酒馆点了几个菜，与众人边吃边讨论起抗旱救灾的具体方案来……

时间移到明嘉靖六年（1527）正月。在知州王一麟、乡贤王颖斌、王廷表等人的带领下，经百姓两年多的努力，阿迷已开始恢复元气，百姓生产、生活都有了很大的改变。

那天，王颖斌在轻轻翻阅着手中的信件，脸上的表情一会儿安详恬静，一会儿惊慌烦躁，一会儿又和颜悦色。

信是张志淳派人送来的。信中说：杨升庵已于嘉靖四年（1525）正月到达永昌，三月被安宁太守接到安宁，居于云峰书院，又被安宁温泉名士张素请到温泉村小住。在安宁，升庵为唐代名刹曹溪寺撰写了《重温曹溪寺碑记》和五言排律《安宁温泉诗》。此后，就闭门编纂《二十一史弹词》，无论什么人盛情邀请，都不肯出门。升庵心情一直不好，常常发火，自暴自弃。我们劝了他多少，他都我行我素，谁的话也听不进去。若能再换个环境，有人开导开导他就好了……

“爹，呼唤孩儿有何吩咐？”王廷表打断了父亲的沉思。

“这是你张志淳大伯从安宁寄来的信，你看看吧。”

王廷表低头读信，读着读着泪水不知不觉滚落下来。当读到升庵在编《二十一史弹词》时，他突然破涕为笑，抬头对父亲说：“爹，如今阿迷一切都已恢复正常，就让我去宁安，与用修兄做伴吧！说不定，好友重逢，他会从悲伤失意的境况中解脱出来，而且，我还能为他完成《二十一史弹词》帮上点忙呢。”

“阿迷有你的事，你要重点培育天锡，让他成才。因此你不能在安宁久住。”王颖斌说，“你就将升庵接到阿迷来吧。让他将弹词稿带来，你助他完成。”

“好！我今晚完成《送杨生庐暮还叙》，明早就出发。”

“让王纪跟你去，好不好？”

“不必！我一人骑马去，这样要快得多。”

“行！你去准备吧！”

天刚蒙蒙亮，王廷表就告别父母妻儿，骑上一匹桃花马，往安宁方向飞驰而去。他卯时刚到就上路，戌时过了才歇脚，日夜兼程，经李浩寨达通海到峨山，进入玉溪，穿过晋宁，才三天时间，就赶到了目的地。

升庵见钝庵突然出现在面前，高兴异常，立即叫黄峨准备饭菜，要与钝庵一醉方休。黄峨见到廷表，自然万分喜悦，寒暄之后，立即走进厨房，忙活起来。

“走！贤弟，跟我外面走一遭。”

“克哪儿呢？”

“我要将王白庵太守请来，让弟认识认识，也陪贤弟干上几杯。”升庵笑逐颜开，说，“还有张素兄，也一并请来，今日，非醉他个人仰马翻不可！”

看着升庵高兴得忘乎所以的样子，钝庵欣慰地笑了。

王廷表骑着桃花马，杨慎骑着赤色马，两人在茶马古道上并肩而行。一会儿谈笑风生，哈哈大笑；一会儿扬鞭催骑，奋蹄飞驰；一会儿跳下马来，遥望远方，指指点点，意气飞扬。不知不觉间，到了抚仙湖畔。望着湖光潋滟，湖波汹涌的壮景，升庵忍不住赞叹起来。钝庵见升庵含情脉脉、喜笑颜开的样子，感到十分欣慰，情不自禁地向升庵介绍起来：

“慎兄，此湖名叫抚仙湖，是我中华深水湖泊之一，也是云南最深的湖泊，据说，最深处达三百余尺，湖面积仅次于滇池和洱海，与星云湖相连，相连处石壁上刻有‘界鱼石’，抚仙湖有鱼曰‘抗浪’，游至‘界鱼石’处立即回头；星云湖有鱼曰‘大头’，游至‘界鱼石’处也望石而返。你说，奇也不奇？”

“奇，世间之奇，实在令人难以想象！”杨慎笑道。

“两湖之鱼互不侵犯，各守其土，实在令人百思而不得其解。”廷表慨叹道：“若世间人与人，国与国都如此，多好呀！”

杨慎似乎没有听到廷表在说什么，或者听到了不想妄加评论；抑或在思考什么。突然，他仰天大笑，笑罢，朗声吟道：

滚滚长江东逝水，浪花淘尽英雄。是非成败转头空。青山依旧在，几度夕阳红。　　白发渔樵江渚上，惯看秋月春风。一壶浊酒喜相逢。古今多少事，都付笑谈中。

唱罢拊掌大笑。廷表听罢，不由得大吃一惊，击掌赞道：“古今多少英雄，已如大浪淘沙！是耶、非耶？成耶、败耶？英雄走了，青山仍在，夕阳又红。渔樵闲话，浊酒相佐，谈啥子呢？谈论古今英雄！然而，英雄何在？在佐酒的笑料里！升庵兄，观一湖之水，竟想到长江，吟得此千秋绝唱，傲岸沉雄、气吞山河、直捣历史大穴，不愧状元公大手笔呀！此词乃《临江仙》也。”

“嗯！”升庵莞尔一笑，说，“我对此词也很满意，未曾想到，见景生情，随便一呼，就成词了。我想将此词作为我的《二十一史弹词》第三段‘说秦汉’之开篇词。”

“太好了！”廷表笑道，“升庵兄此词乃读史之大悟大彻，待巨制《二十一史弹词》完成，我将为兄作序，好吗？”

“好极了！”升庵向钝庵作了一个揖，笑道，“那先感激贤弟了！”

“慎兄，又见外了。”廷表故作嗔态。

“贤弟，该走哪条路到阿迷？”

“绕道江川、曲江、通海，再经建水。该去会会倬庵、桐冈诸友了。”

“好！走吧！这几处，都有我俩的同僚，也可借机谋上一面。”

王颖斌家的八仙桌上，摆满了大碗小碟。这是王颖斌为杨慎接风洗尘摆下的盛宴。这桌盛宴，除主人王颖斌、王廷表外还有知州王一麟、老州同王昚、王廷表的好友王铉、州同毕宸、得意门生学正韦经邦及李廷玠、杨绍庵、童时友人张吉。品茶寒暄一番之后，王颖斌招呼大家入席，大家谦让起来。

“状元公，你该坐上席，请！”王一麟说。

“升庵不敢！这上席应由知州大人与伯父坐！”升庵道。

“诸位不必争了，让我来安排吧！”王颖斌笑道，“杨状元与我坐上席，当仁不让。一麟与王州同坐下席，其余就坐侧席吧。”

“好！客随主便！”大家同声道。道罢，各就各位。

王颖斌慢慢站起来，捧杯在手，高兴地说：“承蒙各位光临寒舍，使寒舍蓬荜增辉。为感谢各位的到来，先敬各位一杯！干！”说着，将杯中酒一饮而尽。

“干！”大家唱和着，干了杯中酒。

王颖斌又命丫鬟杏仁将各人酒杯斟满，举杯道：“这第二杯酒，敬状元公。状元公，干！”

“谢叔父！干！”

“这第三杯酒，要敬王大人。”王颖斌说，“王大人是颖斌的忘年之交，四年前才自四川青神到阿迷任职，时间不长却将阿迷治理得门不闭户，道不拾遗，不愧为阿迷父母官呀！”

“不敢！不敢！老师过奖了！”王一麟谦虚地说，“老师在新都培养了不少学子，可谓桃李满天下，又在阿迷处处关照、谆谆教导我，德高望重呀。这杯酒，应由弟子敬恩师。请恩师干！”

王颖斌和王一麟干杯后，大家互相敬酒，将整个宴会渲染得热情洋溢，和睦和谐。酒过数巡，王颖斌又站起身来，郑重地说：“诸位，杨状元首次到阿迷，实乃阿迷之幸。我有一事请求王大人，不知大人允否？”

“老师有何吩咐，尽管道来。弟子遵命照办便是。”王一麟豪爽地说。

“我想，状元公能屈驾阿迷，乃光照敝地也，有如祥麟瑞凤，阿迷人当珍惜之。”王颖斌郑重而意味深长地说，“我建议，请王大人做主，在阿迷命名一条吉祥之路，就叫‘升庵路’！不知大人与诸位以为然否？”

“好！”王一麟当即一锤定音，“就将北门之路（今东风路上段）易名‘升庵路’！学生明日即张贴告示，刻石立碑，让阿迷百姓家喻户晓。”

“好极了！那就先谢谢大人了。”王颖斌舒心地笑了。

“不用谢！这本来就是官府的职责，也是我应该想到的。”一麟说，“老师能预先想到，让弟子钦佩之至哩！”

“叔父，王大人，我想，不要为一条路伤脑筋了。”杨慎站起身谦让道，“慎何德何能，怎敢借虚名而占贵方宝地！惭愧、惭愧！慎实不敢当呀！”

“升庵兄，不必推辞了。”王廷表感慨陈词，“兄高中状元，才气可谓过人，让天下人景仰；议大礼而坚持正义，更见德侔天地，光照日月。在僻壤命名一条路以彰兄之德才，必将激励阿迷人坚其志、博其识，自强不息、建树功勋，此中意义，何其深远。兄不必过于谦恭了！对了，王大人，我觉得，阿迷文庙为学宫，培育人才，可谓正理，但建于城外，过于偏僻，是否能迁到城内呢？”

“廷表所言极是，我举双手赞成。”王晋说，“命名升庵路之事，可以定了。迁学宫之事，亦在情理之中，还是请王大人定夺吧！”

“我也认为学宫当迁移重建，而且势在必行，越快越好。”韦经邦说。

“现时州府钱库空虚，迁学宫之事，恐难办到。”王一麟为难的口气，“待以后再说吧。”

“唉！”王廷表轻轻地叹了一口气。

将北门路易名升庵路的布告很快就贴遍阿迷城大街小巷。听说杨状元莅临阿迷，四方百姓喜不自禁，纷纷蜂拥到王颖斌府上，欲一睹状元公风采，一时间，王府热闹非凡。人们看到州衙命名升庵路的布告，赞声不绝，齐夸王知州用心良苦，高瞻远瞩。当听到这是乡贤名宦王颖斌所倡议时，人们更对王老爷尊崇有加，对王府更平添几分敬意。

数月间，王廷表将韦经邦、杨绍庵等学子请来，一同陪升庵游览阿迷古城。升庵见这么多人与自己亲如故人，有说有笑，沉淀于心中的愤懑和惆怅不由得消失了许多。走在升庵路上，杨慎颇有感触地说：

“只说此生难以开颜了，谁曾料到，在云南能认识这么多朋友，让我如在自己家中。往后，我将为阿迷的发展尽微薄之力，以谢阿迷百姓垂爱。民望贤弟，我俩同纂一部《阿迷州志》，贤弟意下如何？”

“太好了！”廷表高兴地说，“魏徵曰‘以铜为鉴，可以正衣冠；以古为鉴，可以知兴替；以人为鉴，可以明得失。’我去过台州、成都，都纂有志书，让人阅后获益匪浅。阿迷虽地处边远，也应尽力赶上中原，让文化事业发扬光大。用修兄，一言九鼎，我俩一定要将此事完成，为子孙后代留一份珍贵遗产。”

“当然！君子一言，驷马难追。从今往后，我们就仔细收集资料吧。”升庵欣然笑道。

“在逆境中发愤自强，太史公是吾侪之榜样。”钝庵语重心长说，“太史公《报任安书》曰：‘文王拘而演《周易》；仲尼厄而作《春秋》；屈原放逐，乃赋《离骚》；左丘失明，厥有《国语》；孙子膑脚，《兵法》修列；不韦迁蜀，世传《吕览》；韩非囚秦，《说难》《孤愤》；《诗》三百篇，大抵贤圣发愤之所为也。’你我兄弟皆遭厄难，思之痛心，但只要心不死，自能独辟蹊径，干一番事业。仁兄以为然否？”

“贤弟所言极是。”升庵点头道。

“弟有《杨用修至集乐耘别墅》一诗相送。”廷表旋即吟道：

北林乌甸雨初收，结轸摇旌莽撞游。
贮月冷池葳绘鲫，乡风晴竹挂长虬。
村回远地禾千亩，门外良宵客一楼。
抚景不须悲节序，佩壶还拟到瀛洲。

“贤弟将阿迷比作瀛洲仙岛，这可是对家乡的无比热爱呀！”升庵笑道，“愚兄有幸到此沾些仙气，也不枉此生。”

夜已经很深，王廷表和杨慎还在烛光的辉映下，记录着在阿迷的所见所闻。他们一会儿埋头疾书，一会儿凝眉沉思，一会儿高谈阔论，寂静的夜晚，透出几分生机。

杨慎的笔下，展示着阿迷州的历史：

西汉以前，境属古滇国地，有阿宁蛮部落居栖。西汉元封二年

（前 109），置毋棳县，始有建置。之后，历设西丰县、梁水县、最宁镇，地名数易。南宋宝祐五年，即蒙古宪宗七年、宋宝祐五年（1257），设阿宁万户侯。元至元十三年（1276），撤销万户府，改设阿迷州……

大明十五年（1382）三月，土官普宁和归附明朝，次年，太祖恩准：普氏世袭阿迷州知州。明洪武二十二年（1389），在州东部兴建学宫，创办州学。明正统元年（1436），首次任命四川眉州人张安为阿迷州知州。至成化十二年（1476），普氏土官被废黜……

王廷表的华笺上，记录着阿迷州的自然环境、风物风光：

州境内，地虽热而雨即凉，冬虽寒而雾即温；春无蛰可惊，秋无霜可降；三月插秧，六月即登谷；稻种播于冬季，迄孟夏杪即可收获；江梅独早，地气使然；桃杏冬舒，榴荷春丽；冬草不萎，寒花独艳；冻鳞跃水，腊蝶寻芳；凫鸟先春而至，不必司分；白劳先夏而鸣，未云候至……

州东有东河，称泸江河，又称乐蒙河，水源头为境西之石屏州，流入南盘江，归珠江，汇南海。境内南有南洞，水源极丰，四季长流，源头待考。赵公堰亭之东沟，又称东堰，即引南洞水修建；西沟则引泸江、长沟之水。北有甸中大路，西有西门龙潭，南有文庙街，中有升庵路、灵泉路、东寺街……

灵泉寺位于治西，内有泉，水清如镜、常年不竭，故曰：灵泉寺。寺建于元代，明改守备司署。文庙，亦称学宫，明洪武二十二年（1389）建于州治东门外，正统十六年张安继修。城隍庙，位于城东门内，建于何时，待查，明弘治年间重修……

州内自然村寨设乡分管，有四乡，即：东傍甸乡：共有野马驿、马者哨、架衣、米朵、石坝等二十七自然村；南乌甸乡：共有大庄寨、白土墙、水头、左乃山、一把伞、雷公哨等二十二自然村；西集甸乡：共有漾田、打兔寨、鬼打寨、响水、乐恒等二十九自然村；北禄丰乡：共有东山庄、莲花塘、桃川、巡检司、木花果等三十二自然村。

……

“兄弟，几时了？”升庵打个哈欠，带着倦意问。

“善觉寺子时钟已敲多时，兄未听见？”

“只顾低头做事，实未听到。弟记完了吗？”

“快了。”

“我困了，瞌睡想找枕头了。”

“兄自去歇息吧，我记完就来。”

杨升庵站起身，缓缓走进“乐耘”，倒头便睡。王钝庵记完资料后，步入“桃川”，躺在小床上，很快就进入梦乡。

诗曰：

桃园异姓胜同胞，独为王杨唱自豪。
义重情深千古敬，阿迷山水笑如潮。